鲁迅文学奖获奖作家经典文集

# 成人礼

温亚军 著 ▶

追寻鲁迅的足迹　蔓延思想根系于黄土纵深
跟随大家的引领　倾听叩击灵魂弹出的震颤

台海出版社

**图书在版编目（CIP）数据**

成人礼 / 温亚军著.—北京：台海出版社，2015.1

ISBN 978-7-5168-0536-7

Ⅰ.①成… Ⅱ.①温… Ⅲ.①短篇小说—小说集—中国—当代

Ⅳ.①I247.7

中国版本图书馆CIP数据核字（2015）第010350号

**成人礼**

著　　者：温亚军

责任编辑：侯　玢　　　　　　　　装帧设计：李　莹
版式设计：于鹏波　　　　　　　　责任印刷：蔡　旭

出版发行：台海出版社

地　　址：北京市朝阳区劲松南路1号　邮政编码：100021

电　　话：010-64041652（发行）（邮购）

传　　真：010-84045799（总编室）

网　　址：www.taimeng.org.cn / thcbs / default.htm

E – mail：thcbs@126.com

经　　销：全国各地新华书店

印　　刷：北京市通州运河印刷厂

本书如有破损、缺页、装订错误，请与本社联系调换

开　　本：170×240　1/16
字　　数：216千字　　　　　　　印　张：15
版　　次：2015年4月第1版　　　印　次：2015年4月第1次印刷
书　　号：ISBN 978-7-5168-0536-7

定　　价：29.80元

# 作者简介

温亚军 1967年10月出生于陕西省岐山县，1984年底入伍至今，曾在新疆服役16年。现为某部队出版社副社长，大校。著有长篇小说《西风烈》《无岸之海》《伪生活》等六部，出版小说集《硬雪》《寻找大舅》《驮水的日子》等八部。作品获第三届鲁迅文学奖，第十一届庄重文文学奖，首届柳青文学奖，以及《小说选刊》《中国作家》《十月》《上海文学》等刊物奖。部分作品被翻译成英、日、俄、法等文。现为中国作家协会会员，北京作家协会理事、北京作协签约作家。

# 目　录

金　色 ……………………………………………… 1

下　水 ……………………………………………… 12

成人礼 ……………………………………………… 24

蚯　蚓 ……………………………………………… 33

最初的爱，最后的仪式 …………………………… 43

早年的雪 …………………………………………… 56

不合常规的飞翔 …………………………………… 65

那是一只什么鸟 …………………………………… 75

接　生 ……………………………………………… 88

出　门 ……………………………………………… 97

记忆中的妹妹 ……………………………………… 115

嫁　女 ……………………………………………… 125

回门礼 ……………………………………………… 136

蚊　帐 ……………………………………………… 148

回　家 ……………………………………………… 161

他们的B城 ………………………………………… 171

后　来 ……………………………………………… 180

斜眼的吉利 …………………………………………… 192

天香引 ………………………………………………… 201

麦 子 ………………………………………………… 211

掩 护 ………………………………………………… 223

# 金　色

要是女人不来就好了。

女人是天良新婚不久的妻子，她是深秋的一个黄昏来的。女人的出现，把这个地方的平静搅乱了，她浑然不知，还期待丈夫见到她，不知说啥好，一脸敦厚略带羞涩的笑容呢。

天良看见女人，一点都不高兴，埋怨道："你咋来了？"

女人抿嘴一笑："我咋不能来！"女人想天良了，新婚不久分开，大半年没见面，不想才怪呢。

天良沉着脸说："事先也不告知一声。"

女人心一沉，收起笑容，委屈了："人家想给你个惊喜嘛，你咋能这样不讲理？"

天良没回答，装起哑巴。倒是和天良合伙淘金的大宝、有才、琐琐眼神发亮，热情地接过天良家的手中提包，张罗着给她倒水、搬凳子。天良阴郁着脸给女人拧把湿毛巾递过来，她赌气不接。大宝给琐琐和有才使个眼色，三人知趣地走出屋子，把小空间留给年轻夫妻。

女人还是不接毛巾，天良动手给她擦脸，女人的心一下软了，没再拒绝。再拒绝就过分了。女人把这当作男人对她的歉意，她心里明白，前面的话不是天良的真心话，他不想她才怪呢，只是当着几个男人的面，他不那样，显得没有男人气。男人嘛，就得有个男人的样子，儿女情长会惹人笑话。女人了解自己的男人，在别人面前，他会硬邦邦装给别人看，没人了，才对自己女人千般柔情，心里疼着呢，这不，还给她擦脸呢。女人心里的委屈被毛巾擦没了，可她仍嘟着嘴，故意不理男人，她等着男人说她想听的话，等她久违了的温存。他们去年腊月才结的婚，热乎劲还没过去呢，但再好的日子也要吃五谷杂粮一天挨着一天过，每天都需要花销的。过完年，天良抛下妻子，跟着淘过金子的琐琐，到了阿尔金山，与大宝、有才他们合伙淘沙金。来了后，天良一次没回去过，说不想女人是假的，他做梦都想自己的女人。

天良心事重重地给女人擦完脸，叹口气，说："你不该这时候来。"

女人心里一紧，盯着天良，她还是没看出男人一丝开心来，看来，他前面不是装的。女人泪水忽地涌出来，热热地洒了一脸。她颤声道："你，你啥意思嘛，人家想了，来看看，不行嘛？你是不是嫌我了？"

"不是，不是……"

"不是是个啥？"

"咋给你说呢，"天良脸上堆起笑，一看就是装的，很假，"我是说，这时候正忙，怕照顾不上你，这里全是男人，你一个女人家……我怕冷落你。"

"谁要你照顾，我又不缺胳膊缺腿。"女人心里热乎乎的，刚才的不快全叫天良的话泡软了，但她嘴上却说，"你要嫌我，我这就走！"说着，女人站起来，真的做出要走的架势。

天良从背后环抱住女人的腰，把下巴架在她的肩上，嘴贴着女人的耳朵，轻轻说道："我不是这个意思，你知道的，我咋会嫌你，想你还来不及呢。"

天良的动作，还有这句话，使女人的心里热乎乎的，身子却怕冷似的抖起来。她闭上眼睛，等候丈夫给她更进一步的温存。她知道的，每当她的身体抖动时，只有自己的男人才能帮她。男人就像医生，能治女人的这个毛病。果然，天良感觉到了，他把女人抱得更紧，恨不能把女人嵌进自己的身体里。

女人的心胀胀的，身体也胀胀的，她闭上眼睛，陶醉在男人拥住的感觉里，那比糖还要甜腻呢。

天良嘴里哈出的热气把女人脖子上的汗毛弄湿了，那里水汪汪的，使女人白皙的皮肤更显得娇嫩滋润，令天良心动。

突然，天良松开双臂，轻轻地叹了口气。

女人回过头，眼中汪汪的水色慢慢落下去，她静静地看着男人，不知道他为啥光叹气。男人不说，她也不问。问多了不好。


晚饭是天良家的做的。她不要男人们帮忙，一个人干，她要叫这些离家将近一年的男人吃一顿真正的饭。她一人做拉条子，和面、揉面、饧面、抻面，一道连着一道的工序，复杂着呢。她不嫌复杂。男人们为养家糊口，来到荒山里淘金，辛苦且不说，这热一顿冷一顿的没有保障，还不是为家里的女人和孩子。她心疼自己的男人，也替别的女人怜惜这些男人，她既然来了，只不过给他们做一顿热热乎乎可口的饭食，让他们感受到女人的好处，心里牵挂着家，她愿意做。

女人心里揣着自家男人，想着叫她心颤的缠绵即将到来，浑身是劲，干活比平时利索。

男人们兴奋地欣赏了一阵天良家的和面，帮不上手，大宝叫天良帮着烧火，招呼有才和琐琐去收拾那间放粮食杂物的小屋。他们对女人住在哪儿非常用心，一边咪咪笑着，一边毫无顾忌地说着怪话。特别是大宝，嗓门比谁都大，他光咋呼不干活，指挥有才和琐琐干。他们把小屋里的杂物收拾利索，在角落里打了一个双人地铺。

女人在这面屋子全听到了男人们说的话，脸红红的，却爱听。这些话都是说她和自己男人的，有些说得很赤裸，女人听了心里热热胀胀的，有种晕过去的感觉。她埋下头装着什么也没听见，只管择盆里的菜，洗了，切了，炒了，似乎又掩不住那欢喜，不时瞄一眼烧火的天良，自己的男人真真实实就在眼前，不再是梦中的幻影，此刻，他正眼神迷离地瞄着自己呢。女人又慌又乱，心咚咚直跳，像是做姑娘时和天良相亲那会儿，羞怯怯的。女人晕了，突然感觉不对劲，揭开锅盖，锅里的水已经翻滚得快冲出来，白色的水汽掩住女人发红发烫的脸。女人心想反正天已经黑了，快到晕的时候了，大半年来的想象马上就会成为现实，她还急啥呢，到时狠狠地晕吧。

拉条子做好了，男人们蹲在油灯下，每人捧着大海碗，吃面声像山洪暴发似的，一浪胜过一浪。女人听着高兴，不停给这个盛汤，给那个递蒜，她自己没吃上一根面呢。坐两天车，又爬了大半天的山路，这两天为赶路，基本上没吃过一顿像样的热饭，她早饿了，闻到拉条子的香味，再看几个男人吃得那个香，她都咽下不知多少次口水。天良催女人一块吃，男人们嘴里噙着面，也含含糊糊地要她吃，可她坚持没动筷子，她要等男人们吃饱后再吃。在家里，她也是这样，等公公婆婆、男人、小叔子吃完后才吃，她急啥呢，没啥要紧事，早吃晚吃都一样。

男人们吃饱了，他们一边喝着面汤，一边肆无忌惮地打饱嗝，大蒜的臭味顿时把屋子填满了。女人不喜欢闻大蒜味，她端起碗出了屋子，在夜色里挑起拉条子慢慢吃着。她吃饭向来细嚼慢咽，从不出声。女人吃饭出声，和晚上叫床一样羞耻丑陋。这是女人们的哲学。

男人们吃饱肚子，突然觉得没啥事可干，要是以往，他们不是歪在被垛上，枕着幽暗的灯光，说说今天淘洗沙金的情况，就是闲扯女人。今天不行，天良家的来了。有个女人在这，他们个个装得人似的，把平时的粗声大气、毫无顾忌全收了起来。

"我从来没吃过这么好的拉条子，粗细一致，劲道柔韧，吃完全身是劲。"有才说。

"天都黑了，淘不成金，你要劲做啥？不像天良，人家有用场。"大宝意味深长地说。

大宝这么说，女人心里清楚，脸比油灯还红，匆匆吃完拉条子，汤都没喝，收拾洗了碗筷。男人睡觉和做饭都在一个屋里，女人想收拾完赶紧离开蒜臭和男人汗臭味的大屋，回那间小杂屋，与自己的男人在一起。她大老远从家里奔

来，不就是想和自己男人在一起么。

女人收拾锅灶不像做饭时那么从容，慌手慌脚收拾完要走时，琐琐说："天良，急啥，天还早呢，叫弟妹坐下说说话吧。"

有才不怀好意地说："是呀，上次大宝的女人来之后，又有四五个月没听女人的声音。天良，你就这么急呀？"

天良一脸难堪地望一眼自己的女人，不知说啥好。女人不吭声，咬着嘴唇任着他们说笑，她知道这些男人寂寞着呢，借这么个机会过过嘴瘾。

大宝给有才眨眨眼，说："有你说话的时候，天良给大家留着呢，看他脸红到耳朵根了，别为难老实人，春宵一刻值千金，就不要再浪费人家的时间，都是过来人，连这点礼貌都不讲！"

在男人们的坏笑声中，女人和天良往屋外走。出门时，天良被门槛绊了一下，差点摔倒，女人及时扶住丈夫。

身后爆发出哄堂大笑。

他们像被笑声追赶出屋子，天良像喝醉了酒，脚下不稳，摇晃着与女人来到小屋里。女人点亮油灯，返身去关门时，天良拉住她，小声说："先别关。"

女人看了男人一眼，一屁股坐到地铺上，觉得很累，身上的关节被锈住似的，靠到被垛上，真想躺下。

天良没坐，像刚进屋时站着。

女人仰着头看自己男人。油灯微微闪烁，天良的脸在昏暗的灯光下也在闪烁。过了一会儿，天良说："你起来，咱们到外面走走。"

女人犹豫了一下，还是站起来，跟着男人出了小屋。到屋外突然想起什么，对天良说："油灯没吹。"要返身进屋去吹。

天良说："不要吹，亮着吧。"

女人抓住天良一只手臂，天良像遭蜂蜇似的，疼得甩开女人，小声说："别，他们都在后面看着呢。"

女人往身后看了一眼，发现那三个男人全趴在屋门口，狼似的伸长舌头看

5

着他们。女人惊叫一声，规规矩矩地跟着男人往前走。

月亮出来了，蹲在不远处的阿尔金山顶上，又圆又安静，能清楚地看见里面的桂树。

走出好远，女人回头看了一眼丢在身后的土屋，土屋在月色下像个灰色的影子。女人有些忐忑的心才安静下来，她抓住男人的胳膊，立住，兴奋地指着月亮，说："你快看，月亮里面的吴刚正砍桂树呢。"

天良仰了头看，果然，吴刚举着斧头卖力地一下一下向桂树砍去，都能听到从月亮里传出砍树的咚咚声。

女人出神地望着月亮。

天良问："今天是十五吗？"

"十六，昨天十五。"

"那还圆啥呢？白扯。"

女人笑道："十五的月亮十六圆，你咋连这都不知道？"

天良情绪却不高，眼神落在远处，没接女人的话。

女人拉着天良："你不高兴看，咱回去吧。"

"再走走。"

"我——有点冷。"女人往天良身上靠过来。

天良揽住女人，女人的身子温热柔软。

月光洒满阿尔金山满山遍野，山坡上枯黄的茅草在月光中显得更加亮丽，像沾了一层沙金，在阿尔金山的怀抱里闪着耀人的光芒。层叠的山峰沉静安详，有一种朦胧而又极具气势的美丽，全然没有白天给女人荒芜而零乱的印象。

女人显然被月光下的景象所感染，依偎在男人怀里，天真地说："要是沙金能像山坡上的茅草就好了，你们不用费大劲就能淘到金子。"

天良把女人紧紧搂在怀里，过了会儿，轻声说道："你真不应该来。"

女人从男人怀里挣脱出来："什么意思？我一来，你就说这句话，我——

就是想你。天良，你要真嫌我，就说，我马上走，趁今黑走，有这么亮的月光，我也不怕，能下山。"

天良轻轻叹了口气，伸手去搂抱女人，被女人倔强地推开了。

天良愣怔了一下，转过身子，看着洁净的月亮，慢慢地说："再有一个月，天冷了水结冰后，这活就干不成了，到时分了沙金我就回家，回家……"

天良的声音越说越轻，女人听着不对劲，凑近一看，天良满脸是泪。女人慌了，用手摸自己男人的脸，越摸脸上的泪水越多，好像是她的手摸出来的泪水。女人一头扎进男人怀抱，蹭着男人的胸口，嗅着男人身上的味道，说："我知道你的心思，不想叫我跑这么远的路受累，你说是不是？"

沉默了一会儿，天良才说："是，可不全是。"

"那你是怕我来回花路费？"女人说，"我知道，你挣钱不容易，我不会胡花的，在家也不乱花钱。"

"钱确实很重要，没钱，啥都不行。要有钱，我怎会跑这么远？"

"我……我来时可没向你父母要钱，路费是我过门时带来的私房钱。"

"你不明白，这不是路费的事，"天良说，"我说的是……"

"是啥？你倒说清楚呀。"女人急了，男人这是怎么了，他不高兴她来，到底是为啥嘛？

"你还是……新媳妇呢！"

"废话，新媳妇才更想自己男人呢，你不想女人……"女人软在男人怀里，"这么远路，腿都走短了，回吧，他们打的那个地铺太硬……"

天良没听进女人的话，还在喃喃道："他们的媳妇是啥？一个个全是老女人，可你是新媳妇呢。"

"没关系，地铺就地铺，反正就几天，又不是睡一辈子。"女人在男人怀里扭来扭去，"只要和你在一起，睡哪都行。"

"大宝家里的算啥？生过三胎，还生不出个儿子，是老掉牙的老娘们了，她咋能跟你比，你是那样的光鲜。新媳妇呢，她们咋比？有才的媳妇干得像根木棒，嘴大，龇牙咧嘴挺吓人，"天良的手落在女人的头发上，还有脸上，"你看你，头发多好，乌黑乌黑的，皮肤光滑水嫩……"

女人越听越茫然，不认识似的仰头看着自己的男人。

月光下，天良脸上像刷了一层糨糊，看不清他真实的表情。

女人摸摸男人的额头，说："你累了，咱回去睡觉吧，我早想睡了。"

说完，女人突然觉得自己这话说得有点那个，迫不及待似的，脸唰地红了，她怕男人看见自己的红脸，背过身去才发现，月光下他看不清楚。

"你是我的媳妇，哪怕老了……"

"天良……"

"噢，睡觉？不急，我现在还不想睡，咱们再走走好吗？"天良有点恍惚，"你看月光多好，我带你去看我们淘金的地方吧，离这不远。"

女人弄不明白男人的心思，他咋不急呢，大半年没在一起的新婚夫妻，还等啥呢！女人又不好拒绝，只好跟着男人来到一个水潭边，潭周围堆满沙子，沙堆上七零八落地扔着些破筛子、铁锹、水桶等用具。女人没见过淘金，看着这些用旧了快废弃的破工具，想象不出凭借这几样破东西，怎么能从沙子里淘出黄灿灿的金子来，好奇心起，她问男人是怎么淘金子的。

"我做给你看，很简单的。"天良来了劲，捡起地上的铁锹，铲了些水潭里的泥沙，倒在筛子里，把筛子连同泥沙浸入水中，慢慢摇晃起来。随着摇晃的，还有一片月光。

过了一会儿，天良拿出筛子，抓一把洗净的沙子，举到月光下看了又看，才给女人看。

"你看，沙子里闪亮的东西，就是沙金。"

女人凑上来看，她只看到一把颜色深浅不一的沙子，根本没看见闪光的沙金。

"在哪儿呢，我咋看不见？"

天良用手拨拉拨拉沙子，说："在这儿呢，看得不是太清，月亮太暗，要是白天太阳下，就看清金色了。"

女人又看了看，还是没看见，她失望地说："算了，明天再看吧。反正，我这几天又不急着走，有的是时间看你们淘金。"

天良本来已经扔掉了手中的筛子，抬步要走的，却突然站住不动了。

"说啥，你还要在这住几天呀？"

女人奇怪地说："老远来了，不可能住一夜就走吧？"

"不行！你明天就得走。"天良强硬地说。

"为啥？"女人又委屈了，大半年没见，她咋就摸不透自己的男人呢。

"我不走，我就待在这里！"女人半是撒娇半是赌气地说。

"住口！"天良突然间恼怒了。

女人看到男人浸在月光里的身子一下子挺直挺直，男人呼哧呼哧的喘气声像风箱似的。她知道，男人是真生气了。虽然他们结婚时间不长，可女人从来没见过男人对自己突然间变过脸，以前对她爱都爱不够呢。这才分开多久，男人咋就成这样子呢？女人有些愣怔。

天良骂女人："不让你待你偏要待，看来你和他们是一条心，我原来咋没把你看清呢！你这个贱货，真不要脸，心里还想着别的男人……"

起初，女人没反应过来，男人的谩骂像重锤一样把她砸懵了，她的大脑在瞬间被砸得模糊一片，几乎要窒息了。当眼泪唰一声涌出来时，她的神智恢复过来，本能地要回应男人的谩骂，准备和他大干一场。男人的话搁谁听着能受得了，太过分了！可女人突然间又觉得不对劲，男人为啥变脸呢，是不是他淘金淘得神经太紧张，对她的突然出现一下子还接受不了？细想从看到自己的第一眼起，男人就显得心事重重，到底是咋回事呢？

女人比男人显然理智得多，这样一想，她压下心中的怒气，换口气说："看你说的，我是你娶过门的，是你的女人，心里只有你一个，咋会干伤风败俗的事呢。天良，你是不是太累？别胡思乱想了，走，回吧，我给你解解乏吧！"

天良意识到自己的失态，反应过来，拍了拍自己的脑袋，期期艾艾地说："我这是咋啦？昏头了，刚才是不是做梦？唉，这段时间是太累人了。"

女人更加证实了自己的猜测，庆幸自己刚才没冲动，男人在外面这么辛苦，压力大，她是他的女人，该理解他才对。她架起男人的胳膊，要男人往回走。

天良还是不想回，他拉着女人去看挖泥沙的地方。没办法，女人只好跟着去了。如练的月光下，她看到一个又一个挖得毫无规则的深坑，如同一只只张开的大嘴，黑洞洞的。女人无法想象，那么闪亮的金子，竟是从这么破败的地方挖淘出来的。对金子，顿时失去了神秘感。

好不容易把天良扯回来，吹灭油灯，女人困得眼都睁不开了。但她还是在地铺上解开衣服，打开身体，让自己的男人来尽情耕耘。

几缕奶白的月光从窗缝隙穿进来，落在地铺上，像女人的身体一样柔滑。天良明显激动起来，几下除掉自己的衣服，把女人压到身下。

屋外月光如水，能流到的地方像水潭似的，有人轻轻从上面走过，发出潮湿的响声。

天良听到了外面轻微的响动，发烫的身子一激灵，顿时软在女人身体里。任女人怎么努力，自己的男人都没英勇起来。

女人太累，慢慢地迷糊睡着了。但是男人一直睁着眼望着黝黑的屋顶，他的心里沉得像灌了铅。

夜静寂无声，天良听到身边女人有时匀称有时短促的呼吸，他知道她一定睡得不踏实，有啥事她牵挂着呢。

女人被天良轻轻摇醒时，屋里依旧泛着洁净透亮的月光。女人以为自己男人想了，抱紧男人的身体。天良推开女人，催促快穿衣服。女人不知发生啥情况，还没细问，天良已经把衣服一件一件递到女人手里。

女人穿好衣服，天良才说，要和女人一块回家，现在就走。

女人拉住天良，问："为啥不等天亮跟他们说一声再走？"

天良说："不说了不说了，快走吧。"

女人不依，这时候她才真的相信自己的男人一定有心事，不然，他一天的反常，还有现在迫不及待地要走，都没法解释。她和男人结婚后在一起才一月多时间，为啥男人大半年没见她，却一点都不迫切？女人心里的疑惑越大，就越不肯走。天良急了，猛拽女人，屋里的动静大起来，他又不敢动了。心里急，天良抱着头蹲下，眼泪流得哗哗响。

"到底有啥事？天良，你说吧，说清楚了咱就走。"女人说。

天良仰起泪脸小声说，天亮透后，他们就走不掉了。琐琐还好说点，大宝和有才肯定不会放他们走的。就是走，也得留下自己的女人陪他们睡过觉才能走。上次，大宝家里的来了，第二夜，大家不是都睡了嘛，说好了的，谁的媳妇过来大家都要轮着睡一次，不能光想沾别人便宜，自己不吃亏。

女人这才明白，心缩成一团。

"你真的睡了？"女人问。

天良点点头。

"难怪你不想我。"女人的泪水涌出来，自己的男人睡了别的女人，这样的事实几个女人接受得了？可是怪了，女人心里居然怨不起男人来，她知道，在这种地方，这样的条件，一个女人的身体对一个长时间离家在外的男人意味着什么。

"不，我想你。天天想，夜夜想。"天良抱住女人说。

女人点了点头，她开始收拾自己的东西。其实也没啥可收拾，就一个包，几件掏出来的换洗衣服。

这时，月亮的光已经淡了下去，黎明以黛青色的颜色出现了。

天大亮时，天良和自己的女人已走出好远。

女人突然问男人："你真的愿意放弃该你的那份沙金？"

天良没说话，默默地拉紧了女人的手，脚步更快。

女人又说："怪可惜的，淘了近一年呢，受那么多累……"

天良对女人说，他觉得女人比金子更重要。女人就是他的金子，他已经错了一次，不能再错下去，让心中最珍贵的金子失去色彩。

# 下　水

　　女人在煮挂面，煤气灶火苗拧得很细，刚好能使锅里的水翻滚，又不至于溢锅。一罐煤气几十块钱呢，比不得在老家烧柴火，随手搂两把柴草不花钱。到城里后，可没柴草烧，女人用煤气灶时间长了，摸索出拧到多大火苗最节省气，又不会把挂面泡烂。她一手拿筷子搅动面条，一手端碗凉水，不时往沸腾的锅里点水，不叫乳白的泡沫溢出来。挂面硬，水浸透得一阵子，女人一边顾着锅里，一边侧头瞄电视。

　　就一间屋子，卧室厨房一起用。男人斜靠在被垛上，双手垫在头下，专心致志地盯着面前的电视。14英寸的电视机蹲在床头边的那张旧桌上，桌子是老式胶合板的那种，缺个角，两条腿还拦腰被斩断了，是男人找来两根粗细不一样的木棍，用铁丝绑扎好的，模样看上去有些丑陋，可很结实。就这，还是男人和女人有次经过一个垃圾站时发现的，当时桌上还斜放着一盆破败的花呢，紫色的叶子，细长细长的茎，叶子间开了几朵细碎的淡紫色花朵。夫妻俩已经走过去了，女人的目光被那盆花粘住，折回了身。他们租的房子里只配备一张旧床，房东说又不是做学问，没给配桌子。男人和女人索性把这张断腿的残桌搬了回来，男人修修补补，桌子的用途很快就体现出来了，不久，他们从一个收破烂的老头手里花五十块钱买回这个旧

电视机，还是彩色的。男人捡来一段废电线，烧掉绿胶皮，用裸露的铝丝做了个天线，首都就是不一样，这样的天线竟然能收到好几个频道。只是屏幕上偶尔会莫名的闪出一道波浪线，把画面上人的脸或者身体分割成两半，不太雅观。不过，这种情况不太多，波浪线闪过后，画面会模糊一些，但慢慢会恢复正常。

电视里正在重播北京新闻。这是个重要节目，要是时间允许，夫妻俩每天必看。每天收拾完摊子回来，天已经很晚，赶不上六点半直播的北京新闻，只能看九点钟的重播，就这，夫妻俩已经很知足了。住在五环以外，离市区这么远，能够看到北京发生的大小事情，还有啥不知足的！

见女人看电视得偏头，男人赶紧起身把电视机往女人这面转了转，又趿上鞋跑到女人那边看看，女人搅动着面条，连说几声"不用转，不用转"，并不真的阻止，她知道男人认定了，是阻止不住的。男人觉得女人的头不用偏那么厉害了，才满意地又回到床上靠在被踩上。不过，这次他的姿势不像刚才那么自在，他得偏着头看。这天，北京新闻里正在播香山红叶节开幕的消息，镜头里闪过的一簇簇红叶，艳丽得使人心跳。女人被红叶强烈的色彩震慑住了，她不是第一次在电视上见到红叶，每次看到，她都会有一种呼吸不上来的感觉。女人心里很奇怪，一到秋天，老家的树叶也会变红变黄，可怎么看都是枯败凋零的模样，就像人到一定年龄，怎么掩饰也挡不住满脸的沧桑。屏幕上色彩鲜艳的红叶跳过去了，闪动在夫妻眼前的已变成前往香山的密密麻麻人群。女人的心已定在刚才的画面里，脸上仍是一副向往的神情，忘了锅里正煮着面呢。瞅着这个机会，一直被压抑的面汤泡沫往上一蹿，扑哧一声溢出了锅，女人吓一大跳，猛回过神，手忙脚乱往锅里倒凉水，手碰到锅沿，烫得惊叫一声，凉水和碗掉进了锅里。

男人一跃而起，顾不得穿鞋，奔过来抓住女人烫着的手含进嘴里。女人吓坏了，她的手被碱水泡得像砂纸，被男人含在嘴里，不就像含了沙子么，赶紧往回抽手，哪里抽得动，只好任男人轻轻地舔，她的手指痒痒的，却感觉不到灼疼了。她不敢看男人的眼睛，垂下眼帘用另一只手关掉火。女人用筷子捞趿进锅里的碗，怎么也捞不起来。男人不放女人烫着的手指，一直含在嘴里，他用两根手指迅速把锅里的碗拎出。望着溢满灶台的泡沫，女人愧疚地低头抓过抹布，去抹泡沫。男人一把扯过抹布，把灶台擦干净。女人轻声说句"面煮好了"，迅速瞅男人一眼，赶紧垂下头，像当年他们相亲那会儿，她偷看男人，被男人一眼接过去眼神，脸都羞红了。女人抽出手要捞面。男人扔下抹布抓筷子替女人捞，被女人推开了。面条煮得有点软乎，男人不喜欢没煮透的面条，喜欢软乎的，入口便化。女人则爱硬点的，嫌软的不筋道，吃下去没多久肚子就饿了。但她迁就男人，从来不在男人面前说软乎的面条不好吃，怕男人反过来顺着她。她宁愿跟男人吃软乎的，只要男人吃得开心，她心里就喜欢。男人是主心骨，一切由着男人，女人心甘情愿。

面条捞出来，用凉水过一遍，面条筋道。十月底，天气凉了，院外的银杏树叶开始泛黄。深秋吃不得凉面，女人把凉水冲过的面条又放进面汤锅里烫烫，再捞出分开在两个大碗里，浇上打好的卤汁。是鸡蛋西红柿卤，红的红、黄的黄，看上去很悦目。女人端起一碗，顺手拿个蒜头，递到男人手里，回来往自己的碗里加了些醋。屋里没凳子，女人端到床边挨着男人坐下，边吃边看电视。

男人吸溜一大口面条，不经意地说道："要不，咱俩哪天下午抽空去趟香山，也看看红叶？"

女人眼里闪了一下，挑着面条的筷子停住："算了吧，这个时节门票涨到了十块，不划算，等门票降下来再去吧。"

"降下来就没红叶看了。"

"红叶有啥看的，电视里都看过了，就那么回事。"女人边吃边说，"再说，又不是没见过红树叶，老家房前屋后到处都是。要看，等以后回家了想怎么看就怎么看，还不用买门票！"

男人再没说什么，心里却想，说得倒无所谓，刚才你看电视里的红叶都愣了神，还烫到手呢。这样想，却没说出口。他知道女人的心思，也不点破。听她说想怎么看就怎么看，出了北京，就不再是香山红叶了，没那大片大片好像要烧起来的红了。男人心里微微有些发酸，他看着女人一门心思盯着电视，不再多想，反正，这是他们该过的日子。

两人都不言语，小小的屋里被西红柿鸡蛋面的味道填满，还有电视里发出的声音。

北京新闻看完，到天气预报时间，这也是夫妻俩必看的，每当听到第二天要降温或者有雨时，女人的眼神飘忽起来，不停地往窗外看。当然什么也看不到，他们租住的小平房外面除狭窄的过道，就是一条长长的围墙，围墙的那边是什么，他们没看到，也没打听过。看不到黑暗的外面，女人仍会自言自语一番，不知儿子看没看到预报，准备明天添加的衣服没有？

天气预报里说，明天有冷空气入侵，北京气温会下降十度。十度呢，不加衣服可怎么得了。

男人只管吃面条，吃得山响。吃毕，搁下碗，掏出手机递过来："给，不放心就给儿子打个电话叮咛一下。"

女人嗔了男人一眼，没接手机，细细嚼完嘴里的面条，轻言慢语道："算了，没说几句话，一分钟就到了，三毛钱呢。有你这样大方打手机的？"

男人收起手机，过去端起锅喝了一大口面汤，咕咚咽下去说："那咋办呢，谁让你给儿子买手机哩，不然，咱们打到他们宿舍走廊的公用电话，一次找不到，再打再找，碰上了还能与儿子多说几句，也不怕他看到咱们打的是北京号码。"

"要是有不显示来电号码的手机就好了，跟普通电话机一样。"女人若有所思地说。

"做你的梦去吧。"男人打个饱嗝，关掉电视，身子往床上一歪，"我就不信，没有手机，同学们就看不起他了？我们那会儿上学，连个新鞋都穿不起，脚上的鞋总是大哥大姐传下来的，露着脚趾头，也没见人笑话。哼，现在，什么年代！"

"你还知道什么年代？就你那会儿，连饭都吃不饱，谁有心看你的脚趾头露不露出来。"

男人叹口气："唉，时代变了，人也变得奇怪，打个电话不说话都能知道你从哪儿打来的。"

　　女人没答话，默默地吃完饭，将碗端到灶台，回来坐在床边拿着男人的手机发呆。手机样式太老，灰不溜秋，都看到原来是什么色了。能有手机用就很不错了，什么牌子对夫妻俩来说一点都不重要。女人实际上还不会用手机，她只会在男人给儿子拨通电话后接过来跟儿子说话。男人教过女人好多回怎么拨号，可女人每次拨完儿子的手机号就不记得按哪个键发送。男人的手机键盘磨损得太厉害，上面的数字和字母很模糊，得靠猜测才能辨清。女人盯着手机好一会儿，忽然放下起身就往外走。男人的目光一直盯着她呢，猛地坐起："你出去干啥？给你说过多少遍，不要去打公用电话！一打，儿子就知道咱们来了北京。以前他离得远，你惦着，现在一个城里待着，还不跟天天见面一样！"

　　女人回过头说："我不打电话，去找房东家孩子要本拼音书，我要重新学拼音，学会了好给儿子的手机发短信。"她听说短信比打电话便宜。

　　男人扑哧笑了："就你，别费那神了，打个电话都不知怎么拨出去，还发短信，你找得准键吗？再说，你连普通话都说不好，学会拼音也拼不出汉字来，尽是错字，发给儿子，不是难为他嘛。还是省下点劲明儿个多洗几副下水，多挣点钱，直接打手机给儿子吧。"

　　女人在门口犹豫，心想男人说得也对，便折回床边坐下，抓住男人的手说："你说，咱来北京挣钱，儿子要是知道了，不会怪咱吧。"

　　男人甩开女人的手，拧过身子说："你咋就不开窍呢，给你说过多少遍了，别给儿子丢人好不好？"

　　女人眼里的神采像黑夜里黯淡的星光灭了。她不再吭声，抚摸着烫伤的手，脸上哀哀的。

　　等了一会儿，男人见没动静，转回身坐起，看到女人的样子，心疼了，抓住女人那只烫伤的手说："还痛吗？来，早点睡吧，明早得起早点，老万今儿个说了，明早要赶不上，就不给咱那副牛下水了。想想吧，洗副牛下水，顶三头羊下水呢，你舍得！"

　　女人恍然醒悟："噢，记着呢，我去洗完锅碗就睡。"

男人抓住要起身的女人，跳下床，怕女人抢了先似的，边趿鞋边说："还是我去洗吧，你的手烫伤了。"

男人从女人跟前冲过去，带起一股风，女人闻到微微的风里还是有一股下水腥膻味。这是他们夫妻俩彼此已经熟悉的气味。无论他们怎么洗，把衣服用洗衣粉揉搓多少遍，还是能闻到这味。就好像，这种味道已经渗进他们的皮肤，又从毛孔里一点一点散发了出来。

一股热流从女人的眼眶涌出，她趁机倒下用被角蒙住脸，不想叫男人看到她流泪。反正，回来做饭前已经粗略洗过手脚，腥臭的外衣也脱在门后了。被子虽是男人换了外衣躺靠过的，但女人从被窝里，还是闻到属于他们的那种气味，是任什么也洗不掉的味道。

女人知道，城里人不喜欢他们身上的这种味道，所以他们尽量不到人多的地方去。夫妻俩已经习惯这种味道，他们是为儿子上大学的费用，才来北京洗下水的，再说，没这种味道，他们怎么可能离儿子这么近呢！女人深吸一口气，似要把捂在被窝里的那点味道全部吸进肺里，不让男人多闻。男人比她辛苦，每天得早早去市场找屠宰的老万取下水，拉回来后，女人受不了新鲜下水的腥臭味，一般都是男人洗最脏的肚子和大肠，所以男人比她闻的臭味要多得多。女人索性掀开被子钻进去，钻进浓浓的味儿里。

他们的饭吃得简单，就几个碗筷，男人洗锅唰碗的速度很快，几声锅碗碰撞的声音后，他就收拾利索了。

男人用香皂细细洗过手，还在鼻子下嗅嗅，每个晚上临睡前他都用香皂搓洗自己的手，手很粗糙，这没法改变，但他不想带着下水的腥臭味儿睡觉。昏黄的灯光下，男人的手看上去已经洗干净了，可他还能闻到一股淡淡的下水味儿。

有味儿就有吧，没下水味儿，儿子的大学怎么读得下去！男人甩甩手，上床关掉灯脱衣服，见女人没动静，便伸手过来："不会吧，这么快就睡着了？"

女人知道男人的心思，故意不理他的手，装睡，还打了两声轻微的鼾声。她听到男人叹口气，失望地抽回手，轻轻地挨着她躺下。

过会儿，不再见动静，女人猛然侧过身，轻轻叫了声"死鬼"，便扒掉内衣，像只猫似的卧进男人怀里。

如果每天能争取到一副牛下水洗，收入就可观了。现在，儿子在大学的生活费由原来的每月四百块，涨到了五百五，没办法，粮油菜价涨了，大学食堂的饭菜跟着涨。不过以他们来北京后挣的钱，供儿子上大学的费用够了，要是放在老家靠种地或者跟村里的人到工地去当小工，肯定供不起儿子，不说每年六七千块的学费，单是每月的生活费就够他们发愁的。看来，还是北京好，机会多，他们算是来对了，累点脏点，但能保证每月挣到八九百块钱。上个月运气好，多洗了几副牛下水，挣到了一千二，除过一百块钱房租，俩人每月吃用花不到两百块，节约下四百来块钱。女人想要给儿子买部手机，现在连中小学生都有手机，何况大学生怎么能没手机。

儿子很懂事，刚上大学时给家里很少打电话，一来怕花电话费，二来家里没装电话，得打到村头的杂货铺喊父母，接次电话还得一块钱呢。他就坚持给父母写信，每次信写得很长，内容不太一致，一看就是断断续续写的，该说的话都说了，还能省邮资。儿子在信里也写到同学们都有手机，可他从没提自己要手机，他知道父母不容易，为他上这个大学已经倾其所有，他不想给父母增添负担。

女人坚持要给儿子买手机，她要经常听到儿子的声音。每次他们给儿子打电话到宿舍走廊，不一定能找到，还得花电话费，不如给儿子买部手机，随时都能打到他。起初，男人不同意给儿子买，手机通话费太高，他还没凑够儿子下学期的学费呢，有这个钱，不如攒起来。但女人铁定了心，他们这么辛苦，还不是为儿子？他们夫妻每月再省吃俭用些，几个月也能省下几百块钱。男人拗不过女人，咬咬牙答应了。于是，给儿子的储蓄卡多打过去三百块，叫他自己买手机。儿子坚持不要，在父母的催促下，到公主坟买了个便宜的二手货，办理的是免费接听的号码，他舍不得打，等父母再次给他把电话打到走廊时把号码说了，女人很高兴，想着这下可方便了，劝儿子不要拨打，手机通话费太贵，他们打给他，反正接听又不收费。但是，问题跟着又出现了，男人见识广，知道手机有来电显示，公用电话如给儿子打手机，就会暴露他们在北京。他们不想让儿子知道他们在北京，干的是这种没法说出口的活，会给儿子增加心理负担，叫他更没法在同学面前抬起头。这可怎么办？女人眼巴巴地瞅着男人，不能给儿子打电话，听不到他的声音，在一个城里，离这么近，看不到人也就罢了，如果连声音都听不到，她可受不了。能有什么办法，男人咬咬牙，只好找收旧手机的买了部二手货，说不定是三手货呢，旧是旧点，还能用。就这，还是那个收旧手机的见他苦巴巴掏不出几个钱的样儿，又听说他儿子在北京上大学，才将二十块钱收来的旧货只加了十块钱给了他。这下，问题算解决了，每个星期能和儿子通次话，可是，他们都知道节制，手机通话费贵着呢。他们挣点钱不容易。

北京的天气一天比一天冷了，路边的树叶还没黄透飘落呢，小清河的水已经冰得有些刺骨了。

天还没大亮，女人将盆盆罐罐在河边摆好，刚从河里提了两桶水，男人已经骑着三轮车拉来第一批下水。离很远，男人就叫唤女人快点过来。女人跑过来往车里瞅一眼，高兴地叫起来："噢，今天有两副牛下水呀！"

男人刹住车，边往下卸货，边兴奋地说："老万刚给我说，有个牛肉面馆称赞咱们洗得干净、实在，检验咱没用化学药物，放心，点名要咱洗，还说他们今后的牛下水全给咱了。"

"噢！"女人兴奋地叫了一声，"这下太好了，咱也有固定客户了。还记着我怎么说来，入口的东西不敢胡来，不管别人怎样，咱得讲诚信，这不，好运来了不是！"

"是呀是呀，当初要是像他们一样，为省事放点化学药物漂洗，害人不说，这大宗生意就谈不上了。"

"你说每天都会有固定的下水，再加上咱们找些零散的来，一个月能多挣不少，这样洗下去，等儿子大学毕了业，再过上一两年，咱们是不是也成富翁了？"女人一脸兴奋地憧憬着。

男人笑眯了眼，心想，这女人，心小，容易满足。

"那咱就好好再洗几年，变成富翁……嗯，那时，咱每年都到香山去看红叶，然后逢年过节回老家。"男人乐呵呵地说。

女人开心得大笑起来，直起身子向香山方向张望，自然什么也看不到。北京的天空灰蒙蒙的，想要近距离看清某个地方根本不容易，更别说看见遥远的香山了。

两人边说边洗下水。这回，男人也不把洗过的脏水随地泼了，倒回空桶提到远处灌进污水道。他们从不往河里倒脏水，女人不让，说洗过下水的脏水往河里倒，河水就坏了，他们上哪儿洗下水去？男人叫女人稚气的话逗乐了，他们倒几桶脏水，怎么能坏一条河呢。不过他还是听进去了女人的话，首都的污染已经够严重了，能不多添一分，就不添。可有时男人求方便，把脏水往旁边的野草丛里泼，所以，女人一般不让男人倒脏水，她自己提到污水口去倒。这次，男人把女人的话当回事了，看来，人还是得有好心情啊。

中午过后，两副牛下水洗得干干净净，将洗净的下水装上三轮车，男人拉回老万店里去漂最后一遍自来水，交货后运气不错，又领到两副羊下水。

男人欢快地蹬着三轮车，去路边的店里买了几个素菜馅饼当午饭。女人不高兴了，埋怨道："里面就几片韭菜叶子，每个要五毛钱，你烧包了吧。"

男人嘿嘿笑道："整天吃大饼，我想换换口味……"

"你早就想换口味了吧？"女人狠狠瞪男人一眼，"说不定哪天连我也得换了！"

男人将冒着热气的馅饼塞到女人手里，依然笑道："趁热吃吧，你的脑子快赶上联想喽。"

这下，女人忍不住扑哧笑了："那可是电脑，比人脑先进，咱洗下水的命，一辈子都赶不上。"

吃完馅饼，女人躺在枯黄的草地上歇息，仰头闭着眼睛任正午的太阳温暖地在脸上流连。阳光下，男人过来俯在女人身边，发现她眼角、下巴上净是细密的皱纹，平时没太在意，只有她笑的时候，才看到眼角堆起的褶子，原来那些皱纹平时都隐藏着呢。男人望着女人脸上松弛下来的皮肤，想起当年他们相亲时，那时候她可真年轻啊，虽说不上多漂亮，可这张脸却是白里透着红呢！男人心里酸酸的，过了会儿，他的心又变得像这秋日的阳光一样柔和温软起来，轻轻地俯下头，凑到女人脸上，突然亲了她一口。女人没防备吓得忽地坐起来，见男人还冲着她嘿嘿笑，便瞋他一眼："死鬼，真不要脸，河对岸不停过汽车哩。"

歇了一会儿，两人又开始干活。女人从脏水里捡出一片树叶，抬头看看四周，周围的树大多是杨树，树叶黄绿参半，秋风一扬，无论黄的绿的叶子，纷纷扬扬，似一场叶片雨，女人很喜欢置身在缤纷的落叶里。可是，这会儿她正忙着，没这闲心。她扬手扔掉树叶，突然说道："天越来越冷了，也不知天安门广场国庆节摆放的鲜花长城冻死了没有？"

十一长假时，儿子在电话里说他去天安门广场看花展了，那里用各种鲜花树木摆了个长城，很壮观。

女人在电视里也看到了，那只是一晃而过的画面，她忍不住想那些鲜花树木怎么能搭摆成长城模样呢，她心里一直惦记着哩。眼瞅着天气越来越凉，树叶都成群地往下落，那些娇贵艳美的鲜花怎敌得住这深秋的寒意。女人还没正儿八经地见过鲜花长城呢，只是偶尔路过一些单位门口见到一些用花草摆出来的字，怎比得上电视里那个一晃而过的鲜花长城壮观、灿烂呢。

男人头都没抬，说："洗你的下水吧，天安门广场不用你操心。"

过了半晌，女人又说道："看现在天气，也许花还没凋谢呢。要不，咱们也去天安门广场看看，来北京这么久，还没去过呢。儿子在电话上说那里不要门票，咱去看看？"

"别做美梦了！"男人断然道，"要是叫儿子碰上，你怎么给他说呀，啊？"

女人小声道："儿子不一定天天去天安门广场啊……那里有鲜花长城……你说得对，儿子上次看鲜花长城时，开心得很，要是万一碰上……还是算了吧，电视上都看过了，去了还不是一个样！"

洗下水的哗啦声盖过了一切声音，连河对岸的汽车声也被盖过了。

冬至了，他们租住的平房里没暖气，房东允许他们使用电暖气，但得单独装一个电表。就是说，电表和暖气都得自己花钱买。他们去附近的超市看电暖气，价格贵得吓人，两人对看了一眼，明白对方的心思。他们在超市里还见到一种手炉，圆乎乎的，里面灌满开水，捂在怀里也能让身上变得暖和些。男人看着女人裂满口子的手，要给女人买个手炉，最小最便宜的那种，得二十四块钱。女人坚决不要，硬拽着男人离开了。

屋子冷得像冰窖，靠煤气灶做饭的那点热乎劲根本撑不到天亮，又不敢用煤气灶取暖，万一中毒怎么办。每晚睡觉时，他们把屋里能堆到床上的东西都压到被子上，连夏天穿的短袖都摊开了，还是经常半夜冻醒，两人紧紧抱在一起瑟瑟发抖，盼着天快点亮。

天还没亮透，男人就得去拉下水，三轮车先将女人和清洗下水的盆桶送到河边。小清河的水结冰了，破冰取来的水，冷得刺骨。人冻了一夜，全身本来就冰凉，可还得面对冰凉的水，虽然戴着胶皮手套，女人每次伸手进水，像伸进蛇窝一样恐惧。

男人看女人的样子，有点打退堂鼓，想回家算了，这样下去，甭说以后变富翁，怕是连这个冬天都熬不过去，会冻出事的。

前几天，儿子在电话上吞吞吐吐地说，下个月得多给他二百块钱。两百块啊，可不是个小数目，自从给儿子买了手机，每个月还得多给他三十块钱电话费。这下又要这么多钱，他想问清用途。可是，儿子避开不说，只说有急用，就把电话挂了。

男人强忍住愤怒，挂断电话对女人说："看到了吧，这就是你儿子，他开始乱花钱了，还不说钱的用途。"

"儿子是个乖孩子，不会乱花钱的，我知道他！"女人断然道。过了会儿，她有些迟疑地又说，"也怪，儿子怎么突然多要二百块钱呢，他有啥地方急需钱？哎，我说，儿子该不会谈恋爱了吧？"

"我这就问他，要这个时候谈恋爱，我绝不轻饶他！"男人的手有些抖，手机都拿不稳。

女人一把夺过手机，气呼呼地说："谈恋爱怎么啦？如果和儿子谈的是城里女孩，北京姑娘，你要是破坏了，我跟你没完！"

男人没给儿子打电话，他何尝不想儿子找个城里媳妇呢。他不像老婆那么贪心，还北京姑娘呢，没那一口京腔，门都没有！

但是，从儿子的口气上，听不出他谈恋爱了呀，咳，这种事怎么能听得出来！男人心想，可他多要这钱干什么呢？

在这个冬天最寒冷的时候，男人打消了回家的念头。一切都为儿子，回家去就没法每月给儿子寄钱了。

也该他们运气好，一次偶然的机会，男人发现一个绝好的住处：地下暖气管道。这天，他从一个偏僻处经过，看到一个井盖小洞往外冒热气，出于本能，他折来树枝撬开井盖，原来是暖气管通道。踩着井壁生锈的扶梯下去一看，里面空间不算太大，关键是很温暖，往包着一层白色石棉布的暖气管道上一坐，还有些烫呢，里面像夏天一样。男人呆愣了片刻，兴奋地大叫一声，猴一样窜出通道，又小心把井盖盖严实。

他们立马搬来住了，既省下房租，又能度过寒冷的冬天。刚搬来这天晚上，女人显得很兴奋，她将褥子铺好，钻进被窝里看着男人在井口忙乎。

男人捡来几颗石子，小心翼翼垫在井盖下面，让盖子一边翘起，露出三分之一，这样，通道里既能通气，又能渗进路灯的微光。里面一点都不显黑，连手电的光都省了。井口虽然地处偏僻，但男人还是在上面放了一些枯树枝做了记号，不用担心人经过时踩翻井盖掉下来。男人把什么都想到了。他弄好这一切，将自己脱得净光钻进被窝，手却不闲着，要帮女人脱。女人冷怕了，打开男人的手说，她不脱衣服。男人将手伸进女人的衣服里，嘴贴在她耳边悄悄说了句话。

女人又一次打掉男人的手，骂了句"死鬼"，自己却脱起了衣服。

# 成人礼

　　吃晚饭时，女人说，上河湾的伍师达这几天要来，儿子已经七岁了。男人正埋头用心地吃拉条子，他喜欢吃拉条子，面劲味道足。他嘴里嘴外都是没扯断的拉条子，呼噜呼噜的声音像打鼾似的。嘴里塞满了拉条子，没有说话的空隙，男人抬头看了女人一眼，明白女人的想法，他没有响应，又继续埋头吃起来。女人心里不悦，看着男人狼吞虎咽的吃相，暗怨道，好像八辈子没吃过拉条子，饿狼似的！女人心里埋怨，却没有责怪男人。男人是家里的主心骨，地里、圈里的活，出来进去都靠他一个人。自从有儿子后，男人就不叫女人去地里干活，她只负责在家带儿子、做饭，偶尔也帮男人给圈里的马羊添把草料，干一些离家近也不费力气的活。儿子缠人得很，女人上个茅房都跟着，像她的尾巴一样，甩都甩不掉，女人哪都不能去，整天窝在家里，烦透了。男人没有单独带过儿子，体会不到女人这份烦恼，他认为，女人在家带孩子天经地义。

　　一大盘拉条子吃完，男人伸出舌头把盘子里的汤汤水水舔干净，又端起女人早准备好的一大碗面汤，试了试温度正好，咕咚咕咚一口气灌进肚子，才满足地用手抹抹嘴，掏出一支烟点上抽了一口说，你说的是儿子的虚岁，他离成人还差一截呢。

女人说，到年底不就满七岁了？上河湾的伍师达难得来一回呢。

男人站起身说，到年底再说吧，不就行个割礼么，离了上河湾的伍师达，儿子就不能成人了？

女人白了男人一眼，都说上河湾伍师达的手艺好，人家可是区长请来给他儿子行割礼的，好多人都想着沾区长这个光呢。

男人不高兴了，没好气地说，我就说呢，你这么心急，原来是想着给区长那条老骚狗捧场……

女人手中的湿抹布飞过来，砸在男人的脸上。

区长曾叫人从卫生院的值班室里光溜溜地捉过奸，祖宗八代的人都丢光了，可有些女人说起区长来，像是他给祖宗增光了似的。

男人的女人不是那种女人，他知道把话说重了，便抹了一把脸上的油腻，弯腰捡起地上的抹布放在桌子边，默默走出屋子，去马圈拌草。


碗筷摆在锅台上没有洗涮，女人钻进被窝把自己裹起来，一个人先睡了。儿子爬在炕沿上推母亲，叫她给自己洗脸，然后讲故事。女人被儿子推得摇来晃去，就是不吭声。

男人进来看到眼前的情景，知道老婆跟他怄气，他一点都不生气，把脏兮兮的儿子拉下炕，弄些热水胡乱洗把脸，叫儿子脱衣去睡觉。男人上上下下地把自己洗净了，回来见儿子还坐在炕上，没有脱下一件衣服。儿子是在等母亲给他脱呢。男人突然间来气了，冲儿子吼了一声，儿子吓坏了，嘴角抽动着，眼里泪光闪闪，但没有哭出声。儿子带泪的眼怯怯地望着父亲，就是不脱衣服。男人气愤地抓过儿子，粗暴地几下扒掉他的衣服，把他塞进老婆旁边的被窝里。儿子这下才开始哭，小身子在被子下面一耸一耸的，很压抑，像是受了多大委屈似的。

女人转过身看了一眼身边的儿子，又看了一下男人，转回身搂着儿子睡。女人在乎了，男人的气消了一大半，他关掉灯脱掉衣服，侧躺在女人身边，伸手去揽女人。女人裹着被子的身子拧了一下，把男人的手甩掉了。男人在黑暗中摇摇头，笑了一声，又去抱女人。女人这回没有把男人的手甩开，象征性地挣扎几下，被男人扯开被子抱在了怀里。男人的手顺着女人的衣服钻进去，女人的身子扭动着，转过身来，恶狠狠地对男人说，一边去，我心里正想着区长呢。

男人嘿嘿笑道，去他妈区长，我知道你连正眼都不会看那个老骚狗的，他算啥东西。我是图嘴上痛快呢。

男人这么一说，女人的气全消了，说，你痛快过了，现在该说正事了吧。你刚才都看到了，儿子依赖到了啥程度，这么大了，衣服全靠我给穿脱，越长越小了。

男人叹口气说，是不像话，我小的时候可不是这样。

那你同意这次给儿子行割礼了？

男人抽出手来，解着女人的衣服说，这次下次还不都一样，迟早都得割。只是——和区长那个老骚狗的儿子一起割，我心里不舒服……

这阵子秋收，地里活忙，男人干上一天的活，总要拿女人解解乏。女人不再固执，一边动手解自己的衣服，一边说，他割他的，咱割咱的，各不相干，你不是说，这次下次都一样，那就这次割吧，咱图的是上河湾伍师达的手艺。

男人不吭声，手上使劲把女人胸口的衣服褪下。女人一把拨开男人的手，扯过衣服掩住胸口，对男人轻声说，儿子还没睡着呢。

男人抬起身，凑到儿子跟前看了看，儿子玩一天累了，哭够早就睡着了。男人迫不及待地又扯女人的衣服。女人坐起来自己褪尽身上的衣服，嘴附在男人耳边，小声说，你等等，我去洗洗。男人身上呼地一热，哪还等得急，扯住女人，不让她下炕，可女人一挣脱，鱼似的哧溜跳下炕，闪着白光走了。

地里的庄稼收完后，剩下的活就是把收回来的玉米秸和干草码起来。这个活得两个人干，一人站在草堆上码，一人往上面丢。女人扎一条大头巾，帮男人码草，男人丢上去几个草捆，又跳上草垛去码好，才给女人说，你看我一个人能弄这活，你还是去给儿子的成人礼做准备吧。女人扯下头巾，看着男人上蹿下跳

挺自如，想着儿子的事比码草重要，便给男人提来一壶奶茶，带儿子去镇街上买东西了。

先得给儿子买身新衣服。女人心细，在镇街上转了半天，打听到区长给他儿子买的衣服，咬咬牙给自己的儿子也买了同样的一身。她家的日子不如区长家好，但她不能让自己的儿子在成人礼上输给区长儿子，穿同样的衣服，又是一个伍师达行的割礼，她儿子不比区长的儿子差，这样一来，她的心里才平衡。

只是，在给行割礼的伍师达买礼品时，女人动起别的心思，本来该买一双皮鞋的，她却买了一顶帽子。在镇街上转来转去，女人发现，好点的皮鞋都要一百多块钱，差点的又拿不出手。就在她犹豫不知道要不要买好点的皮鞋时，她看到了那顶羊羔皮帽子，颜色极纯，黑得利利落落，又庄重又富贵，一看进眼里心里就舒舒服服的。她一下子喜欢上了这顶帽子，一问价，才三十块钱。女人毫不犹豫选择了这顶羊羔皮帽子。买到自己满意的东西，又省下了钱，女人心里高兴，没想给自己买什么，却想着给自己男人买点啥东西。在街上又溜达几个来回，除了给男人买了一公斤莫合烟外，竟想不出还能买别的啥。男人的衣服不用买，还没到过年的时候呢，他是个怪脾气，现在买了，他认为是浪费，不会过日子的人才这么浪费呢，他一定会发火的。男人一年到头，地里家里的忙碌着，是家里的支柱，该给他买点啥东西才对。买啥呢？女人犯愁了。

思忖来思忖去，最后，给男人买了一条红裤带和红裤衩。来年就是男人的本命年，女人想着先把这东西备下，免得到时忘记。

天将黑时，女人心满意足地带着儿子背着东西回到家。一进家门，见男人在吃冷馍，知道男人已饿得撑不住了。女人连连向男人道歉，把包袱塞进男人怀里，赶紧去洗手做饭。

男人吃着冷馍，在炕边打开包袱，边吃边翻看女人买的东西。男人先翻看儿子的衣服，回过头问了女人价钱，他认为值。儿子毕竟是过成人礼，一生就这一次，是得好点。看到给伍师达买的羊皮帽子，男人很满意，知道了价格，更是对女人大加赞赏，好像女人干了一件不得了的事，把女人夸得有些不好意思，脸红彤彤的，不住地拿眼瞄男人，心里满是欢喜。男人拿起帽子准备往自己头上戴时，发现帽子里的红裤带和红裤衩，或者是鲜红的颜色过于扎眼，男人的眼睛一瞬间被刺得睁不开。他把这些东西掏出来打开，眼前更是一片跳跃的红色，像一把正在熊熊燃烧的火苗，嗖地一下，把他心里的怒火点着了。男人连问都没问，极冲动地把红裤衩和红裤带揉成一团，扔向女人，冷笑道，好啊，你个不要脸的，说是给儿子行割礼，却给伍师达连这种东西都买好了，原来你早就认识他，我就说呢，你怎么非要这个时候给儿子行割礼，敢情不是为儿子，是为你自己！

正在和面的女人还沉浸在男人对她的赞赏里呢，哪里想到男人会突然翻脸，她大吃一惊，不明白怎么把他给惹了，等看清扔过来掉在地上的东西，火气嗖地蹿上来，推开面盆指着男人骂道，你是眼瞎了咋地，不看看这是派啥用场的？不会看还不会问？胡乱发啥脾气。过年就是你的本命年，这是给你本命年用的！

火焰被女人的话浇灭了，男人愣愣地看着女人，他这时的处境很尴尬，想笑笑不出来，道歉说不出口，脸上的表情讪讪的。好久，男人才想起要给自己辩护一下。这……我……我的本命年不是已经过完了吗？他说这话时犹犹豫豫，底气明显不足，可见，他心里还是明白自己本命年的。

你也不问个青红皂白，就骂我，你不是不承认儿子的虚岁吗，咋把自己的虚岁过得这么踏实……

我……我……男人心虚，说不出个所以然来。

谁知道你一天到晚脑子净瞎想啥呢，你自己瞎想也就罢了，还老把我想得不干不净，当我什么人哪？

女人伤心，丢下面盆，干脆不做饭了。她越想越气，渐渐地哭了起来。从一提起给儿子行割礼开始，男人就不给她气顺，她做错什么？她为谁呢？女人越哭越觉着这委屈受大了，一头扎到炕上使劲狠哭起来，一直哭得黑天夜地。

哭够了，女人躺在炕上摆出罢工的架势，无论男人说啥，她都不吭声。男人没法，只好给儿子弄点开水泡馍一吃了事。

这次，男人没有把女人哄转。第二天，男人躲着女人的目光，感觉很别扭。

女人不顾这么多，哭过了，所有的不愉快都随泪水一起流掉了，什么都不往心里去，该干啥干啥，她还指使男人去打听上河湾伍师达到来的具体日期，给儿子割礼能排上第几名。区长出面请的伍师达，应该去问区长，男人没去找区长，在外面转了一圈，回来说，排不排名都一样，反正都得做，早一个晚一个不太重要。女人却不行，见男人不把这排名当回事，自己专门跑去找区长。回来的时候，女人一脸喜悦，说区长其实人不坏，满口答应给她排在第二名。有那么多的孩子等着行割礼，区长却能把她的儿子排在第二，女人觉得很有面子，心情自然很好，甚至还有些暗暗的得意。男人却不这样认为，他才不稀罕呢，见女人愉快的样子，心里不舒服，说出来的话像含着鱼刺似的，把女人刺得身心不舒服。两口子闹起别扭，一个不搭理一个了。

秋收结束，上河湾的伍师达来了。

区长的儿子行成人礼，算是件大喜事，想巴结区长的人都来贺喜，当然不能空着手来，他们送来的礼品有衣服、被面、毛毯。礼送得重的，有肥羊，还有送小牛犊的，送这些礼的人大多有求于区长，或者是讨好区长，平时想巴结找不着机会，这下给逮着了。区里的那些干部凑份子，买了一匹枣红色儿马，才两岁的口，这是送给区长儿子最贵重的礼物。区长很高兴，酒席摆满一院子，比普通人家结婚都要大。一时间，区长家人欢马叫，像集市一样热闹。这热闹的欢叫声，却掩饰不住区长儿子的哭叫声。他被伍师达手中行割礼的刀子吓得尿都出来了，但没有人去注意区长儿子的哭声。这哭声是长大成人的标志，吉祥着呢。

转天，给男人的儿子行成人礼，他家没有区长那么排场。男人杀了两只羊，炖一大锅肉，摆了两桌酒席，贺喜的亲戚朋友来了一屋子，也够热闹的。

可是，区长儿子行割礼时那声嘶力竭的哭声，早把男人的儿子给吓坏了，要给他行割礼时，却找不着他的人。伍师达把行割礼的家什摆好，要他们把儿子抱过来时，男人和女人一直忙着招呼客人，偏偏忽略了真正的主角，这会儿急了，奔来跑去喊叫着儿子的名字，把能找的地方找了个遍，也没找着儿子。男人急得眼里冒火星，看自己的女人，眼里噼里啪啦地打火，吓得女人一边找儿子，一边躲自己男人。平时女人专门看管儿子，这会儿子找不见，肯定是她的错。女人比男人更着急，她一直都没有停歇过，儿子添的这份乱，慌得她腿都软了，眼里泪水涟涟，看着挺可怜的。

这个可怜的女人还算幸运，有人在她家的干草堆顶上发现了儿子，女人像看到自己的救星，扑腾着要爬上干草堆抱儿子。草堆又高又大，女人怎能爬上去。有人搬来木梯，女人慌乱地爬上去。儿子在干草堆上蜷缩成一团，眼里是汪汪的泪水，脸也被泪水弄得花了。看到母亲上来，儿子这才委屈地哭出声。女人抱着儿子下来时，奇怪地想，没有梯子，儿子是怎么上到干草堆上的呢。

男人闻讯跑过来，从女人怀里抢过浑身发抖的儿子，把他送到伍师达跟前。帮忙的人一拥而上，七手八脚帮伍师达摆开阵势。女人取来早煮好的鸡蛋，边跑边剥皮，跑到儿子跟前，把一个囫囵熟鸡蛋塞进儿子嘴里，叫他咬着止疼。

割礼开始了，男人才擦拭一下额头的汗，脸上露出笑容，冲着众人发烟，叫女人从锅里捞肉，开席。

在一片喝酒的混杂声中，男人没管儿子的哭叫声，他偶尔朝儿子那边扫一眼，吆喝着众人喝酒、吃肉。倒是女人，一边忙碌，一边竖着耳朵听儿子那面的动静，儿子的哭声穿过所有的声音，十分清晰地灌进女人的耳朵里，女人的心跟着儿子的哭声一颤一颤的，手下迟钝许多，男人不时地催促她，不一会儿，她的眼泪止不住涌了出来。大家都在忙着喝酒吃肉聊天，没人注意女人的情绪。只有男人，看到女人的眼泪，他别过头，破天荒地再没有责怪女人。

上河湾的伍师达手艺的确不错，一支烟工夫，他就使一个儿童完成了成人仪式。男人把伍师达让到酒桌上敬酒时，女人抱着还在哭泣的儿子，脸上苦苦的，不知该怎么哄劝儿子，只是把儿子抱得很紧，紧得儿子快喘不过气来，暂时停止哭泣，在母亲的怀抱里挣扎。

吃完肉，喝好酒，伍师达该走了，女人把儿子交给男人，从屋里拿出给伍师达的谢礼。伍师达客气地推让了一下，往自己包里装礼物时，他的眼睛突然一

亮，拿起那顶黑羊羔皮帽子戴在自己头上，兴奋地说，这帽子不错，上河湾还没人戴呢，看来今年冬天，我要戴着它出风头了。

苦着脸的女人笑了，就这么一句赞赏的话，女人知足了。她买这顶帽子，算是买对了。


晚上，到了该睡觉时，男人没和女人商量，在大屋里给儿子新搭了个床。女人收拾完厨房进来看到小床，她看了一眼蜷缩在大炕上的儿子，心里不是滋味。按她的想法，要儿子先在炕上和他们一起睡，等他伤口好后再分开。可看男人的表情，女人没敢开口。按理说，行完成人礼的孩子，算是成人了，就得和大人分开睡，如果女人这个时候说出自己的想法，肯定会遭到男人的反对，她还记着白天找不到儿子情景呢，怕男人骂她。女人默默地铺好小床，去炕上抱儿子。

儿子脸上还挂着泪珠，见母亲来抱他，又哭起来，他推开母亲的手，紧紧抓着被角，好像被子此刻就是他最可靠的支撑似的，他拒绝到小床去睡。女人的心顷刻之间又让儿子的眼泪泡软，她跪在炕上不动弹了。女人想着，就是叫男人骂一顿，还是想让儿子在大炕上睡几天。男人已经走来拨开女人，上炕硬把儿子抱下来，放到小床上。儿子哭得昏天黑地，挣扎着要下床。男人冷着脸对儿子吼道，再哭，就叫伍师达来，把你的小鸡鸡全割掉！

儿子已经领略过伍师达刀子的厉害，害怕伍师达真的会来割他的小鸡鸡，吓得再不敢动，也不敢哭出声，却把哭声压在喉咙里，两只泪眼可怜巴巴地看看母亲，又看看凶神似的父亲。

女人的心碎了，泪水哗冲出来，她扑过去抱住儿子，和衣和儿子躺在小床上。

儿子哭累了，慢慢地睡了。女人轻轻爬起来，伸展一下酸麻的腰腿，去洗漱完毕，回来又要往儿子的小床上躺时，男人严厉地把她叫住了，回到炕上来！是你要给儿子行割礼，你现在也不能给他开这个头。

女人回头看一眼炕上的男人，男人冷冷地盯着她，好像她是一贴膏药似的，一个不留神，她就会粘到儿子身上不好揭下来。女人看着睡熟的儿子，伸手抹去儿子脸上的泪痕，慢慢地回到炕上，在另一头和衣躺下来。

男人起身关掉灯，脱了衣服要挨着女人睡，女人负气挪开身子，离男人远了点，大睁着眼睛看着黑暗中的屋顶发呆。

儿子睡得一点都不踏实，麻醉药的劲早过了，偶尔会疼得哭上几声。女人只要听到儿子那面稍有动静，就爬起半个身子，在黑暗中往小床那边瞅。每当这时，男人警告的声音会及时响起，女人叹口气，又倒下睡觉。女人一点睡意都没有，她翻来覆去在炕上烙大饼，倒把男人给引了过来。他毫不犹豫地伸手解女人衣服，被女人毫不犹豫地推开，他又去解，显得很有耐心，可女人没给男人机会，她爬到炕的另一头，用被子把自己紧紧地裹了起来。

男人愣了好一阵，才憋声憋气地说，你别趁我睡了，去小床那边，否则我饶不了你！

不一会儿，响起男人的鼾声。女人等了一阵，才爬起身，正要下炕时，男人突然说道，你干啥？我的话都不听了！

女人的身子僵住了，停了一会儿，她咚的一声，把自己甩在炕上，继续翻过来折过去，折腾了半天，就是没一点睡意，大脑反而越来越清醒。女人的肚子也叽里咕噜叫唤起来，她突然想起，忙乎了一天只顾招待客人，自己竟忘记吃饭，怪不得睡不着呢。一意识到自己没吃饭，她的饥饿感更加强烈，想爬起来去吃点东西，可又担心惊动男人骂她，硬挺着没动。硬撑着睡吧，睡着就不饿了。女人心想。

夜是静谧的，显出小床那边儿子鼻息声的沉稳和安静，还有炕那头男人粗重鼾声的香甜。在两个男人的睡梦里，女人迷迷糊糊睡着了。

女人是被噩梦惊醒的，她爬起来一看，天已经麻麻亮，炕上除过她之外，空荡荡的。她转过头，看到男人半个身子悬在小床边上，盖着一半被子，侧身搂着儿子睡着。

女人的眼窝一热，泪涌出来。她是被男人和儿子的睡相惹出泪水的。

# 蚯 蚓

　　沙科多植树的那些日子，阿岱常常拄着镐把，去别人挖的树坑里抓蚯蚓。一入春，沙科多的气候一天比一天暖和，被冰雪封冻一个冬天的土地苏醒过来，像发好的面团，又暄又软，这可是抓蚯蚓的黄金季节，一锹下去，从鼓胀的泥土里准能挖出一两条又粗又大、棕红色的蚯蚓。它们在沙土里窝了一个冬天，把身子养得又亮又硬，突然被翻到阳光下晾晒，像鱼被抛到岸上，惊慌地蹦跶几下，迅速扭动肥壮的身子向湿土中钻去。

　　阿岱腿脚不灵便，手也慢半拍，往往只能抓住蚯蚓尾巴，从泥土里把它拱进去的身子抽出来，扔进脚边的茶缸里。蚯蚓在茶缸里绝望地挣扎着，实在寻不到出路，才慢慢安静下来。每次，阿岱要看着蚯蚓不再做徒劳的挣扎，才端起茶缸换个地方再去抓。那些挖树坑的人，也会帮阿岱挑几条蚯蚓，他们不是同情阿岱，也不是嫌他碍手碍脚，而是看不惯他探头探脑的样子，想尽快打发走他。他们挑起粗壮的蚯蚓扔到阿岱脚边，说他吃这玩意也没见起作用嘛，出门还得拄镐把。

　　阿岱红着脸支支吾吾，说吃到一定时候，会起作用的。

　　有人说，阿岱，你吃蚯蚓有些年头了吧，没啥长进啊，前天还见你老婆脸阴得快压不住阵了，一看就知道她还荒着。不过，昨天见她到区里去了，回来时满脸红润，走路轻飘飘的，脚下踩着云似的。

她到区里给我领补助费，没别的。

谁知道区长还给你老婆啥好东西了？看你老婆那样子，是不是区长给了她你没法给的好东西？

四周的人哈哈大笑，热辣辣的目光落在阿岱身上，那些目光落的部位自然跟蚯蚓是有些关联的。

阿岱脸上挂不住，气愤地把人家给他的蚯蚓狠狠扔回去，气呼呼地走了。他走不快，还是会被那些暧昧的笑声罩住。回到家，阿岱把装蚯蚓的茶缸往老婆面前一甩，给她脸色看。老婆不理他的茬，任蚯蚓爬了一地，转身就走，午饭也不做了，买来四袋方便面，自己和三个女儿一人一袋当午饭。阿岱啥也吃不着，饿上一顿，又主动说软话巴结老婆。

阿岱是前几年做计划生育结扎手术时落下的毛病，不知医生的手术刀伤了哪根神经，术后，阿岱的腰腿使不上劲，走路像影子一样飘，没了劳动能力。最关键的，他还丧失了性功能。那年，阿岱才二十九岁，没了那事，他活着还有啥意思？他气势汹汹地去找区上吵闹。这种事，本来就是有一点风便能传出去几里，何况到区上，简直跟拿个高音喇叭喊话一样，他的病根也随之公诸于世。简单的结扎手术出了这种意外，是谁也没想到的。当时区里的政策是动员两个孩子的夫妻有一个结扎或上环，三个孩子的夫妻则强行一方去医院手术。阿岱有了三个女孩，一心想要个儿子，他老婆像地下党似的，打一枪换一个地方，被计划生育办的人盯得很紧，有一次突围失利，被逮了个正着，没法子，为保住老婆这座青山，阿岱替老婆去做手术，结果出了意外。事后，从区长到计生办干事，态度都很诚恳，他们把阿岱的火气压住，带他去市里几家大医院检查治疗，医生没查出手术有什么不妥之处。他们很奇怪，一个普通的结扎手术居然影响这么深远，真是少见。他们还在网上搜索，也没找到这方面的资料。市里几家大医院的专家联手给阿岱会诊，没能查出病因。阿岱要求把他的输精管重新接上，专家们经过

分析后认为，就算把他的输精管再接起来，也未必能恢复性功能，还有腰腿上的神经，而且，还可能诱发其他病源。一句话，就是阿岱的病治愈的可能性不大，没必要接上切断的输精管。

区长自知理亏，先下手为强，主动答应每月给阿岱发两百块钱生活补助，让他享受退休工人待遇，还让阿岱自己再找大地方医院看看，说不定能碰上好运气呢。阿岱是个明白人，计划生育是基本国策，借这个闹事，不会有好下场，况且事已至此，没了生育能力，再生儿子的概率几乎成了零，如果还不抓紧挽救性功能，活着还有啥劲？阿岱见区长态度诚恳，也确实表现出对他的同情和关心，气愤慢慢消了。但他向区长提出要求，去看病的路费、住宿费，当然还有治疗住院费，都由区里掏。稳定压倒一切，只要阿岱不闹事，多花几个钱算什么，区长答应了。

把三个女儿送到外婆家，阿岱带上老婆，夫妻俩出门旅游似的，几乎走遍全国，去过不少大医院求治，其中不乏上当受骗。最后，在南方一家大医院，有个大夫，给阿岱开了个偏方，叫他吃蚯蚓试试。阿岱记得，他十来岁时，从一些小报小刊上看到过一种地龙酒的广告，广告中说地龙酒可以"滋阴补阳"。蚯蚓在有些地方就叫地龙。只要有一线生机，阿岱不能放过，何况还有"地龙酒"广告壮胆。回来后，阿岱和老婆端个茶缸，到湿地里去挖蚯蚓。挖蚯蚓得分季节，春秋是旺季，夏天是淡季，冬季冰天雪地，什么也挖不到。掌握了规律，几年下来，阿岱和老婆挖遍了沙科多的角角落落，也吃了不下几麻袋的蚯蚓，他的病却不见一点起色。

再说，加工蚯蚓的程序还挺麻烦，新鲜蚯蚓得放在盆子里晾晒几天，让蚯蚓吐净腹中的泥土，还得注意不能晒死，趁有口气，放到瓦片上用文火慢慢焙干，再捣成粉末，用黄酒做药引口服。阿岱吃了两年蚯蚓，不见一丁点儿效果，渐渐地，老婆失去了耐心，不愿陪男人一起去挖蚯蚓了。女人帮男人挖蚯蚓，说好听点是为治病，不好听的说是为男人的那个功能。老婆怕别人见她挖蚯蚓时，不怀好意地追问她阿岱吃蚯蚓见效果没有。一个女人家，明知道这话里有陷阱，不回答又怕失礼，实话回答了，别人要耍弄她，难着呢。她宁愿自己的男人一直摆设，也不愿受别人耍弄。其实说白了，还不如惦记着月底区里该发的二百块钱，给家里添油买面，看能不能余下一点，积攒下过年时给三个女儿买件花衣服呢。男人的身子垮了，腰腿不灵便，再没法出去打工，地里刨不出钱来，要是靠种地，恐怕连肚子都混不饱。但地还得种，女儿们小，男人腰腿不灵便，帮不上忙，重活累活都得女人一人干，得把这个家撑下来，她这个主心骨总不能天天惦记着去抓蚯蚓吧。再说，她发现自己男人的身体并没他说的那么严重，原来他就很懒，这下更有充足的理由不干农活。老婆很生气，可对一个失去性功能的男人，已经相当可悲，她有怜悯之心，不能戳穿，只是，她再不帮阿岱去抓蚯蚓了。再说，吃那玩意，不一定能生效，说不定还和当初吃布谷鸟一样白费工夫呢。

一提到布谷鸟，阿岱的气就不顺。刚做完手术出意外那阵，区里带他到市里检查治不好，区长也很着急，不知从哪里得到偏方，说是吃布谷鸟能治这种病，便叫阿岱抓布谷鸟吃。阿岱不轻易相信别人，但在节骨眼上，又是区长推荐的，他当了真。刚过完年，布谷鸟还没叫春呢，阿岱就叫上老婆起早贪黑地布网捉鸟。布谷鸟毕竟是鸟，不像地上跑的鸡呀什么的好抓，他请教过不少有逮鸟经验的老人，准备下各种诱饵和网罩之类的逮鸟工具。阿岱带着老婆在沙科多到处布网，用尽了法子，逮住不少品种的鸟。阿岱只抓布谷鸟吃，其余的则放生了。

那年，沙科多的布谷鸟叫声越来越稀少，直到销声匿迹，绿油油的麦子都抽穗了，却听不到布谷鸟叫春的声音。没布谷鸟叫，春天迟迟不见来？大伙心里急躁躁的，春天没了，不是个好兆头，当年的收成肯定不行。便有人找阿岱责问。阿岱一听很生气，他够倒霉了，年轻轻的落下怪病，吃几只野鸟就把沙科多的春天吃没了？他惹着谁了，都来责怪他。阿岱把来人轰走，在沙科多还骂了三天街，把大家伙都骂上了。不像话，有人告到区长那儿，区长一听，气有些短，阿岱吃布谷鸟是他给找的偏方，可是，一旦当年收成不好，犯了众怒，到时再闹起事端，他这个区长可就不好过了。于是，把阿岱叫到区里，劝他不要再去逮布

温亚军
成人礼

谷鸟。阿岱当时就跟区长咆哮起来，我的性功能都叫你们毁了，还不让我治病了？再说，吃布谷鸟还是你区长给的偏方。区长说，偏方是我给你找的没错，可我没叫你把布谷鸟抓绝啊，眼看天气热成夏天了，沙科多的春天却不见影儿，你吃光了布谷鸟，就等于吃掉了沙科多的春天，你怎么就不顾全大局呢！阿岱气得抡起镐把要打区长，被区长躲开。区长火了，指着阿岱说，如果你听不进去，执意还抓布谷鸟治病，那你去抓吧，但每月的两百块钱生活费停发。这下，阿岱蔫了，布谷鸟吃了不少，性功能却没见一点转机，如是区长借机把那两百块钱收回，他这个亏可就吃大了。

阿岱不敢再抓布谷鸟。后来，去趟南方，回来后就改抓蚯蚓了。蚯蚓影响不到春天，没人指责阿岱，但他老婆的态度却叫阿岱失去了信心。眼瞅着春天一天比一天妖娆起来，阿岱很犹豫，到底还要不要把蚯蚓接着吃下去。继续吃，也许并不见好，可是不吃，就没了一线希望。有希望总比没希望好。阿岱还是坚持了下来。一个人坚持，总不如两个人共同坚持，时间久了，又一点效果也没起到，阿岱心里有时也动摇，但还是坚持去抓蚯蚓。老婆有一搭没一搭的，有时懒得收拾蚯蚓，放在盆里都饿死了。

植树的地方，是抓蚯蚓的好去处。每年这时，阿岱会认真抓上一阵子蚯蚓。除过抓蚯蚓外，阿岱还有个不可告人的秘密，他要探听别人家植树的一些秘密。阿岱的腰腿不太灵便，但还没到残废的地步，平时在外面挂个镐把，是做样子给别人看的，手术又没伤到他的脑子，一点也不影响他去探究别人家的隐秘。阿岱在沙科多算得上聪明人，不然，他就不会与政策周旋这么多年，生到第三胎。与区计生办将近六年的持久战中，阿岱积累下不少实战经验，可他终究还是有落马的时候，如果不是那年被区里的人盯梢追到城里把他和老婆抓住，连夜强行给他做了结扎手术，他还要接着往下生呢，不生个男娃出来，他绝不罢休。他有这个恒心。

沙科多以前不是每年都植树的，原来树很多，后来，每任区干部上台，都掀起大砍大伐之风，十几年下来，树全被砍掉卖了，留下一大片荒坡野地，春天

37

刮起风来，不再轻婉细腻，而是满天沙尘，听说影响到远处城市的天空。有一年，从城里来了一群人，扛来沙科多人没见过的仪器，到处测量，第二年，沙科多就有了植树任务，那些荒坡野地全要种上树。后来沙科多人才知道，他们植树并不是报纸、电视上宣传的退耕还林，而是为保护远处的城市，以减少城市越来越多的沙尘，替它营造一个绿色、纯净的环境。

阿岱一直思虑好久也没弄明白，沙科多离城市那么远，将近三百公里路程呢，坐汽车得五六个小时，城市上空的沙尘，沙科多哪能控制得了？阿岱结扎出问题的第二年，城市给沙科多送来成百上千卡车的树苗，分到各户种植。那年送来的树苗是笔直的小白杨，每棵都在两米高以上，是培育不下三年的树苗，立在地上齐刷刷的，看上去别提有多精神了。每个树苗还带有十块钱的种植费，区里在分发树苗的同时，把种植费也发到各家手中。

这城里人是不是脑子有问题，叫沙尘暴给吓成了傻瓜，白送树苗，还白给种植费，谁种的树就归谁所有，他们能捞着什么？

不光阿岱想不通，沙科多的人都想不通。不过，大家都心照不宣，这送上门的好事，谁不惦着，哪能轻易说出来，若点透了城里人，他们不到沙科多来防沙，这天上掉的馅饼可就没了。

小白杨是适合沙科多土壤的树种，一栽就活。看来，城里人也并不凡事都盲目，他们知道这里的土壤环境适宜种什么树。可是奇怪得很，那年运来时棵棵精神抖擞的小白杨，在沙科多的成活率并不高。

城里人闹不明白，他们是经过考察和分析的，沙科多的土壤和气候环境虽说不是最好，可他们因地制宜，送来的可是易活的速生小白杨啊，怎么这么速生杨偏不服沙科多的水土呢？城里人百思不得其解，而沙科多人却在偷着笑，谁也不说破这个秘密。

阿岱家的树活得最少，他家栽了四百多棵小白杨，活了还不到十棵，其他全部枯死，变成烧锅做饭的柴火。每当老婆蹲在灶间，往灶洞里塞笔直的枯树苗时，她的手像得了羊角风，抖得异常厉害。栽这些树苗时，她费了多大工夫啊，一个人辛辛苦苦挖了半个多月树坑，临到栽树时，阿岱到别人家地里抓蚯蚓摸到一些情况，回来叫老婆把树根砍掉，再种进挖好的树坑里。开始老婆不干，没有根的树还能叫树？再说了，这些树以后长大了可都是自家的，她怎么能无端毁了自家的东西，这不成疯子了嘛。阿岱却说，到底是女人家，缺心眼，你咋就不想想，你把这些树都种活，费上好几年工夫才长多大呀，就算长大，又不是啥好木材，能卖几个钱？

这么好的树苗，老婆不敢砍，说难不成栽些没根的木桩就能赚钱？

阿岱得意地一笑，说城里人既然要治风沙，他们就不能眼看着这些树都死掉，明年肯定还得再叫咱栽树，只要叫栽树，就能再领种植费。你不把这些树栽死，明年看你领啥去。

老婆说这样做也太缺德，笔直顺溜的树苗。

阿岱冷笑一声，骂老婆没见过世面，他说你不知道城里那些人过的啥日子？住的高楼房，开的豪华车，每天在大饭店里吃鱼翅龙虾。你知道鱼翅是啥东西吗？就是鱼的翅膀啊，你不想想，鱼是在水里游的，翅膀就一点纸样的薄片片，做一碗鱼翅得杀多少鱼？一二百块钱一碗的鱼翅，城里人像吃饭一样，一碗一碗地吃。几棵树算个球呀。

那是人家钱多烧的。老婆带着颤音说。

得了吧你，啥都不知道，狗日的城里人，从来不掏自己腰包，他们全吃公家的。眼下苦就苦咱农民，公家一分钱的便宜都沾不上，还把我的身子搞成这样。我也不能出去打工了，现在有送上门的赚钱机会，咱可不能放过，不然后悔都来不及。

阿岱逼老婆砍掉大批树苗根，栽进坑里的全是没根的树干。他叫老婆严守这个秘密，不能给任何人说。当然，也没人和他们交流，大家的神色都很诡秘。快到夏天时，整个沙科多春天栽下的树苗像是商量好似的，齐刷刷地掉光了原本还鲜嫩光亮的叶子，剩下光秃秃的树杆。那极少数活下来的几棵，倒显得极为扎眼。阿岱悄悄地对老婆说，看到了吧，大家都这样做，你不做就是傻瓜。

　　果然，来年城里又送来大批树苗，这次的是榆树，每棵树苗的种植费涨到了十五块钱。阿岱与老婆数钱时，笑都不会笑了。那些手脚做得太小的人家，只能眼睁睁看着别人摊开一脸满足的笑数钱，为自己失去一次发横财的机会，后悔得肠子都青了，他们憋足劲，这一年定要把损失夺回来。

　　这年，城里人却不像去年那样，哗啦啦把树苗送来，把种植费发了，就哗啦啦回城里去。他们这次来了很多人，要亲眼看着沙科多人把树苗栽进坑里。防沙林带（城里人都这么说）是减少城市风沙的根本之一，如果林带建不起来，每年携带沙尘穿过沙科多的风又怎么能被挡住？城里就得年年受沙尘暴的袭击。因了这个，每个城里来的人心里都揣着一份很重的责任，他们甚至希望那些树苗顷刻在自己眼皮底下苗壮成长起来。

　　在城里人眼皮底下，沙科多人不知该怎么做手脚，一个个急得上火嘴唇起泡。阿岱更是着急，他挂着镐把去抓蚯蚓，每时每刻都在别人家的树坑边打转转，看似抓蚯蚓，心却不在蚯蚓上，耳朵竖得直直的，想从人家的片言只语里得到一点点启发。可是，大家都把秘密埋在心底，除过自家人，谁也不在外多说一个相关的字。阿岱心空落落地东跑西颠，他的腿看上去瘸得更厉害，几乎快支撑不住他的身躯了。没探到一点秘密，蚯蚓倒抓了不少，家里的盆盆罐罐全装上了蚯蚓。老婆没心思处理蚯蚓，饿死不少，死了的做不成药，最后，眼睁睁地看着女儿们拿蚯蚓去喂鸡。

　　自从腰腿出问题后，阿岱的力气活干得不多，脑力活倒是不少，揣测别人的话里话外，从中得琢磨信息，阿岱原本就聪明，脑子用得多了，显得更加灵光。他冥思苦想，还是想出一个不露声色的办法来。他叫老婆把树苗全拉回家，连夜烧了一大锅开水，将树苗根部用开水烫了一遍。天快亮时，阿岱不放心怕出纰漏，叫老婆又烧滚一大锅水，又将烫过的树根放倒沸水里煮过。天大亮，老婆拉着凉透的树苗去栽，树苗根部看不出异常，还很湿润，城里人看着高兴，还赞扬了一番。

　　这一年，阿岱家栽的榆树全死了，别人家也有死的，但比不上他家，来年他肯定又要挣一大笔树苗钱了。阿岱心里乐开了花，又开动脑筋，想多要些植树的地，下一年多栽几百棵树，挣更多的钱。但地不好要，早就分给各家各户了。阿岱想着，要不上地，可以兑换吧，他把家里最好的地兑换给别人，要在平时，傻子才干这事呢。可他几乎问遍所有人，没人愿与他兑换。谁也不傻，连着两年植树带来的好处比辛辛苦苦种一年粮食强得多，哪个愿拱手相让这么肥厚的收入？没办法，阿岱去找区长换地。正是换届的关键时刻，区长怕阿岱闹事对自己连任不利，满口答应下来。只要阿岱不给区里找麻烦，多种植几亩树又是好事，他何乐而不为？至于那些树能不能活，就不是他区长管的范围了。

植树的季节快到了，区长给阿岱家的地还没兑换下来，阿岱心急火燎叫老婆去催了几次，区长在植树前才把地兑换了。这年，阿岱家可以种植一千多棵树苗。

阿岱家的树坑都挖好了，这次，他老婆一个人挖不过来，阿岱雇了几个男劳力挖的。

城里又一次将树苗送来了，当然，送来的还有种植费。这年，送的是柳树，见土就能生长，只要水分和阳光充足，没有根都能活。

这次来的城里人更多，他们都戴着统一配发的遮阳帽，背着统一的水壶，男男女女黑压压一大片，把沙科多这个坑坑洼洼的小地方快踩成了平地。看来，城里人这次下了狠心，来这么多人，都够一个树坑前站一个人了，他们要亲眼看着把每棵树栽好。

这次分树苗和领种植费时，城里人给农民事先声明，这次的树苗当天种多少领多少，每一棵树苗都有专人看管，哪棵树入了哪个坑都要记录下来，谁也不能多领，更不能把树苗拉回家过夜。那个看上去像个领导的胖子，腆着肚子拿个扩音喇叭到处喊叫，把沙科多人喊得心里毛糙糙的，更加慌乱。

城里人还做好了战斗到底的准备，连餐车、水车、宿营车都开来了。沙科多人就更傻眼了，他们领树苗时，诡秘地看看这个，又看看那个，相互之间连个普通的招呼都不打。

阿岱装着挖蚯蚓，到各家的树坑前去转看，没人理他，连开暧昧玩笑的情绪都没有，大家阴着脸，个个无精打采的样子，一点也没有前两年栽树时的喜庆气氛。

植树的速度极慢。阿岱望着那些站在旁边不干活的城里人，他们三三两两聚在一起，说着他们的话题，与这些栽树的农民隔得很远，其实，在他们心里，风沙也一样是很远的，只有风沙来临的时候，他们才顾及防范风沙。

忙碌的农民们看上去都很沉闷、木讷，但阿岱看出来了，这都是表面，他们的心里都在动呢，像钻在泥土里的蚯蚓，一刻也没停歇过。可是，怎样才能探到他们想出的招数呢？阿岱满面愁容，望着暴露在泥土外一条条又肥又长的蚯蚓发呆。

这时，一声布谷鸟的叫声突然响起，把阿岱从愣怔里惊醒，他慌忙抓住地上的一条蚯蚓，由于用力过大，蚯蚓被他捏死，成了一条肉泥。那一刻，阿岱闻到了蚯蚓的土腥味，很刺鼻。

# 最初的爱，最后的仪式

　　米兰兰与强家劲的婚姻一开始就显得与众不同。在婚前他们就有口头协议，凡是带"提首旁和单立人"字样的体力活，强家劲责无旁贷地全部包揽；带"三点水和绞丝旁"字样的家务，由米兰兰承担。这倒别具一格，看上去也很公平，能避免日后两人磕磕碰碰。当然，碰上不带"提首旁和单立人"也没"三点水和绞丝旁"字样的活，在生活中还有不少，但这难不倒他们，一个眼神或者动作，两人能够心领神会，也不会计较谁干多干少。

　　婚后，他们各行其责，几乎没什么磕碰，加上强家劲机智灵敏，能逗几句乐，使他们的小日子过得妙趣横生。每当办公室几个女人家长里短闲聊时，米兰兰像刚怀春的少女，一脸的幸福。这难免不被另外几个女人打趣，说她的模样腻歪得像晒化了的糖。是甜蜜就得让别人分享，米兰兰毫不掩饰地把她的幸福完完全全"坦白"了出来。本来是一小片的幸福，在办公室里一说，那幸福变得无限大了，像天上地下，既容得下行云流水，又盛得住五谷杂粮。这样的幸福不光赚足了小女人们的羡慕，同样也引起别人的妒嫉。

　　这有点像广告效应。广告就是要让一朵花变成一个花圃，一滴水变成一片湖，让所有的人都来闻这花香欣赏这湖水。米兰兰没想要做广告，但她确实变成了广告，她和强家劲间的那点腻甜，漫延到整个办公室。米兰兰要的就是这个效果。

可是，唯独一人例外。

米兰兰留意到，每当姐妹们心情复杂地听她讲述时，姜姐却冷静地坐在那里，一脸平静地望着神采飞扬的米兰兰，从眼神中很难看出她的态度。米兰兰讲得起劲，大家起哄，米兰兰不失时机地望一眼姜姐，跟着大伙的起哄，姜姐的嘴角也只是抽动一下，淡淡地一笑，没有任何可以捕捉的内容。米兰兰心头有种"世路如今已惯，此心到处悠然"的超然。

姜姐有过一段不幸的婚姻，问题出在丈夫身上，他在外面有了女人，被缠得焦头烂额，正不知怎么收场呢，姜姐闻风而动，真理在握，痛斥了一顿狗男女，图一时之快，与丈夫分道扬镳，自然给那个女人让出了地盘，圆了那对狗男女的梦。待顺过气来，冰锅凉被窝，她已是一个离了婚的女人，只能瞅着别人幸福和睦。一开始，姜姐就像失去阿毛的祥林嫂，见到熟悉的人就一副"痛并快乐着"的模样，可慢慢地发现，别人的应和不过是对她的敷衍，当一桩艳色新闻变得不再新鲜，甚至有点馊味儿时，谁还会再为那种馊不拉叽的东西影响自己的情绪呢。姜姐还是理智的，及时终止了自己的"快乐"，在痛中孤苦伶仃，选择了沉默。不光对自己的事绝口不提，慢慢地姜姐对许多事物轻易不发表见解。

可是，米兰兰不一样，她对沉默寡言的姜姐一直都很尊重，在她与强家劲黏糊期间，需要大量时间卿卿我我，姜姐没少给她调换夜班，让她有足够的夜晚与强家劲纠缠。米兰兰记着姜姐的好处，对她敬重有加，两人算是走得比较近的那种，在女人堆里很难得。那阵子，米兰兰沉浸在新婚的蜜罐里，无论是身体还是心灵都处在最佳状态，需要的是他人的艳羡和赞叹，姜姐的这种云淡风轻，使米兰兰心里的那丝失落，也只是瞬间的，稍纵即逝，毫不影响她们的关系。

米兰兰是一家工厂职工医院的护士，因为是小医院，护士没有明确分到科室，全医院轮流值班制，就是每个护士都会各种病人的护理。米兰兰年轻能干，把工作中一贯的勤快细心也带到了家庭生活中，像侍候病人一样对待强家劲，他

没有理由不知足！照这么生活下去，强家劲该幸福得要死。

可那是蜜月里的强家劲。休完婚假，一旦回到工作岗位，米兰兰就得倒班。逢米兰兰值一个星期的夜班，新婚的强家劲独守空房，才知道什么叫长夜漫漫，什么叫夜半无眠，太煎熬人，动不动上火，嘴角生一串水泡。好不容易轮到妻子上白班能正常厮守了，米兰兰像是被连续一个星期的夜班熬得失去了精气，倒回白班的前两三天，白天工作起来还能撑着，一回到家，跟抽掉筋骨似的，疲累得一点兴致都没了。面对强家劲的迫切需要，勉强敷衍几下。有时候还以一个护士的身份劝诫丈夫，身体是革命的本钱，得懂得细水长流。这是明显的推辞，强家劲哪能听不出，可新婚燕尔，又身强体壮，这种事哪是你想节制就能节制得了的。于是，加班加点要把缺失的弥补回来。这样下去是吃不消的，强吃海喝太没生活规律，而且还影响质量，米兰兰得采取措施了。在这方面，女人最有办法：提前睡觉，借口身体不适，嫌强家劲抽了烟或喝了酒……更何况米兰兰是护士，多么难缠刁蛮的病人都能对付，区区一个强家劲不在话下。米兰兰的做法像打太极拳，倒也伤不着生活的筋骨，可是，强家劲不行，好端端流淌的湖水，非拦腰筑一道堤坝，那水还能平静么？米兰兰从强家劲有时阴阳怪气的话里听出了不满，她也觉得委屈，连着一个星期的夜班，白天要做家务，晚上就几个小时的睡眠时间，她又不是铁打钢铸，会累的，勉强的迎合强家劲又不乐意，她到底该怎么做才好？但在单位，米兰兰一点也没露出心里的委屈，照样装出沉浸在幸福之中，在姐妹们面前一口一个"我家小强"怎样怎样，幸福的汁液快要溢出来的样子。

时间久了，也只是米兰兰的这头热着，强家劲的心里起了凉意，他尝试着与妻子拐弯抹角地谈论这个话题。米兰兰何等聪明，还能不明白他的意思？明着劝说不起作用，她又不能打消他的积极性，怕给他造成心理障碍，到那时遭罪的可是她自己，日子还长得很呢。思前想后，米兰兰突然间冒出一个念头：调动工作。唯有改变自己的工作性质，才可以脱离夜班，使他们的生活正常进行。否则……谁知道呢！反正，米兰兰不想要"否则"后面的内容。那可是很敏感的话题。米兰兰要调动工作也一样很敏感，护士能调到哪儿去？巴掌大点职工医院，除非你有过硬的关系，离开这个岗位。

强家劲对妻子的想法大加赞赏，连夸这个想法好，最能解决实质问题。可具体怎么操作，他又成了一棵蔫菜，再怎么浇水也挺拔不起来。强家劲在石油公司工作，只是个一无是处的统计员，只懂得叠加那些曲里拐弯的数据，别说根本和医院搭不上界，就是能搭上线，又能怎样？他连每次汽油涨价的准确消息都搞不到，更别说有什么过硬的关系帮妻子调换工作岗位了。

再好的想法也只能是想法。

米兰兰从云端跌到了人间，没有了那些云遮雾掩，一眼让她看到了生活的最本质。难怪人们都说现实永远比想象残酷得多，因为现实才是最本真、最实际的。米兰兰的幸福终于在最本真的生活面前像一盏熬尽油的灯，渐渐黯淡下去直至熄灭。她照样得值夜班，强家劲照样得守空房，夫妻俩照样打着太极。米兰兰在姐妹面前有点撑不住了。一个人再有精湛的演技，没有东西可演也是很难堪的。最后，米兰兰沉默了下来，不再津津乐道她和强家劲的"幸福"。骤然的沉默如同喧闹间隙里的安静，很突兀也很容易暴露出一切。

有天中午，米兰兰没一点食欲，懒得去食堂吃饭，一人坐在办公室发呆，姜姐端着饭盒回来，给她带回来一份饭，放到面前柔声问道："告诉姐姐，你是不是有了？"

米兰兰被呛了一下，愣怔看了一会儿姜姐，有气无力地说："哪敢呀，白班夜班的，颠过来倒过去，连个晨昏都快分不清啦，这时要有了，不自找罪受啊！"

姜姐把手轻轻搭到她肩上，洞悉一切似的："那就是遇到难题了，小强对你上夜班不满？"

姜姐说中了米兰兰的心思，她的委屈像墙上渗出的水迹，一点一点洇湿墙壁，隐忍着，却又无法完全控制，鼻子酸了，眼圈红了。她没好意思让姜姐看到自己的模样，把头埋下，微嘟着嘴，没有吭气。姜姐把饭盒往她跟前推了推：

"我是过来人。夫妻间得忍。好啦，别跟自个儿过不去，趁热把饭吃了，回头我给护士长说一下，把下个月的白班再调给你，帮你过了这个坎，慢慢就好啦。"

"这哪儿行？你还有可可要照顾呢。"米兰兰顾不得眼圈里的红，抬起头，要站起来，被姜姐摁住了："可可不愿跟我住，嫌我啰唆她的学习，她现在大多时候住在她爷爷奶奶那里，这样也好，看可可就成了我的借口。"

"姜姐……"

姜姐嘴角往后扯了一下，她的笑在米兰兰眼里既无奈又苦楚："啥也别说，她们在背地里议论得没错，当年都怪我图一时痛快把婚离了，其实后来想想，过日子不就是一种忍受嘛，你忍受不了这个，就得忍受那个。"

姜姐的眼神茫然起来，米兰兰看着忍不住心酸。

"我倒想再找个男人好好过日子来着，可到眼下这个年龄，想再找个合适的男人成家，比登天还难。好点的男人哪轮得到你？剩下的男人连我那前夫都不如，你说我捡回来有什么用？现在倒好，连孩子都嫌了。一个人倒是自在，可除了冷清，什么都没有，回到家再怎么收拾，没有生气啊。有时候我一个人做满桌的菜，可腾腾的热气依然敌不住心里的寂寥。别人的夜晚是暖色的，我的夜晚却是寒凉，这个时候，才感到自己有多悲哀。你说，人要那点自尊干吗，能顶个热乎乎跟你嬉笑怒骂的男人？对男人该迁就时，不能硬来，不然痛苦的只有你自己。"

这算是忠告，还是经验之谈？米兰兰不知道，姜姐哀伤忧郁的神情落在她眼里，居然全成了强家劲嘴角上的水泡，一个一个，火烧火燎，把她的心一下子灼疼了。她咬着嘴唇默默地接受了姜姐的馈赠，强家劲是她心里的火，她不能让那火燃烧得太炽烈，但也不愿让那火悄然熄灭。米兰兰知道自己和强家劲之间的症结所在，她不想因为上夜班使自己情绪低落而冷落强家劲，伤了两人的感情落得姜姐那样的下场。她曾听姐妹们背地里议论姜姐，说她孤单的日子过怕了，想找个男人过日子，可别人给她介绍的大多是糟老头，她不甘心，实在熬不住了，就去黏糊前夫。刚开始听到这种议论，米兰兰还挺惊诧，姜姐是怎样好强的女人，若不是太好强，又怎会轻易放弃自己的男人。可就算后悔，又怎么能回过头将自己赢来的尊严踩到脚下呢。米兰兰想不通，觉得这比她前夫当年的作为更让人不齿。可米兰兰又很同情姜姐，就算她真的去找前夫，或许有她的难言之隐，反正女人活到这种地步，也一定是经过百般挣扎才迈出的，够不容易了。所谓曾经沧海难为水，不管姜姐的前夫怎样伤害过她，可在姜姐心里，前夫是她心中一座曾经倒塌尔后又重新砌起的墙，她就想在那座墙边偎一偎，靠一靠，这有什么不妥呢？她想如果自己是姜姐，会不会在孤寂的日子也会时常想到强家劲呢？答案是肯定的。肯定之后，米兰兰却为自己的想象伤感起来，好像自己真的被强家劲抛弃，一个人孤单地生活，在漫漫的长夜里感受内心被撕裂的冷清。

夜班调成白班，生活有了规律，日月晨昏清清楚楚，米兰兰的焦虑淡了，被夜班搅碎的情趣像清晨荷叶上的露珠闪烁着晶莹的光芒，在米兰兰的心里活泼泼地滚动起来。趁着黏糊劲，米兰兰把强家劲好好地满足着。强家劲的脸不再绷着，时常嘴角还往上翘，一副十足的得意样子，对米兰兰比蜜月那会儿还温存，就连该是米兰兰那些偏旁的家务活，他也会捞起来干了，还没一句怨言。米兰兰又回复到新婚时期幸福在云端的感觉，但她已没了在姐妹们面前炫耀的心思。就让幸福往前走着，悄然绽放吧。

米兰兰的好感觉并没有淹没她对姜姐的感激之心，她想不能就这么理所当然地让姜姐一次又一次地顶夜班，怎么着也得表示一下谢意。她把这个意思一说，强家劲举双手赞成，还给妻子出主意，怎样的感谢程度才能把姜姐打动，今后经常给米兰兰调夜班。

米兰兰一听不高兴了："你倒想得远。"

强家劲理直气壮地说："怎么啦，难不成娶了老婆，还让我每月再守十几夜空房，经常挂空挡啊！"

这话说得没有错啊，哪个新婚男人不愿意守着自己的妻子？米兰兰不言语了，说啥都没用，她又何尝不想每个夜晚都能躺在强家劲身边，哪怕什么话也不说，什么事也不做，只要身边有强家劲，听到他熟睡时的鼾声，感受来自他热气

腾腾的气息，心里也是踏实的，满足和安静的。

还是想一想怎么感谢姜姐吧。

美好的日子总是过得快，一个月还没怎么过呢，倏忽就到了月底，下一个月像一张开的血盆大口，露着狰狞的白牙，森森地候在那里，等着吞噬米兰兰的快乐。想着还得上夜班，米兰兰就发愁，苦着脸，说话蔫蔫的，做什么都无精打采，有次给病人打针时，居然拿错药，拿青霉素当葡萄糖，硬是没察觉，幸亏被别的护士及时发现制止了。能犯这样的低级错误可见米兰兰都愁成什么样了，她不好意思再找姜姐换班，再一再二不能再三再四，姜姐都主动给她换了无数次夜班，她哪好再找姜姐换班？米兰兰是个有分寸感的人。

有天，趁交班前没人，米兰兰期期艾艾地给姜姐说了想请她吃饭的意思，连她自己都觉得说这种话很难为情，但她还是鼓起勇气说了。姜姐习惯性地扯了下嘴角，淡淡地说，这话在你心里憋了很久吧，我能理解你的心情，饭就不吃了，你也用不着非得感谢我，反正我也没家庭拖累，这事对我来说没啥影响，就我现在这样，白天夜晚有什么区别？既然这样，我为什么不能为姐妹们的幸福做点力所能及的事呢。你就别老放在心上了，我就当成是排遣空虚，打发无聊啦。

米兰兰脸皮发烧，姜姐说得轻淡，可她清楚这是姜姐真心实意在帮她，她再不好意思与姜姐调夜班了，但拗不过，姜姐背着她找护士长又换了几周夜班。本来是好事，米兰兰的心里却一点都不踏实，与姜姐打个照面都不敢看她的眼睛，弄得姜姐也挺尴尬，不像帮了人，倒像是亏欠了别人似的。两人抬头不见低头见，这样下去不是个法子，有天，姜姐对米兰兰说，你要觉得这样下去难受，就想想别的办法吧。

"能有什么办法？"米兰兰幽幽地说，"当护士的，连护士长都得当夜班。"

"就没想过换个岗位？"姜姐说，"只要不上夜班，问题不就解决啦。"

米兰兰说："这个我早就想过，可咱们医院巴掌大点，除了行政岗，哪还有不上夜班的？护士调行政岗，在咱们医院还不成了天方夜谭？就算能成，我只会给人拿药打针，哪有那个能力。算了，还是先凑合吧，慢慢总会度过这个时期的。"

姜姐想了想，说："岗位倒是有的，药品库房的那个老保管快要退休了，她那个岗一个礼拜都不定有啥事，夜班就更不用上了，既清闲又不担风险……"

米兰兰一下来了精神："我怎么没想到呢，库房的确是个清闲的岗位。只是——我认识院里的领导，人家不认识我呀，不一定去得成。"米兰兰耷拉下眼皮，陷入愁苦之中。

"事在人为，现在的事不都这样？只要你想去，办法——我看能不能给你搭上这个线。"

米兰兰嘴上谢过姜姐，心里却有些不以为然，跟她一样不愿当夜班的大有人在，凭啥能轮到她头上？库房虽说不是个特别好的岗位，可比护士这个伺候人的岗位强多了，真要有关系，姜姐自己怎么会错过这个机会？也就是见她情绪不好，安慰一下她罢了。这样想着，米兰兰叹口气，也没把这事往心里搁，就当没这回事好了。

谁知过不多久，姜姐给米兰兰透露，那事有戏，库房保管员马上要退，院长正在物色人选呢，她趁机推荐了米兰兰，院长说可以考虑考虑，相信很快就有结果了。

米兰兰一时有些发懵，怎么也不相信，这事居然就有了眉目。看着姜姐一脸的平静，她一时不知该用什么样的表情来回应，本来是有心无门的事，突然之间，门却开了，尽管她还没能走进那门，可门里隐约的风景已叫她惊喜交加。她张着嘴愕然的样子，不知道怎么回答姜姐。

姜姐看出米兰兰的疑虑，扯了扯嘴角说："实话对你说吧，几个月前，院长就考虑叫我去库房的，但被我拒绝了，你可能不信，对我们护士而言，库房的确是个省心省力相对清闲的地方，我为什么要拒绝，说白了，我不愿去那种地方，你可能觉得平时我很少跟大伙一起说说笑笑，也许库房才是我最应该去的地方，但你不知道，我受不了那份清闲。每天下班我最害怕的是回家，空荡荡的一个家，你知道在偌大的屋子里走来走去，内心是什么感受吗？是凄凉，是冷漠，被无边无际的空虚和寂寞啃噬，这种时候，你说我能干什么，只能一遍一遍想以前的日子，边想边懊悔……有时候我连死的心都有了。在单位就算是一个人，因为没有让我懊悔的东西，心里就会平静一些。做护士虽然忙点、累点，但这里有人声，有笑脸，有熟悉的、热腾腾的话语，能与人打交道，不管是病人还是姐妹，有事情做，心里总是充实的……"

米兰兰看到了一个中年女人隐埋在内心的伤痛和苦闷，也感受到了对方的善良与坦诚。米兰兰感动得流下一串热泪，此刻的姜姐是那样的柔弱无助，像个迷路的孩子，彷徨着，迷茫着，张着两只手探寻着前进的方向，可是，哪里是她的目标呢？迷雾重重之中，她的身躯越来越单薄，仿佛一阵微风就能将她吹倒。但姜姐并没有真的被风吹倒，她坚强地站在米兰兰面前，目光很坚定，一点都不像个弱者。倒是米兰兰自己满脸的泪，软软的身子斜倚着墙，越看越像个弱者。

很快，米兰兰接到了院长的传唤。事情进入了实质阶段，那一刻，米兰兰是激动的、兴奋的，同时，她也是惶恐的。别说院长，就是科室主任都没主动给她搭过话，她不是个善于经营自己的人，从卫校毕业到工作结婚的这几年里，她过的一直都是简单的生活，没有要她上蹿下跳的需要，院里那些大大小小的领导在她视线里就成了墙上的风景画，美是美，可与她无关。现在却不一样了，她需要真实地触及那些风景了。院长要找她谈话，虽说医院不大，院长只是个百十号人的院长，但米兰兰还是紧张，踏进院长办公室的那一刻，屋里瞬间的黑暗使她无法适应，她差点被地毯绊倒。

院长很会抓住时机，他看上去像个糟透的老头，身手却很敏捷，似乎早已料到米兰兰会被柔软的地毯绊倒，他早早地候着，在她一个趔趄还未站稳时，他像头豹子似的扑了过来，将她坚定地扶住。米兰兰心下羞愧，正要说声谢谢，院长的两条胳膊却上了发条般顺势将她拉进怀里，铁箍似的把她抱拢起来。米兰兰懵了，这样的情景她连想都没想过，甚至不知道院长这般身手是在干吗，她的身子僵在院长怀里，一动也不敢动。院长的动作倒极具连贯性，刚抱紧她，紧跟着一张瘦巴巴的老脸就贴了上来，嘴拱到她的脸上，腥乎乎的热气扑了她一头一脸。

直到院长把米兰兰的脸舔得湿乎乎一片，她才清醒过来，用力推着："院长，不要……"

院长抬起他干瘦的脸。适应了暗黑的米兰兰这才看清院长紧巴巴挤在一起的满脸皱纹，还有脸上的湿漉，使她恶心得要吐。

看来，院长是个老手了，他抽出一只手，另一只手却没一点松动，他熟门熟路地将抽出的手插进米兰兰的怀里说："你要反抗，要喊叫，你就反抗就喊叫吧。"院长忙乎的同时，从他的黄板牙里又挤出一句话来，"别人都会认为你是为库房保管员的位置，来勾引我的！"

米兰兰被院长的话再一次击懵，刚恢复的一点意识又失去了，她惊慌失措，不知该怎么办才好，院长的话一点没错，谁都会相信她是为了库房保管员的位置而来。她的身子不再挣扎，像经历了一场马拉松，疲软得没了一点劲。她痴呆呆的眼神不知落在幽暗房间的哪个地方，从进门到现在，她就没看清院长的办公室里有什么摆设，事实上，她连转动眼球的气力也被院长的威胁击成了粉末，随着她软沓沓的身子一起飘落在松软的地毯上。她似一摊烂泥，抖动着被院长摊在厚厚的地毯上，任由他像个外科医生那样摆弄。

院长大概没想到会这么容易上手，他准备的不是太充分，显得有点手忙脚乱，渐渐地，他恢复常态，平静下来，竟然还从容地去扣上了门锁，拔掉了电话线。关键时刻，他还有条不紊地采取了避孕措施。其实，院长的这一行动意义不是太大，因为他摆弄了半天，忙得气喘吁吁，却没多大成就。整个过程，基本上就他一人瞎忙乎。院长一头大汗地忙完，见米兰兰紧闭着眼不反抗也不叫喊，更奇怪的是，她居然连衣服也不自己穿，在地毯上那么难看地摊着。院长不好意思了，他给米兰兰一件一件地穿衣服，边穿边轻声地叹息。可是，还听不见米兰兰的回应，院长有点生气，把穿了一半的衣服丢到她身上，气呼呼地说："你这个

米兰兰，到底要我怎样你才满意？"等了半晌，仍然不见声息，他又捡起丢下的衣服，显得极有耐心地边穿边说，"实话给你说吧，我是看你年轻，长得标致才这么冲动，女人嘛，不就是为了让男人冲动？这不更说明你有魅力？要是换年龄大点的，我哪有这心思，很费体力嘛……"

天空变成了铅灰色，树木脱成光秃秃的枝条，冬天像道阴影覆盖下来，改变了自然，也改变了米兰兰。

米兰兰和姜姐不一样，就算能说服自己，心里有一时的宽阔，但她无法挥去那道阴影，因为她无法回避自己的丈夫。面对无辜的强家劲，有种隔膜感竖立在他们中间，她的心像被砂纸慢慢地打磨，扬起的粉末呛得她泪水喷涌。米兰兰想着，自己的生活轨道该转弯了。

米兰兰主动提出与强家劲离婚。强家劲摸不着头脑，非要她一个理由。米兰兰说，没有理由，就是要离婚。强家劲气得大骂道："米兰兰，你脑子肯定进水了，刚调了岗位不用再上夜班，你就穷折腾，简直是疯了。"

米兰兰不说话，任强家劲骂。强家劲骂累了，停下来，忽然抱着米兰兰说："咱不调岗了，你还去当护士，我以后顺着你，不再缠你，不离婚，行吗？"

米兰兰摇摇头。

姜姐从米兰兰突然间的变故中似乎感觉到了什么，但她不能说，只能用自己的切身体会劝说，米兰兰一句也听不进去，她不做任何解释，认准要离婚，绝不回头。姜姐心里明白了，她突然间泪如泉涌，抱住米兰兰抽泣道："妹妹，是我害了你啊，姐姐求你了，咱不要那个破岗位了，以后我还替你换班，把一切都忘了吧，重新开始生活，听姐的话，这婚不离……"

米兰兰默默地替姜姐擦掉眼泪，说："不行，这婚我非离不可。"她都想好了，既然都付出了，为什么不调换岗位？

几天后，米兰兰一脸平静地领着强家劲到院办开完离婚证明，扯着他来到自己的新岗位——药品库房。库房不大，并没有多少库存的药品，空气中流动着各种药物的混杂味道，闻上去说不上好闻，也说不上有多难闻，比门诊治疗室里针剂与人体的混合味要舒坦得多。强家劲抽了抽鼻子。米兰兰竟然关上了库房的大门、窗户。强家劲疑惑间，米兰兰硬把自己塞进他的怀里，仰头望着他的眼睛，颤声说道："强哥，你答应最后再要我一回，好吗？算我求你了！"她很怀念当初的那种感觉。

强家劲没有惊讶，不说一句话，他狠狠地把她的衣服扒光，报复似的，粗暴地把她放倒在巨大的药柜上。突然间，他停下来，像熟悉这个库房里的一切，准确无误地拉开一个抽屉，翻出安全套，默默地给自己套上。

"物是人非事事休，欲语泪先流"。再怎么着，米兰兰寻找不回当初的那种感觉了，她的心被痛楚包围着，全身颤抖不已，她咬紧牙泪流满面，泣不成声道："强哥，我真舍不得你，可我已不是以前的我了！"

他们的离婚方式也与众不同。

离婚后的米兰兰一直打不起精神，神情总是痴呆的，谁也摸不透她的心思，她的眼神总是落在一个固定的地方，除非有人惊扰，不然她的一个姿势能保持大半天。姜姐经常来库房看米兰兰，越看心里越难受，怕她憋出毛病，硬拖着她出去散心。米兰兰拗不过，终于跟着去了一次。

在这个秋天的傍晚，她俩在街道边的一个树林里坐了很久，谁也不说话。夜色浓得像她们的心情，谁也理不清，她们只想这样坐着，坐着，直到秋天的蚊子叮咬得受不了，才起身离开。

走出树林，经过一个街心公园时，一帮老头老太太在路灯下围着录音机在跳舞。时间不早了，俩人却不约而同地站住，傻傻地看着跳舞的人群。一曲跳完，老头老太太们没有下场的意思。这时，录音机里发出震耳欲聋的"迪斯科"乐曲，强烈的节奏感使人全身震荡，那帮老头老太太像注入了兴奋剂，一点顾虑都没有，胡乱扭动起来。

姜姐的身子怕冷似的打了个激灵，胳膊和腿甩动起来，向人堆里扭去，迅速进入舞动的人群之中。她仿佛找到了释放口，摇头晃脑，动作极其夸张，像要把心中的一切发泄一空似的。她的舞姿有些扭曲，但还说得过去，在一堆老头老太太中间，绝对鹤立鸡群。

米兰兰被姜姐的举动惊得一时不知怎么才好，她发现姜姐的嘴角扯开了，比平时大了很多，她边跳边向米兰兰招手，叫她过去。她没有摇头拒绝，也没点头同意。那一刻，她的脸上有了一丝浅浅的笑意。

# 早年的雪

　　父亲的身体越来越不听使唤了。趁气候还暖，用了三天时间，父亲把鹰房里的墙壁粉刷一新。鹰是个洁净的圣物，容不得半点肮脏，不把它的居所清理干净，它宁愿以命相抵，也不将就。父亲曾经是远近闻名的鹰把式，他对鹰的习性掌握得比自己的年龄还要准确，所以他打扫得非常认真，直到鹰房像新建的房子，不见一丝尘埃，父亲才恋恋不舍地锁好鹰房的门，步履蹒跚地离开了。

　　这个鹰房从此就属于小儿子，与父亲没多大关系了，父亲心里很难受，从鹰房到正屋十几步的路程，他却走了很久。小儿子早等得不耐烦，站在屋子门口怕冷似的跺着脚。父亲抬头看了小儿子一眼，小儿子停止跺脚，却在门口走来走去地搓起了手。看着小儿子并不单薄的身子，晃来晃去像一张纸，而且一脸满不在乎的神情，父亲的心里一点踏实感都没有，开始怀疑自己，这个决定是不是做的太仓促。

　　祭拜过祖宗，父亲还是把鹰房的钥匙交给了小儿子。他别无选择，只能靠小儿子来继承祖传的这份手艺。说起来惭愧，祖宗的这套驯鹰术传到他的手上，再往下一辈传，就出现了危机。首先是大儿子，他从小就把大儿子当作继承人来培养的，带着他骑马、训练鹰，让他从小就熟悉驯鹰人的习性。大儿子有灵性，也喜爱鹰，把鹰的性格也揣摸透了，等大儿子成了婚，父亲放飞自己的那只老

鹰，那年冬天，给大儿子捕获了一只真正属于他自己的鹰，把鹰房正式传给大儿子。大儿子用祖传的驯鹰术，给鹰的左腿卡上一条铁链，整天钻在鹰房里与鹰相处人鹰磨合，训练鹰的耐心。冬天过去，大儿子把那只鹰已经训练得很听话了。开春后，大儿子右胳膊戴上羊皮护套，叫鹰蹲在他的胳膊上，早出晚归，骑马去野外训练捕获猎物。当时，父亲看着大儿子骑在高头大马上，右手高举着雄鹰，英姿勃发地向野外奔驰而去时，父亲为有这样的继承人，激动得流泪了。可父亲万万没想到，大儿子对鹰的感觉与他是不一样的，在父亲眼里，鹰是神圣之物，可在大儿子的眼里，鹰另有他用。父亲无法猜透大儿子的心思，他只看到大儿子带着鹰骑马奔向荒野的英姿，让他心里充满驯鹰人代代相传的自豪感。谁知，大儿子把家里的羊群交给妻子放牧，自己带着鹰去远山里捕捉藏羚羊。那可是高原上的珍稀动物，一张羚羊皮能顶十几头羊的价钱，比放牧的收入高得多。大儿子早就盯上了能赚钱的藏羚羊，也曾经劝父亲去捕捉，遭到父亲的强烈反对，大儿子有足够的耐心等待，他知道想要说服父亲这样的老顽固非常难，他唯一的机会只有等。终于等到一只听自己使唤的鹰，就避开父亲去干自己想干的事情。

父亲一直沉浸在对大儿子的热望之中，根本没有意识到大儿子的早出晚归有多么危险，等知道大儿子的行踪时，已经晚了，他连规劝儿子的机会都没有了。大儿子干了将近一年，冬天的第一场雪落下来后，在猎杀一群藏羚羊时，被早已盯梢的公安围住，大儿子企图逃跑，还没有跨上马背，被公安开枪打伤了腿。父亲闻讯和儿媳等人赶到山里时，公安早把一瘸一拐的大儿子带走了。父亲只看到雪地上的一串串血迹，像鲜艳的梅花，在雪地上灿烂开放，父亲的眼被蜇得生疼，他紧紧闭上眼睛，把那些滴落在雪地上的血迹阻挡在眼外，可是那份疼痛却无法阻挡。再睁开眼时，父亲看到了那只鹰，那只属于大儿子的鹰，蹲在一块巨石上，悠闲地啄着雪，无辜地看着他们。

父亲流泪了，他心里很清楚，捕杀藏羚羊的罪名，大儿子肯定得蹲监狱。他精心培养的继承人背叛了他，他的良苦用心叫大儿子给毁了，同时毁掉的还有他的自豪和信心。父亲放飞了和大儿子一起沾染上罪恶的那只雄鹰，自己又去捕获了一只，从头开始训练起来。

父亲越来越老，他的身体早就出现了问题，哮喘已经使他不能长时间骑在马背上，带着鹰去野外训练，放牧了。还是得有继承人才行。

父亲一共有三个儿子，大儿子蹲了监狱，他还有两个儿子可以继续培养，来做他的继承人。可是，在父亲眼里，一直把大儿子当作唯一的继承人，对于另外两个儿子，他从来没有考虑过。大儿子如此出色，他哪里还需要再培养第二个或第三个继承人呢？所以，父亲打心眼里把另外两个儿子当成儿子，却不是驯鹰的继承者。

二儿子非常有自知之明，身体长得就不像个驯鹰人，从小只喜欢学习，对鹰的彪悍强健只会远远地欣赏，心思不在这上头，后来考上中专，毕业后在乡中学里当了教师，整天抱着书本来往于家和学校之间，一副文弱书生的样子，根本不在父亲的眼里搁着。

只剩下小儿子了，父亲连选择的余地都没有。父亲对小儿子一直没有好感，他上小学时，不是跟同学打架把人伤了，就是与人嬉闹砸碎了教室玻璃，害得父亲经常去学校领人，丢尽了父亲的脸面。小儿子学习还不好，只顾贪玩，没有一点上进心。小儿子也不愿意在学校里受太多的约束，早早地退学回家，无所事事。别看他在学校没学到知识，却奇怪地练就一副好身手，动作机警敏捷，身强力壮。小儿子退学后没什么事干，东游西逛，经常和一帮年轻人纠结在一起，不是偷鸡摸狗，就是赌博喝酒谈恋爱，比在学校时更加游手好闲，父亲没有闲心去管，索性懒得去管。直到后来，小儿子把一个女孩的肚子整大了，父亲这才意识到问题严重性，可父亲说给小儿子的话，都是左耳朵进，右耳朵出，压根儿不起一点作用，父亲的身体状况又没法和小儿子干上一架，只好找来一帮亲戚把他捆住，狠狠地打了一顿，直打得他皮开肉绽。解决小儿子闯下大祸的办法，就是提前给他结婚，把那个搞大肚子的女孩娶回了家。结局看上去挺圆满，媳妇孙子一下子全有了，可父亲心里的气怎么也理不顺，他的哮喘越发厉害。

父亲从来没打算要将驯鹰术传给小儿子，小儿子那副德性只会亵渎驯鹰这

门行当。可老婆有一天告诉他，小儿子很想跟他学驯鹰，老婆说小儿子已经成家，该有一门手艺，不然这样混着总不是办法。他当时剜了老婆一眼，并没有把这话当一回事，他太清楚小儿子的脾性，只是一时脑子发热，根本不是驯鹰的人，他可不想叫小儿子败坏他这个鹰把式的声誉。大儿子已经叫他丢尽了驯鹰人的脸，他不能再有一个辱没祖宗的继承人。

小儿子结婚后，也不知他那根神经受了刺激，突然就像换个人似的，他行为收敛了许多，在父亲面前温顺得好像他本来就是个听话的孩子。他对父亲的驯鹰术骤然间产生出极强的兴趣，便缠着母亲劝说父亲。

父亲的性格硬得像块石头，一旦他认定的事很难有人劝说得通。可父亲毕竟上了年岁，又经历过大儿子对他最沉重的打击，哮喘使他对自己失去了信心。但父亲心犹不甘，他是个很优秀的驯鹰人，他怎么忍心看到没有驯鹰继承人的结果呢。经过再三考虑，父亲很无奈地接受了现实，准备把驯鹰术传授给小儿子。

一只鹰只认准一位主人，除了驯养自己的主人，对别的人它全不放在眼里，这是鹰的性格，执着而又孤傲。为安全起见，父亲只能一切都从头做起。他放飞自己现有的鹰，把鹰房打扫干净交给小儿子之后，就带上帐篷、干粮，还有捕鹰的诱饵，和小儿子去捕捉一只鹰。

捕鹰得去远处的山谷里，父亲在马背上颠着，哮喘使他像随身携带的一个风箱，跑上一阵不得不停下来歇息一会儿，他胸闷气短，喘不过气来。小儿子一改往日的毛糙，为父亲送上水袋，递上干粮，还不停地给父亲轻轻拍打后背，很悉心地照顾着父亲。一路走走停停，小儿子没有一丝厌烦情绪，他难得表现出这样的耐心，这叫父亲心里舒坦了些，气顺多了。父亲甚至想，是不是以前对小儿子偏见过重，没有真正了解他？从现在的情形看，小儿子比大儿子强，说不定会成为一个合格的驯鹰继承人呢。

已经是深秋了，一路走来，没有美丽的景致，但天空格外晴朗。父亲一直阴霾的心里，终于透进一丝秋日的暖阳，慢慢地这丝暖阳占据了他的整个心田，他的情绪好了起来，再看小儿子的目光里充满了一个慈父的温和。

到了山谷里，他们选择一处临近盖孜河边的地方搭好帐篷。安顿好住处，父亲叫小儿子拿出带来的鸽子，给它腿上拴好铅块，将鸽子抛向空中。

这是在引鹰，虽然四周静寂无声，空中根本看不见鹰的影子，可驯鹰人都认为鹰有很强的嗅觉，它们能闻到鸽子的气味，只是它们过于警觉，不定在哪个石缝里藏着，正盯着天上的鸽子呢。鸽子其实飞不了多远，腿上的铅块太重，会把它拖下地来。

小儿子对捕鹰热情很高，在父亲的指导下，他一次又一次将鸽子抛起来。

接下来的几天，是在山谷里这样度过的。山谷很静，寂静中总是让人产生一种似是而非的感觉，这样的感觉其实是最让人无法忍受的。驯鹰人是耐得住寂寞的，父亲看着空洞的没有一点色彩的天空心静如水，他已经习惯了岁月如水的流动，无论水急水缓，水深水浅，他的心态始终都是淡然的。

灰色的山谷里，除了鸽子不停地被抛向空中，又不停地从空中跌下来那平淡无趣的声音，和冲来撞去像喝醉酒似的风，在山谷里碰撞发出的声音之外，再听不到一点别的声音。

小儿子是个闲不住的人，在这种寂静得能把人心跳都放大成鼓点的山谷里，做着如此单调而机械的事情，要在以往，他绝对没有耐心坚持下来。可现在他不但做得很认真，而且连一句抱怨的话都没说，他的表情像父亲那样漠然，但比父亲多了一些年轻生动的色彩。父亲看着眼前的小儿子，对小儿子的好感又增厚了一些。为解除寂寞，父亲还主动和小儿子说起了话，这要放在以前，是绝对不可能的。

往天空抛了几天的鸽子，父亲认为时机已经成熟，他才带上粘网和一只早已准备好的家兔，来到山谷深处石头多的地方，插上树枝架好粘网，把兔子放在粘网里面，给鹰设下了陷阱。然后，父子俩等候鹰的出现，他们俩埋伏在一块巨石后面，用红柳枝伪装好自己，眼睛牢牢盯着粘网那边。兔子的腿上拴了两根绳子，一根绑在粘网上，另一根牵在父亲手中，兔子一旦安静不动时，父亲就像个顽皮的孩子，不停地拉动绳子，扯着兔子蹦来跳去，他们用这种方法来吸引鹰的

注意力。

小儿子显得异常激动，他两眼亮亮地望着粘网那面的兔子，生怕自己眨眼的工夫，会失去一场精彩的好戏。

鹰不是那么容易上当的，它们敏感，并有一定的智慧，不会轻易向兔子冲来。所以，等候鹰上钩，像寂寞的日子，无边无际，看不到尽头。小儿子的好奇心支撑了他两天，他的耐心差不多也就这长时间。两天后，他在灰色的天空还是没看到一只鹰影，甚至连一朵飘动的云都没有，他不耐烦了。他的忍耐快到极限了，再要这样没有一点希望地趴下去，他会像一只不断充气的皮球，总要在某个时段爆炸的。可看着一脸严肃的父亲，他不敢表现出厌烦情绪来，又不能跟父亲说心里的想法，只好不停地翻动麻木的身子，唯有这样，他才觉得积蓄在胸的烦躁情绪能释放一点。

父亲揣摸透了小儿子的心思，一点都不体谅儿子，他其实还是留了一手，心里早就盘算着，如果小儿子在整个捕鹰过程中，表现出没有耐心，就是捕到鹰，他也不会完全传授给小儿子整套驯鹰术的。一个没有耐心的人，是做不好鹰把式的。他没必要对这样的人传授祖传的驯鹰术。

让小儿子继承驯鹰术，是他无奈的选择，他想着哪怕培养一下小儿子的兴趣，使他成为一个还说得过去的驯鹰人，别丢他的人就行。在这之前，父亲看到儿子一副忍得住寂寞的样子，心里多少还是很宽慰的，可这样的宽慰并没有让他持续几天。

等待是很痛苦的，况且这是一个没有边沿的等待。小儿子的心里已经变得毛毛糙糙，他不时地起身去石头后面撒尿，这样做，对候鹰非常不利。父亲为稳住小儿子的情绪，也为实现自己的一点点希望，希望小儿子能够坚持下去，把自己的衣钵继承住，他把酒瓶子递给小儿子，他劝儿子喝些酒。候鹰是个磨性子的活，连这点都坚持不了，将来还驯什么鹰！在小儿子接酒瓶时，父亲不轻不重地训斥了他一句。

小儿子像是跟父亲较劲似的，猛灌了几大口酒，肚子里一下子变得热乎乎的。酒真是个好东西，进到小儿子肚里，竟把他的毛糙压了下去。小儿子又喝了几口，长呼一口气，耐下了性子，趴在地上等候鹰的出现。

第一只鹰是在第四天的午后时分出现的，它像一只黑色的剪影划破天空，一下子飞进父亲的眼中，就再没从那视线中逃脱出去。父亲捅捅昏沉沉的小儿子，小儿子一激灵抬起头，发现天空中矫健的鹰影，激动得差点喊出声。父亲准确地一把捂住了小儿子的嘴，另一只手拉拉拴兔子的绳子。兔子又动了起来。小儿子透过红柳枝间的空隙，仰望着天上的那只鹰，期望它尽早发现粘网里的兔子。可鹰像是知道了他们的阴谋，在天空盘旋着就是不落下来。

父亲喘着粗气，脸上却是一副坦然自若、成竹在胸的样子。小儿子心里着急，可急又没办法，看着父亲极有威慑力的目光，他不敢多言，只好耐下心苦苦等候着。

直到天快黑时，那只鹰才昏了头似的，突然从天空俯冲下来，一头撞在粘网上。小儿子从巨石后面欢呼着跳起来冲过去。

这只鹰从现在开始，就属于小儿子了。父亲让小儿子亲手去摘粘网上的鹰，他只帮着给鹰戴上眼罩、嘴罩。父亲终究是父亲，他怕鹰伤了小儿子。

捕到鹰后，要开始驯鹰。驯鹰是一件艰苦而又细致的过程，并且需要一定的耐心。驯鹰要从喂鹰开始，小儿子明白这个道理。遵照父亲的教诲，小儿子取下鹰的嘴罩，把羊肉撕成细条，一条一条往鹰的嘴里填。小儿子很细心，没有让羊肉沾上一点尘土，这比父亲想象的要好。父亲对小儿子多少又有了些信心。慢慢地，父亲的心思完全落在小儿子身上，把大儿子的背叛渐渐抛在脑后，一心一意地教小儿子，怎样尽快地和鹰磨合，驯服它，成为它的主人。父亲这样做，对于小儿子最终能不能成为一个鹰把式，还是没有抱太大的信心。小儿子似乎已看透了父亲的心思，他很努力。而且，小儿子出乎父亲意料地表现出驯鹰方面的灵性，与父亲心目中那个不求上进、吊儿郎当的形象反差很大，这使父亲心里又宽慰了一些：小儿子一点也不比大儿子逊色。小儿子对鹰极其友好，驯鹰进展的速

度比父亲预想的要快，父亲心里终于感到踏实多了，他的哮喘似乎也好了许多。有时候，父亲看着小儿子驯鹰的认真劲，在心里忍不住会拿小儿子和大儿子作比较，为什么早没有发现这个小子在驯鹰方面的天赋呢？不然，他一定会早早培养小儿子，让他来当继承人，那么也就不会出现大儿子让他颜面丢尽的事了。想起大儿子的所作所为，父亲忍不住长叹一口气，心里难受起来。

不管怎么说，老天还算不薄，父亲还有这个与鹰有缘的小儿子。父亲决定好好培养小儿子，尽自己所能，把他培养成一个真正的鹰把式。

没等父亲实现自己的愿望，他突然病倒了，这次的病却不是因为哮喘，而是肝脏出了问题，他从乡里的卫生院被送到很远的城里去住院。这一去治病，就在医院住了三个多月。这样，父亲没法再教小儿子驯鹰，人躺在医院里，他的心一点都不安稳，一直惦念着家里的小儿子和鹰，他不在时，小儿子会怎样驯导那只鹰呢，虽然在驯鹰方面小儿子有些灵性，可毕竟年轻，没有经验，也缺乏耐心，而鹰是凶悍且不易驯服的动物，千万不能因为他不在跟前，出些什么事啊。父亲越想越不踏实，他带口信叫小儿子来一趟城里的医院，他想问问情况。小儿子总说驯鹰离不开，一直没有来。每次，只要父亲的肝脏感到不太疼时，就嚷嚷着要出院回家。医生怕他的病发展下去会导致成肝癌，坚决不让出院。这样一扯皮，过去了三个多月。

过完年后，气温略有回升，积雪还没融化，高原还在一片白色覆盖之下。父亲实在无法忍受医院里连墙皮都散发着的来苏水味，用自杀威逼家人给他办了出院手续。父亲要回家了，终于要见到单独驯鹰的小儿子和那只鹰了。父亲很兴奋，也很急切。

等待父亲的，却是一个他绝对没想到的消息：小儿子根本就没有专事驯鹰，却纠结几个以前的同党，去山里捕鹰了，说是要高价卖给城里的餐馆。听说现在城里人喜欢吃野味，鹰的价格不低，这是无本生意，比驯鹰要来得轻松和有益得多。

小儿子他们已经捕来好几只鹰，说是等捕到一定数量，一起送到城里去卖。还未痊愈的父亲硬从老伴嘴里撬到这个消息，像有人拿把百斤重锤砸了他一下，把他砸懵了。他胸闷气短，喘了好长时间粗气，才缓过劲来，他没有多说一句话，只是狠狠骂了句"畜生！"又风箱一样喘起气来。老伴在他的背上拍拍打打半天，也劝了他半天，他一个字也没听进去。他只觉得自己的心越来越重，重得他再也没有力量能够承受得住，父亲自己以为，大儿子的背叛对他的伤害已经让他淡忘了，他正庆幸小儿子改邪归正继承了他的衣钵，可是还没等他的这份庆幸落到实处，小儿子在他的心上又插了一把刀，把他这个鹰把式的心刺碎了。

几天之内，父亲没再说一个字，也没有追问小儿子和鹰的事，他神情麻木，不吃也不喝，只是看着一个地方发呆，眼珠一整天也没见动一下，把老伴吓得可不轻。

这天晚上，父亲感觉身体轻松一些，等老伴睡觉了，他下炕走出屋子，支撑着虚弱的身子踩着积雪，向鹰房走去。一路上，积雪被他踩得"咯吱咯吱"叫唤，在黑夜中像是谁在哭泣一般，疼得父亲的心尖一颤一颤的。但他忍耐着，一直走到鹰房门口，他掏出怀里揣着的钳子，费好大的劲，才将那把非常熟悉的锁子拧开。他打开鹰房的门，看到小儿子捕来的几只鹰，正蹲在鹰房的横杆上睡觉呢，他颤巍巍地走进去，抓起一根棍子，把鹰们轰醒，又把它们赶出鹰房。鹰们像一群混沌未开的孩子，在他的武力之下冲出房子，左右看看，没有危险，便尖叫着，轰的一声四散飞走了。在雪地的映照下，一只只鹰像黑色的精灵，向浑浊的天空急奔而去。

看不见鹰们模糊的影子了，父亲才慢慢收回目光，寒冷的空气如同匕首刺向父亲的身子，他感觉到了疼，浑身到处都疼。他脸上有热热的东西流淌着，他知道那是自己的眼泪。那是一个驯鹰人绝望的泪水！他感到自己的身体此时很虚弱，他快支撑不住了。他的胸口忽地像着火一般，他不由自主地张开嘴，那股火便从胸腔穿过喉咙，从嗓子眼里喷射到雪地上。父亲看到白雪地上的那摊碗口大的殷红，极其刺目，与早年间他的大儿子洒在雪地上的血一样夺目。唯一有点不同的，就是大儿子的血在雪地上是零零落落的，没有他的这么集中。

# 不合常规的飞翔

夏天时，罗城来到心仪已久的B城。

罗城乘坐过路列车，到B城是凌晨两点。他依照多多的叮嘱，出了车站口，从出租车司机的包围圈中冲出来，穿过车站广场，熟门熟路地沿着左边的马路走到第一个红绿灯前，右拐又走了一百多米，到了滨江宾馆门口。

罗城心里踏实下来，进宾馆的门时，他回头看了一眼B城的夜景，高楼大厦在流光溢彩的灯饰中，像群风骚的、正在等待男人眷顾和垂青的少妇，既在闪闪烁烁中羞羞答答，在掩掩藏藏中又充分展示了她们的魅力。但此刻的罗城像看惯了风姿绰约的女人似的，对此毫无兴趣。夜色再美，再有韵味的城市，也只是一个过往的驿站，这种魅惑是敌不住他内心急迫感的。他这时候最想的，就是赶紧开个房间，把房号发短信给多多，尽快和多多联系见面。

发完短信，罗城半躺在床上等着多多的回音。手机像是倦怠了，静静地躺在罗城的手里，半点儿让他期待的动静都没有。多多可能熬不住睡着了，没有听到短信的声音。罗城这样想着，又等了一会儿，还把给多多买的东西拿出来又欣赏了一番。实在熬不住了，他干脆拨打多多的手机。关机。怎么会呢？早就告诉过她车次和到站时间，难道……多多是故意的？罗城把手机往床上一丢，一把抓起给多多买的红皮鞋，使劲扔回包里。然后扑到床上，扯过被子睡了。

B城夏天的凉爽是罗城没有想到的。他没有来过B城，多多发给他的E-mail里，也从来没有告诉过他B城是避暑的胜地。当然，罗城也没问过，B城是个什么样的城市，有什么样的特色，说到底跟他没多大关系。他只要知道B城有个多多就够了。实际上，罗城和多多交往的内容基本上没有超出文字的范畴，要是稍微出点格的，就是他们把自己的照片制作成FLASH互相发给对方。制成FLASH的照片当然是他们彼此精挑细选过的，更精妙的还是他们给自己的FLASH配的文字，那才彰显各自的才气呢，一段话，一曲词，或几句歌，一下子就把略显呆板的照片映衬得生动起来。一点也不比那些用电脑做出来的卡通人物差。这是多多的创意，她说这样才能让他们之间的感觉更生动，更立体，可以让他们在网络虚拟的空间里有更多的新鲜感。罗城的确感受到了这种新鲜感。他本来是不会FLASH制作，可是为了配合和适应多多，他专门去买来FLASH制作方面的书籍，一边看一边学，还找会电脑制作的人请教，以他这种不耻下问的精神没用多久就学会了制作FLASH。当然，学会FLASH的制作方法只能算是一个意外的收获，更大的收获是多多发给他的那些充满了诗情画意的照片，那可比他拿上一沓美女照的感觉要丰富和有趣得多！都说网络无美女，开始罗城还想多多或者也是个恐龙美眉吧，但庆幸的是，多多的照片看上去还是个能让罗城心动的女孩。再看人家写的那些文字，简直就是美女加才女了。如今，稍有点姿色的女孩（就更不用说又漂亮又有才的女孩了），都仗着爹娘给的好脸蛋，满世界去找男人骗吃骗喝，谁还舍得在网上挂着，干巴巴地浪费着这丰富却短促的资源丢这个份呢！

罗城是个容易知足的人，有这样一个女孩陪着他抒发情感，夫复何求啊。说起来，罗城和多多的"交往"，最初是在一个胡拉乱扯的网站里，罗城有个帖子，是他捕捉了周围女性哄骗男人的各种招式，瞎写了一篇"当今女孩是用怎样的招式来哄骗男人的"，后面附着他的E-mail地址，也有以文招骂的意思。多多时常在这个网站里穿梭，看到罗城的帖子，非但没有骂言，还给罗城写了一封倾慕的信（实际上把信发到罗城E-mail里的也只有多多一个人）。多多的信写得很

用心，当时，罗城看了，那份激动甭提了，他觉得自己终于寻找到了知音，很难得，几天里他都不知道自己是谁。本来，罗城对他写的这篇胡说八道的东西没有多大信心，也就是网上可以随便贴自己的东西，否则的话，根本没有地方会发表他的这种谬论，就更别想遇到什么知音，会有人主动给他写信了。而且，给他写信的多多还是个正在上大学的漂亮女孩呢。

多多的信，使罗城一度处在极度亢奋之中，他给多多写了回信。来一封回一封，信的内容从谦虚到了吹捧，称呼从先生到了大哥。后来两人在信里越来越热乎，于是就发照片，以他们这样的网络知音，仅仅是发几张照片显不出什么情趣的，只能是落入别人的俗套。多多到底是个在读的大学生，聪明又机灵，就建议用FLASH的形式，再配以文字叙述来发照片。一来二往，两年的时间就这样美丽地过去了。

不管日子怎样的美丽，美丽却不是流畅的。两年来，罗城和多多的交往也曾发生过危机。第一次，是在他们通信七个月的时候，多多有一天给罗城发来一封邮件，说是她的一位女同学突然被查出患有白血病，如不及时入院治疗，可能就有生命危险。这位同学来自农村，家里生活状况肯定不好，平时省吃俭用，连自己的一部分学费都是靠假期里打工挣来的。为了保住这个同学的生命，老师号召大家捐款救助。多多很同情她的同学，平时和这个同学的关系也不错，她想多捐些钱，可是她的钱存了死期取不出来，这时，她想到了罗城。她想罗大哥面对这样的情况，一定不会袖手旁观的。

其实多多只借一千块钱，不算太多，可罗城却为难了。现在的人借钱都不爱还，不管怎么说，多多还停留在陌生人的层面，这样借出去的钱，犹如肉包打狗。对罗城来说，多多人是陌生人，心却离得不远，这可比面对熟悉的人有一颗陌生的心要亲切得多。思前想后，罗城想这钱还得借，不借的话显得他太虚伪，对他人太没诚意，平时在信中多多是那么信任他，而他也曾信誓旦旦地说过一些慷慨激昂的话，现在一旦真正临有事，他推三阻四，满腹猜测，这让多多怎么想他？一定会说他是个不折不扣的伪君子。七个月，他和多多用现代的方式交往了二百一十三天，以现代生活的快节奏，这七个月应该说算是漫长的一段时间了，如果多多有心要骗他，也不必和他兜这么长的时间，这浪费的情感和精力，要以金钱计算的话，不值一千块钱吧！这样一想，罗城觉得自己小心眼，缺少对多多必要的信任。当然，罗城还是想过，就算是赌一把吧，万一多多过后不还给他钱，他当是给那位病人捐款献了爱心，不就一千块钱嘛，也算买个教训。可是，罗城又一想，这钱要是借出去真是有去无回，叫周围的人知道了，不用屁股笑他是个傻逼才怪呢，什么年代了，借钱给熟人都是冒险的举止，他居然给陌生人借钱？心里这个堵就大了。

罗城这么一犹豫，多多那面等不及了，她一连发几封邮件，甚至有天一连发十几条手机短信过来催罗城。多多急不可耐的样子，让罗城更没底气，便回短信谎称他妻子出差，拿不出钱来，自己手头只有六七百，不够数。多多等急了，叫罗城赶紧把手头的钱先打到她卡上。在等字后面，多多用了二十多个感叹号。二十多个感叹号像一串串催命符，把罗城逼得走投无路，他只好往多多告诉他的卡号里打了七百块钱。

钱打出去后，多多消失了。罗城好久没有接到多多的信，主动发过去几封，都是以询问多多同学的病情为借口。过去了一个多月，罗城发出去的邮件和短信就像自言自语，一点回应也没有。收不到多多的回音，罗城心里很难受，彻底对多多失望了。果然是个骗局，几个月的时间都是铺垫，是为了叫他没戒备心，不对她设防。而他千算万算，到底还是失算，这一把自己算是赌输了！还是个写过当今女孩用怎样的招式来哄骗男人的罗城呢，他越想心里越堵得慌。他不敢把借钱的事告诉任何人，只好又气又怨地在心里骂自己是傻逼。

可是有一天，罗城进入自己的邮箱，突然看到多多新写来的一封信，信写的非常简单，只叫他去查查自己的卡，是否收到了钱。别的，一句多的话都没有。罗城去银行自动取款机查看，卡上果然多了七百块钱。他郁闷的心情一下子释怀了，想想这一个多月来的沮丧和愤懑，非常羞愧，赶紧给多多写信过去，说了许多解释的话。多多回信，没提一个钱字，只说自己这段时间忙着准备课程，

没时间上网，又大概说了几句她那位同学的病情，一连感谢罗城对她的信任。罗城更觉得自己是小人之心度君子之腹了。

他们的交往又进入了正常轨道。慢慢地，由于罗城在词语上的主动，使他和多多的相互信任度比以前更进一步。

这次，罗城来到B城，是要看望出了车祸的多多。

半个月前，罗城突然接到多多发来的手机短信，说她突遭车祸，肇事司机逃走了，她腿受伤，被过路的行人送到医院里，估计不会有大的问题。本命年嘛，不出点事也不正常。只是，多多不想叫父母知道她受伤的事，怕他们听到这个消息担心，只是又要麻烦罗城，请他借给她五千块钱，垫付上治疗费。

这回，罗城二话没说，给多多的卡上打过去五千块钱。多多也颇理解罗城的心情，这次没有像上次那样让罗城担心，收到钱后她迅速发短信过来告知。罗城很关注多多的伤情，一个女孩子离家上学，孤身在外很不容易，偏偏还遭遇不幸，这就更让人同情。多多在医院里发不成E-mail，他们就用手机互发短信联系。说起来叫人难以置信，三四天时间，罗城光发短信就用了一百多块钱话费。这还不算，为表达自己的真诚，罗城提出要到B城专门看望多多。因为多多他们学校放暑假了，她的同学都回了家，多多的家不在B城，腿上的伤还没好利索，她不想回家让父母知道，就继续留在B城。多多在B城无亲无故，清冷孤伶，腿又不方便，罗城心里越想越觉得他现在成了多多唯一的依靠，他应该有责任照顾她。在最关键的时候，多多把满心的信任交给他罗城，仅凭这一点，他明白自己在多多心目中的位置有多么重，而他的心里，又何尝不是一样时时牵挂着多多呢？两年的信件往来，FLASH的传意，他觉得和多多已经走的很近了，他已经很真实地感觉到他们彼此在对方心里的分量。这种时候，他不出现，还待何时！

罗城给多多说了自己的想法，多多在短信中说，她感动得都哭了，她说虽然她很想在现实中真真切切地与罗城相见，但从来没想过罗城真的会来看她，由此，她更觉得他是一个真诚的男人。多多还在短信中给罗城认真地讲了B城的行走路线。她的积极态度让罗城备受鼓舞，他把多多说的行走路线在脑子里一遍又一遍地过着，所以，罗城一到B城，就轻车熟路地找到了这家栖身的宾馆。

可是，直到第二天罗城睡醒来，也没收到多多的回信。罗城又发短信过去，等了会儿还不见回音，他急了，猜不透多多到底是怎么回事。他用房间的电话拨打多多的手机。这回，手机通了，响了很长时间才听到多多的声音。罗城说，多多我是罗城。多多尖叫了一声，颤声叫道，不会吧，罗城你真来B城了？

罗城说，什么话呀，我不是在短信里告诉你了吗？我现在就住在你说的滨江宾馆602房间，你说是真的还是假的。

多多突然间沉默不语。在罗城的一再追问下，多多才说，罗城我真的感动得哭了，你不用来医院，我已经不在那里住，受不了那股味。而且医生也说，我现在只要药物治疗一段时间就没事了。我也不在学校住，学校假期里不让学生住的，我现在住在……这样吧，你不好找，B城我比你熟悉，还是我去看你吧，你等着。

罗城忙说，不要，你的腿不方便，还是我去看你比较好。你告诉我怎么坐车。

多多在电话里咯咯笑起来，罗大哥，还是你心疼我。不过没关系，我的腿现在都快好了，不碍事的。

罗城没有坚持。

搁下电话，罗城的心情像屋外的天气一样好起来，他把东西整理了一下，尤其是把那双给多多买的红皮鞋捡起来，又放进盒子里。连多多喝水的杯子，他都认真地洗过几遍，放好了袋泡茶。

快到中午时，罗城的期盼终于有了结果，多多来了。

令罗城措手不及的是，多多一进门，罗城还没来得及细看眼前这个真实的女孩，多多就扑进他的怀里，和他拥抱上了。罗城愣住了，脑子里一团糨糊，还是多多把他拉坐到床上。

一时，除过多多说些感激的话外，罗城一句话也没说，他还没有从刚才突然发生的情形中醒过来。他的眼神一直愣愣地看多多。还是多多适应得快，她对

罗城说，你不是问过我穿多大的鞋码，快给我看看你买的红鞋子。

罗城这才记起来，从盒子里拿出鞋，要多多试。多多高兴地脱下旧鞋正要试时，罗城突然想起多多受伤的情况，要看多多的伤。

多多脸红得像手中的皮鞋，摇着手对罗城说，我的伤……在大腿上，不便看，你还是……别看了。

罗城的脸也红了，叫多多快试鞋。

试过鞋后，罗城和多多去吃午饭。罗城担心多多的腿伤不能多走路，要在宾馆餐厅吃午餐，多多没反对，她还点了两瓶啤酒，说是要好好庆祝一下他们两人的缘分。他们举杯相互庆祝，像一对情侣似的，相互夹菜，偶尔还互相情意绵绵地对望一眼。可惜这是午餐，餐厅的光线充足，不然的话，点上两根蜡烛，在宁静幽暗的烛光里就更有浪漫情调了。午饭吃得非常开心，两人一点不像是第一次见面。饭后，多多还抢先买了单，虽然不到一百块钱，罗城觉得还是失了脸面，可他心里很受用。这个女孩不虚荣，不是那种等着男人买单当成天经地义的女人。罗城是第一次吃女人抢着掏钱的饭，所以，他心里感慨万分。

回到房间，可能是喝了些酒，多多困乏得不停打哈欠，上了趟卫生间，朦胧着眼对罗城说，她得睡会儿。不等罗城同意，她已经在靠门口的那张床上躺下了。不一会儿，罗城发现多多已经睡着了，他在房间不敢走动，怕吵醒多多，愣坐了一会儿，酒劲往上涌，头有些晕，干脆到另一张床上也躺下了。

迷迷糊糊中，罗城觉得有些异样，他努力睁开眼睛一看，头一下子木了：多多睡到了他的床上。并且她身上一丝没挂，正歪着脑袋看他呢。罗城惊醒过来，刚要说话，嘴被多多的嘴堵上了。

罗城不是圣人，此时此刻他哪里还能做到坐怀不乱。他平时的行为是很检点的，除过妻子之外，他还没有和别的女人在一起睡过，多多青春的胴体使从未有过第二个女人的罗城有些慌乱。面对一具陌生的身体，罗城的感觉不像平时和妻子在一起时那样熟稔，他惴惴不安，心里总像是有些牵绊似的，不敢过于放肆。多多毕竟还是个女孩，可能是害羞，她转过身，只给他背面。他费尽了劲，折腾出一身的汗，却没能成功。

失败的男人心里很沮丧。罗城把失败归结到中午喝的啤酒上，酒能坏事，在家时，他喝酒后和自己的老婆都做不成事。他把嘴贴在多多的耳朵上，小声给多多说了这个事实。

多多没有怨言，偎在罗城怀里，像个乖巧的猫咪。只是，她的皮肤看上去比照片上要黑一些，而且也不够细腻光滑。罗城把多多抱在怀里这样想，但抚摸着多多年轻结实的肌肤，心里还是很舒坦的。以前对多多没有一点点想法是假的，但他没费一点心机，这么年轻的女孩就主动脱光钻进了怀里，像他这样没权没钱的老男人，上哪找这么好的事去！现在的女孩子现实又势利，对一个囊中羞涩的男人哪里会轻易敞开自己的身体。能有这么一次外遇，罗城很知足了！

他们搂抱着在床上躺了一下午，也说了不少的话，几乎没提一句他们交往的事，但两年的交往却为这些铺下很深的基础，因为他们说出来的每一句话绝对不是一对初次见面的男女，能十分自然说出来的话，绝对要比他们在邮件中谈的东西有情趣得多。虽然再没有什么动作，罗城的心态却坦然多了，有一种已经经历过多多身体的熟稔感。一直到天黑，他们才起来穿好衣服，去外面吃晚饭。晚饭两个人很有默契，都不提喝酒。吃过饭他们到附近的广场还转了一圈，广场的人不算太多，B城夏天的夜晚极为凉爽舒适，但对罗城依然构不成诱惑，他想早就回宾馆，心里像猫抓，又不能表现得太急迫。

回到宾馆，压抑的欲火呼地蹿了上来，罗城自己都为身体的反应过于激烈有些不好意思。说句实话，罗城不敢把多多留下来住，怕晚上公安查房。但他又不想错失这个机会，便拥住多多，用肢体示意多多上床，想着完事后叫她离开。多多一点都不领会罗城的意思，专心地看着电视剧《情深深雨蒙蒙》，还十分投入地流下一串泪水。罗城的激情给磨得渐渐消失了，他又不好说出口，手虽在多多的身上游动，他的欲望却在自己的身上慢慢地淡了下来。直到两集电视剧播完，多多打着哈欠说声睡觉。原来，多多就没打算离去。

罗城把自己的担心说了，多多一点都不在意，她说B城不会有事，又是这样

的高级宾馆，公安不会半夜来查房的。

话是这么说，罗城还是心虚，关灯上了床，耳朵一直竖着听门外的动静。602房是间大客房，卫生间在床对面的角落，门直接对着床，没有卫生间遮挡，罗城担心门会被突然推开，或者有人扒在猫眼往里面看，他和多多的光身子就会暴露无遗。

多多依然给罗城的是后背。冲动的波浪已经退却过一回，再加上有了这份提心吊胆，无论怎么努力，罗城还是没有做成事。他想着歇息一会儿，再努力努力，可是，他怀里的多多已经发出轻轻的鼻息声。她居然在罗城的努力中睡着了！可能是中午她没有顾得上睡，现在很困了。

罗城一点睡意都没有，静听着多多安详的鼻息声，他的内心里很冲动，可身体就像跟他闹别扭似的，一点也不配合他。他痛恨自己的身体在关键时刻不争气，但没有一点办法帮助它。他在懊丧中轻轻抚摸着多多。他摸得很仔细。

不知不觉中，罗城摸到多多的肚子，他的手感到了异常，那是一块结实的隆起。起先，罗城还有点不信，他老婆怀孕时，他几乎天天要摸老婆的肚子，他手上的感觉没错。可是，多多还是个学生呀！他很疑惑，又细细摸了多多的肚子，确实是一块不同于脂肪感觉的隆起。他想着多多两次给他的后背，疑心越来越重。罗城轻轻拧开床头灯，掀开毛巾被，仔细察看了一番多多的两条大腿，连脚趾头都没放过。在淡黄色的灯光下，多多微蜷着的一双腿很秀美，腿上除一两处有碰撞留下的指甲盖般大小的浅黑色淤青外，没有一点伤痕，根本没有出过车祸的迹象。罗城强忍住怒火，再次摸了摸多多的肚子，证实她是真怀孕，说不定她跟他借钱，还是为堕胎呢。

罗城的头轰的一声炸响了。他有了上当受骗感，受了莫大的侮辱。他强制着使自己镇静下来，想着自己现在该怎么办才好。

过了一会儿，罗城决定叫醒多多问个明白，他推多多光裸的身体。多多像褪光毛的死猪，被他晃来晃去，就是醒不了，只是偶尔，她嘴里还能发出几声哼哼，证明她还活着。

就是这几声哼哼，使罗城下不了狠心。毕竟，她和他邮件往来两年时间，在信中交谈了很多他们喜欢的话题，应该说，他们还是知心的。再说了，罗城是个已婚男人，已婚的男人跟未婚的女孩还能发生什么呢？感情可以存在心里品味，而现实却必须是面对面的。他们只是邮件交往了两年，见面才一天时间的网友啊，多多又不是他罗城的老婆，又不曾与他承诺过什么，他可以照样和自己的老婆生活，她为什么就不能有她怀孕的自由？其实说白了，她怀不怀孕关你罗城什么事？说不定，多多还是上当受骗的呢。

罗城只是有点不甘心，他和多多的交往应该是纯洁美丽的，能够留下美好回忆的那种，可是，她为什么要骗他说出了车祸呢？他要等多多天亮睡醒后，要她亲口说出来。

罗城回到另一张床上，翻来覆去煎熬，心里早就没了冲动，心里还是填满了被多多欺骗的愤慨，还有等待多多解释的期待。直到天快亮时，他才迷迷糊糊睡着了。

早晨，罗城被服务员打扫卫生的敲门声惊醒，他爬起来看到另一张空荡荡的床，还有空荡荡的鞋盒子、旅行包，一下子想不起来自己在哪里。

他的心里一片荒芜，像做了一次不合常规的飞翔，看什么都是模糊的一片。

# 那是一只什么鸟

午睡醒来，老万睁开眼睛，他的世界已经改变了。他迷迷瞪瞪地盯着天花板，楼上漏过一次水，留下一片水洇的痕迹，酷似一只欲飞的鸟儿，连张开的羽毛都辨得清。他与妻子躺在床上曾经争论过，妻子说像鸽子、喜鹊，要么是朱雀，他认为像只乌鸦。谁也说服不了谁。

午后的空气潮湿闷热，沉在屋里如同一团团叹息，怎么也清爽不起来。屋子里没一丝声息，连那嚣张起来不管不顾的车笛声都匿了迹，整个世界沉寂得像死去一样。

去卫生间抹了把脸，返回厨房喝水时，那碗剩饭还戳在桌子上，两根红色的筷子交叉竖在碗里，高高地，示威似的。这是儿子小万的杰作。午餐时，老万看不惯儿子一边往嘴里扒饭，一边翻着眼白拿手机发短信，好像他日理万机，时间金贵，连吃饭都闲不下来。儿子的做派在老万眼里，像根刺，硬硬地扎着他。他咬咬牙，忍着没叫自己把难听的话说出来，但不说，刺却一点一点扎得更深，疼得他受不了。于是，他把自己的碗往桌上放得重了些，是带了情绪的那种。儿子对这种声音敏感得很，从手机上拔出目光，同时也从碗沿挪开嘴唇。老万的目光没来得及躲开，撞上了儿子的目光，随即，小万茫然的目光变成轻蔑，冷了脸，把碗往桌里面一推，没等碗微微的颤动停息，就将筷子狠狠地插进饭里，起身，长发一甩，走了。老万张大嘴，却没发出一个音叫住儿子。儿子不会给他丢下一丝声息，他们之间已经打了好长时间哑语，有时冷来寒去演戏似的，配合得还相当默契呢。在门板轰烈的响声中，老万愤然起身，瞅都没瞅儿子的饭碗——儿子其实只吃了几口饭。他把自己还剩下一口饭的碗丢进水池，回卧室倒头便睡。

妻子中午不回家吃饭，通常只有他们父子俩，两个人的世界，很孤独，也很寂静。

儿子对老万的仇视由来已久，并且三番五次提出要和他断绝父子关系。在与儿子的每一次交锋中，最终都是老万溃不成军。每次，儿子都是豁出去的架势，老万却不敢轻易接招，怕接了，局势便无可挽回。在儿子的狂热中，相反，老万心里发虚，只能忍气吞声，悄然撤退。小万算是摸到了父亲的软肋，越发乖张，只要老万稍微给他点脸色或一句话听不进耳里，便大造声势。有一次，小万闹离家出走，留个条，说这个家没值得他留恋的，以后再不回来了。还真的一天两夜没回家，打电话不接，发短信也不回，急得老万起了一嘴的泡，认定儿子出了什么意外，急吼吼跑到派出所报案时，小万却狼狈地自己回来了。他嘴再硬，也没法解决吃饭问题。慢慢地，老万也看出了儿子的弱点，到底还是个不谙世事的孩子，他也就是愤怒，真要做得太出格，还是在心里会掂量掂量的。再说，与儿子较真，只能影响自己的情绪。以前和儿子冷眼相对后，总是老万生半天的闷气，尔后失眠，躺在床上整夜地翻烙饼。人家看上去却没事似的，该干什么干什么，一点也不影响情绪。慢慢地，老万心里就看得开了，他的神经逐渐麻木，竟然习惯了与儿子闹腾一番后能很快入睡，到后来，儿子的态度竟比催眠剂还管用。只要睡着了，世界就不在自己的掌控之中，风平浪静抑或天翻地覆，都不用管啦，有啥大不了的！

电话不失时机地响了，铃声急促而响亮，把热稠的午后都震醒了，寂静像块玻璃稀里哗啦被砸得粉碎。老万被突如其来的铃声吓了一跳，待清楚声源后，却不急不忙，懒洋洋地凑到电话机前，扫眼来电显示，是陌生号码，不接。他已经惧怕这种不知根底的电话，不是向他控诉儿子新犯下的劣迹，就是那些死缠硬磨的家教。无论接上哪种电话，都给他本来就堵的心里再添一层堵。不是他悲观，而是事实证明，这个世上就是有回天之术，儿子小万也不可能回到品学兼优的以前了！以前，儿子多好，聪明伶俐，听话，学习上进，见了他就黏糊过来，他也没做什么了不得的事，儿子竟把他当英雄崇拜，明星似的追捧，那感觉多好！可是，那样的儿子怎么说没就没了呢？换了如今这模样，他一句话说过去，儿子心情好的时候，白他一眼，自顾走开，心情不好，跟他像见着仇人一般。他那个伟岸父亲的形象像风吹落叶，落了也就落了，偏偏还要腐烂着。

老万心里的堵一层一层翻涌起来，不由得叹息起来。

电话仍在不屈不挠地响着，打电话的人很有耐心，似知道老万在家。他生气了，一把扯掉电话线，屋子里骤然静了下来。他踱起步子，心里却慢慢慌乱起来，捡起床头的手机，开机。睡觉前他关了手机。无论如何，他得保持一条联系方式，要是单位有人找他，虽说他可有可无，一半天不去上班，不会进入领导的法眼。可万一呢。

手机还没进入临阵状态，电话就打进来了。这次，显示的是单位号码，他不能不接。听着话筒里急切的声音，果然是有关儿子的，他顿时哑然无声，连一句惊讶的语气都没有。倒是单位的人很惊讶，连声问小万到底是不是你儿子？

这话问的，他不能再沉默，但心里却没恢复平静，随口说了句，名义上就算是吧。

那你赶紧到三医院去看看吧。单位的人显然很不高兴，可能是把话筒扔向话机的那种，挂机声很响很短。他心里"喊"了一声，去看看又怎样，只能丢脸。从单位人的态度上，他知道儿子肯定没干下好事，不知又闯下了啥祸，人家找不到他，告到单位了。心里更说不出的烦躁，捏着手机愣怔了一会儿，才想打个电话问问清楚，儿子到底闯下了多大的祸，至少他心里得有个底。到电话机前插上线，老万回拨刚才的来电，可那头就像为罚他刚才不接电话似的，一直占着线。他无奈地丢下话筒出门。

　　跟以往一样，儿子跟他敌对的一个做法，就是在外面闯些小祸，比如砸人家的玻璃，从哪个孩子手里抢东西扔掉，或者无端地冲着某人谩骂，再就是跟一帮男孩欺负女孩，到哪个小店里故意找碴儿。儿子在前面点的这些小火，知道后面有父亲给他扑灭。说白了，儿子说不定就是喜欢看父亲气急败坏帮他扑火的样子。

　　但这次跟以往哪次都不相同。

　　小万烧伤度为浅二度，要命的是头部最为严重，半个脸面烧伤了。在医院急诊室远远看到儿子的一刹那，老万心里甚至还沾了点幸灾乐祸，就像一只被宰杀的鸡，鸡头分明被剁了，身子却还摇摇晃晃。不过，儿子烧黑的那半边脸很快使他反应过来，这次儿子的事可比他在外面小打小闹要严重得多。似一只无形的手猛地抓过来，老万的心一下被掏空，大脑顿时严重缺氧，他惨叫一声，不敢面对，快速退出屋外，还是没找到能够呼吸的氧气，整个人呆在原地，连方向都找不着了。老万几乎被护士不耐烦地架回急诊室，如溺水者一般，双手扑腾却抓不住救命的稻草。脑子一片空白之后，老万内心只剩下恐惧。他已经辨认不出白纱布裹着的就是他儿子，那头叫他气不过的长发已化为灰烬，而那双经常泛着冰一样冷寒的眼睛，此时被挤压得失去了所有的冷意，只剩哀怨、恐惧和疼痛。而这都不是老万熟悉的。那一瞬间，老万脑子里产生一丝怀疑，眼前躺着的是别人，与他的儿子毫无关系！可是，儿子的声音没被烧坏，凄厉的疼痛叫声显然是小万发出来的。儿子的惨叫声，像锋利的刀片，把老万的不甘和怨怒从身体里剔除出去，更把这个下午干脆利落地切成了之前和之后。

　　老万的情绪很难平静下来，他不断地往儿子跟前冲，像要替儿子挡住之前焚烧的烈火似的，嘴里也不知喊些什么，呜里哇啦听不清，汹涌的泪水和着鼻涕在脸上肆意。护士担心老万脸上黏稠的液体弄到小万的创面，导致细菌侵入，顾不得恶心，强硬地抓住他往外推。

　　这时，妻子赶到了。确切点说，是现任妻子，与小万没有血缘关系的一个女人。此刻，在失魂落魄的丈夫跟前，她紧张地看着这一切，可怎么着，看上去她都有一副令人费解的表情，不能说她就没有悲痛。她的悲痛看上去更多的是恐惧，当然不是幸灾乐祸的那种，但也并非切肤之痛，而是像装修的门面，她的悲痛是摆在脸上的，很显精致，很优雅，但只要随意抖抖，便可能掉一层粉尘。这种时候，面对一个跟自己没有任何血缘关系，却关系紧张的孩子，就算悲痛离她还远，她也必须让它挂在脸上。不然，叫她怎么办呢？出于同情，或者为表明一个态度，她伸手想抚摸一下黑炭似的小万，却被护士断喝住了。她的脸羞得通红，以她的身份，还能用什么方式表达她的情绪呢。

他们被医生推出了急诊室。马上要将小万推进无菌隔离室，进行创面处理。老万与妻子站在急诊室门外，门窗是毛玻璃的，里面什么也看不清。

此刻，老万什么想法都没了，浑身软成一摊泥，靠在急诊室外的椅子上。妻子虽不能帮他化解悲伤，但还是帮了他，关键时候，她是个支撑，跑回家取来存款交了押金，否则，老万真不知怎么办才好，从见到儿子的那一刻起，他的心绪就全乱了，神情恍惚，好像不在现实之中。就连医生告诉他儿子的治疗方案，他也看不清，听不懂。接过医生的治疗单，在妻子的指引下，他颤抖着签上自己的名字。

从医院出来，妻子扶着丈夫，像一棵要歪倒的树木旁边用于支撑的那根棍棒，她细弱的身躯整个依托着丈夫，她要让他感受到她的力量。可她哪里撑得起此时的丈夫？他眼神悲怆茫然，毫无神采，如同两盏熄灭的灯，透着两股凄楚的青烟。她用无奈的眼神看着他。虽然她感受不到丈夫那般锥心刺骨、撕肝裂肺的疼痛，但她亲眼看到了小万那张被烧得不忍目睹的脸，听到一声声凄惨的喊叫，小万跟她再没关系，那也是丈夫的孩子呀，那也是跟自己同一个屋檐下生活了两年。她心底还是软的，先前强撑的恐惧此时因了丈夫的痛不欲生，而变得真切和立体起来。相比老万，她的悲伤是无声的，也是无助的，她不知怎么安慰丈夫。她知道，这个时候跟丈夫提问他儿子烧伤的原因，是非常愚蠢的。况且，连丈夫自己都不清楚事情是怎么发生的。

也不知是怎么回到家的。也不知坐着还是躺下好，直到看见儿子的那碗剩饭，两根筷子像个大大的红叉，醒目地戳在那里，老万的心里被人灌进一盆冰似的打个激灵。此刻，他认为儿子是有预感的，不然，他怎么会把筷子插成个叉呢？一个叉两根刺般扎在老万的眼里，痛得他的心揪成一团。他直着眼走上去端儿子的饭碗，一直跟在身边的妻子抢先把碗端起，被他抢了过来，紧紧抱在怀里。老万侧转身，背对妻子，把两根红红的筷子从剩饭里拔出来，拆除了骇人的红叉。就这，他还觉得不够，犹豫了一下，突然毫无来由地捧起碗，用这双鲜红的筷子往嘴里扒拉剩饭。几口吃光儿子的剩饭，像是与儿子连成了一体，儿子身上的疼痛蔓延到了他的身上，老万捧着空碗放声大哭。

远去的失眠，重新回到了老万身上。

时间能让人学会淡定一切。第二天，不管怎么说，老万还是能够冷静地面对儿子了。隔着巨大的玻璃，无菌室里的儿子不再被纱布罩住，而是半裸着被固定在床上，被烤焦的皮肉做过处理，创面像剥了皮的兔子，呈现着淡淡的粉红色，如果那不是自己的儿子，而是某幅画里的背景色，他一定会觉得这种粉红是那样的温润、娇羞和可爱。但眼下，这粉红就像一条隐藏了阴谋的鱼，游动在老万的眼里，一吐一合着极度的狰狞与残忍。老万的心抖得像台摇床，趴在玻璃窗上抽泣起来。

儿子的主治医生姓董，是个面善的中年人，他双手按住老万抖动的肩膀说，幸而你儿子的眼眶里当时有泪水保护，没有被烟火熏着，否则他这一生只能在黑暗中度过了。

老万心里抽搐了一下，儿子的眼睛还有泪水？很久很久，老万都没看到儿子在他面前流泪了，儿子脸上最多的是一副瞧什么都无所谓的表情。

医生的话，对老万来说是莫大的安慰，他的情绪慢慢恢复到正常，却不知道应该替儿子感到幸运，还是得感谢医生的这句话，他机械地点点头。

董医生不无卖弄地讲了一通国际国内目前治疗烧伤的高端技术，主要还是讲他参与过的临床病例。老万的心思全在儿子的伤能恢复到什么程度，对医生夹杂过多专业术语的话听不明白，他只机械地点头。董医生大概说够了，这才告诉老万："接下来得准备植皮手术。一般情况下，都是患者自体皮肤移植，也就是从患者自己身体的别处取皮来进行移植。可是，你也看到了，你儿子目前的状况显而易见，面部创面太大，而他身体的很多部分也都受到灼伤，需要一段时间的恢复期，这样的皮肤就算能移植，那也是废皮肤，只能让患者再经受一次痛苦。你儿子的大腿、胳膊内侧的皮肤倒是完好，可惜他年龄还是小了些，没完全发育成形，皮片太薄，质地、色泽、耐磨性能都达不到植皮的要求，就算能移植存活，也与面部相去甚远。"

说到这里，董医生看着老万停住话头。事关儿子的治疗，老万把这些能不能懂的话全听进去了，见医生突然不说话，急了，儿子自己的皮肤移植不成，难道就这样像只剥了皮的兔子，永远躺在医院的无菌室里？

董医生见老万不再机械地点头，而是用迫切的眼神望着他，满意地笑了。

"最好的移植皮肤是头皮，头皮细嫩度和弹性都比表层皮好，尤其皮片。薄的中厚皮片近似表层皮片，完全能在新鲜创面上存活，而头皮薄片的供皮刨面上因为仍然有真皮组织，附近的上皮细胞在取皮后可以增生，使供皮创面自行愈合，且愈合的时间相对也较短，因而在需要时可以大面积取皮。比如小万这样创面大的患者，就可以用这种方法。前面我已说过，你心里也清楚，你儿子的头皮受损太大，根本不可能切片移植。当然，也可以用商业头皮，但是没有血缘关系的异体头皮排斥反应大，价格也昂贵，而且，来源非常少。你——听懂我的意思了吗？"

老万努力吞咽董医生的话，这几天他脑子缺氧，把话嚼碎了也没弄明白医生的意思，茫然地摇了摇头。

董医生也摇头，他摇得很深奥，似乎无可奈何地拍拍老万的肩，却微笑着说："那你回去吧，好好想想，等你明白了我的意思，再来吧。"

老万茫然地转身要走，又被董医生一把扯住胳膊，补充道："不过你得快点，不然，你儿子就错过了最佳治疗时机。"

从医院出来，老万失去了方向感。董医生意味深长的一眼，像黑暗中遥远的灯光，他隐约意识到了什么，却又惶然无法看清楚。

"不会是让你给小万移植头皮吧？"听了迷惑的老万把医生的那套论述半生不熟地讲出来，妻子沉默了一阵，突然语出惊人地说道。

黑暗中遥远的灯光倏忽变得强势起来，老万却猛然间闭上了眼睛。他害怕把一切都看清楚。事实上，在他闭上眼睛的那一瞬，他已经看清楚了。但他不敢承认。他害怕即将面对的事实。

妻子的话让老万无处可逃，赤裸裸地暴露在强光之下。他近乎无辜的心被妻子一刀刺中，他感受到彻骨的疼痛。

"荒唐！"老万对妻子的说法反应异常。他内心里充满恐惧，同时也充满了对儿子的怜悯和期盼，尽管这所有的感觉都锥心刺骨，可他的依赖是医院，是那一袭白衣——救死扶伤的医生。妻子的话把他从黑暗中拽到光明处，他躲不脱，他是父亲！

难道真的要他给儿子植皮？

儿子的叛逆并不仅仅因为青春期，而是对他这个父亲的不满，对于前妻的离开，儿子一直耿耿于怀，以至于把所有的怨恨都抛向他。儿子不听他的解释，也不让解释，只要不解释，他就有理由继续与父亲对抗。一个殚尽竭虑与他对抗的人，他有时会恨得牙根痒痒，居然要给他植头皮？这难道不够荒唐吗？

但荒唐又能怎样，想到儿子躺在医院的无菌室里，粉红的肌肉如同一朵朵开败的花，他的心抽搐起来。无论如何，那可是他老万的儿子啊！

妻子用心良苦，她上网查找人体植皮手术的资料，发现有异体植皮一说，她惊叫起来："快来看，医生的意思都在网上写着呢。"

老万没有动，愣愣地望着别处发呆。他感觉一股从骨子里，甚至从生命尽头涌起的灼流烘烤着他，浑身炙热起来，身上的皮肤却奇怪地收缩着，他看到胳膊上的汗毛一根一根竖起，像寒冷地带的白桦林，茂密、挺拔。妻子见他不肯到电脑跟前，声音发颤，似乎有点激动地读着：

"异体植皮实际上只是一种'过渡'，因为不管是别人还是亲人的皮肤，

迟早都会起排斥反应，最终移植在创面的，还是患者自己的皮肤，又以头皮最好。非亲人的皮肤移植后，一般在不到一个月的时间内，就会发生排斥反应，产生危险。而有血缘关系的亲人排斥反应的时间则会变长，这样只是为患者恢复自己的皮肤赢得时间……"

妻子毫无章法的声音，使老万的头皮陡然发紧，感觉那薄透而冰凉的手术刀片已经游走在他的头皮之上。他失控地怪叫一声，冲到电脑前，拔掉了电脑插线。妻子被他的过激行为惊得跳起来，回身见他泛白的脸色，她轻轻地抽泣起来。

老万倚着墙慢慢蹭溜到地上，有气无力地说道："我知道。我知道医生要我给小万移植皮，可他为什么不直接给我明说呢？"

妻子抹把泪，默默地过来把他扶坐下，搂住他的脖子，轻轻抚摸着他的头皮，她的手颤抖起来，泪水又一次潸然而下："网上不是说了吗，就是亲人的皮植给他，也只是为他赢得时间，并不能……"

老万用手势打断了妻子，他理解妻子的意思，但他不想听她说出来，在这件事上，自己不能太激烈，也不能太极端。可是，他无法理解董医生，要从自己头皮上割取皮片的意义，他的头皮迟早要被小万自己的皮肤换掉，在小万的身上，他的皮肤等于是废肤，移他的皮肤其实是多此一举！可是……小万的治疗需要这一步。他的心里像煮沸了一锅油，煎熬得他几近虚脱。这个时候，他像在浓黑的野外迷了路，他没法给自己一个确定的前进方向。

到底该怎么办？这是个敏感问题，妻子有意回避开这个话题，尽量与他避免单独接触，老万感觉得到。他去客厅，妻子就会起身去了厨房，他追到厨房，她又去了卧室。每到做饭时，她边做边吃几口，不与他一起坐在饭桌前，临到睡觉时，她总有干不完的活，不是在卫生间洗衣服，就是在卧室翻找东西。总之，她有不与他一起吃饭和一块睡觉的各种事由，她什么话也不说，只是一个人偷偷地垂泪。她的泪水丰盈得就像水库，把他淹得都快窒息了，他心里越发烦躁。董医生又打电话催促，说到最后的治疗期限，老万都不知道怎么给董医生回的话，匆匆挂断电话，他恍若隔世，看什么都是陌生的，却没有一点新鲜感。

天大的事，也阻止不了时间的流动。快到中秋节了，月亮逐渐明亮起来，给天地间蒙蒙上了一层梦幻般的青光。

躺在床上，老万像漂浮在汪洋大海中的一叶小舟之上，无助地望着黑暗中妻子脊背上的青色月光发呆。他能理解妻子处在两难境地，以小万以前对她的那种态度，妻子直接反对他给儿子植皮也不为过。可是，她没有。为了他，也为了这个家，妻子一直把悲伤埋在心底，从不给他添堵，在他面前控诉儿子的行径。老万还能清楚地记得，妻子刚过门那天，儿子打掉了她递给他的筷子，扭头走了，一点面子都不给。可是，她还是把小万当孩子对待，含泪忍了，后来，她为了缓和关系，明显在讨好小万，想温暖这颗变异冰冷的心，可小万根本不理她，不和她说一句话。说实话，妻子是个心底善良的女人，她的这个继母当得够可以了，是儿子不懂事，处心积虑，与她过不去。这两年，他们磕磕碰碰，异常别扭，妻子不容易啊。

想得远了，老万根本睡不着。这几天，他几乎没怎么睡觉，偶尔打个盹，会忽然间惊醒，全身紧张地发抖，那种感觉很不好受。索性，他爬起来走到外间。他脑子里空空的，不知要干什么，在客厅转来转去，不知不觉间，他竟然走进儿子的房间。

屋里很凌乱，地上七零八落堆满东西，桌子上吃剩的零食，书，报纸，还有他从小就玩的玩具，床上未叠的被子，横在床尾的枕头下面压着脏衣服、臭袜子。简直像个垃圾收集站。儿子小时候是个整洁的孩子，屋里总是收拾得整整齐齐，没事还把老万拽进他房里，要爸爸检验他的劳动成果。后来，突然间就不允许老万进他的屋了，更不许老万和妻子帮他收拾，说他的空间谁都甭想介入。这是什么样的空间啊，比狗窝还乱。但这会儿老万顾不上责备，屋里浸满了儿子的气息，他深呼吸，那熟悉的味道钻进肺里，就好像，儿子站在他的面前，像小时候一样，俯在他的肩上，脸贴着他的脸，笑着喊，我爱爸爸！

我爱爸爸！儿子的话仍在耳边，可屋里却没有那个熟悉的身影了。老万悲

从中来，一头栽倒在儿子的床上，把头埋进被子里，压抑地大哭起来。

从什么时候开始，儿子变得不再叫他欢愉了呢？真的是因为他妈妈的离去？

可那不是他的错啊，任何一个有血性的男人，能让自己妻子赤裸裸的背叛？当他把前妻和那个男人堵在床上时，他只是挥拳击中了那个慌忙中四顾寻找遮挡物的男人，对前妻没动一点暴力。是前妻跳起来挡住那个男人，她居然裸露着躯体，展开双臂，她的眼神坚定而愤怒，丝毫不顾及是为别的男人，坦然得不像是她在偷男人，倒像是他贸然闯入，惊扰了他们男欢女爱，还要寻衅闹事似的。他为自己女人的毫无羞耻感到震惊，火冒三丈，一巴掌甩在她脸上，把她打得趔趄地上，接着又给了那个男人几拳。

当时，前妻跟着那个男人走了，第二天她又回来，冷着脸，把离婚协议理直气壮地摔到老万面前。儿子看清了母亲脸上的冷漠，当他的哭喊不能让他妈妈回头时，就把所有的怨恨都归到父亲身上。可是，老万对儿子从来没提起谁是谁非，更没有在儿子面前说过一句他妈妈不是的话，儿子怎么就仇恨上他呢？

记得有一次，儿子要去参加一个暴走夏令营，就是炎炎酷暑下几公里的远程越野，一个才十三岁的孩子，去参加那种活动，他于心不忍。儿子又哭又闹，他都硬着心肠坚持了下来，他心疼儿子。可儿子一点都不理解他，任他怎么解释都听不进去，最后，儿子抹着泪，咬着牙对他吼道："有你这样的父亲，我真感到悲哀！"他做梦都不敢相信，那是从一个小学六年级的孩子口里说出来的，为此，他没忍住第一次动手打了儿子，而他自己也气得放声大哭。有了第一次的对峙，后来接二连三出现了父子无法对话的局面。而且，最后失败的总是他老万，儿子的越来越强硬，使他对儿子心存的期望值越来越小。上初中后，儿子知识和视野的扩展让他更有了与父亲对抗的语言基础。随着儿子的叛逆越来越强烈，老万内心的绝望也越来越深，他像溺水的人，在儿子这条湖道中找不到可以救命的稻草。有时他也想，也许，儿子的叛逆是因为缺少母爱，等有了新妈妈，有了新的关爱，儿子是不是会转型，像从前一样，与他和睦相处，一家人和谐温馨？老万想的太天真了，在再婚的问题上，儿子闹得更凶，把家里的东西扔得满地都是，哭得稀里哗啦，说他把妈妈打跑就是为娶别的女人，其实他早就算计好了，什么为这个家，都是借口，其实都是为了他自己。儿子还说，若老万再娶，他是不会认的，妈妈只有一个，什么样的女人，都与他无关，与这个家无关。老万被儿子气得说不出话来，以往的争执都是他先行偃旗息鼓，但那次，他坚持了自己的选择，既然儿子的内心找不到一点亲情的东西，他又何必为儿子死守独身！

小万果然说到做到，老万再婚后，他从没跟后妈说过一句话，连正眼瞅一下都没有。再婚后两年，说句实话，老万和妻子还是从儿子的角度考虑，他们没再要孩子，为的是能给儿子一个心理上的平衡。可是，儿子体会不到父亲的良苦用心，依然故我，中考那年，竟然迷恋上网吧，学习一落千丈，最后上的是最差的中学。老万对儿子彻底失去了信心，从此，他不再过多地管教儿子，没用！说是这么说，可到底是自己的儿子，儿子的乖戾，老万无法忍受，有时难免会做些不满的举动或说些规劝的话，儿子的反应比以前更强烈，动不动给他甩脸子，使他心虚气短。

眼下，儿子倒是安静地躺在医院的病床上，可老万却无法静下来。儿子是他身体里最粗壮的那根血管，以前是供血不足，最多他起身时会感到晕眩，而现在，是血管要坏死了。他能让这根血管坏死在自己的身体里吗？

儿子的床上、被子里像是藏着千万根钢针，扎刺得老万无法安静地爬在那里，他强迫自己闭上眼睛，可是，儿子裸露着的粉红肌肉，像一柄扎着尖的冰刀，冷冷地狂袭过来，把他从迷糊状态中猛然激醒。

小万。小万。

老万在浅淡的黑暗中坐起来，擦了擦泪眼，就着窗外昏然的月光，开始默默地收拾整理儿子的屋子。把废弃的包装纸装进垃圾袋，书堆归整放好，脏衣服塞进洗衣机。其实，儿子的屋子都是表面的脏乱，略一归整，立马感觉到屋子的空荡和整洁。

不能动静太大，怕吵醒妻子。老万在屋子里走来走去，脑子里晃动着儿子趴在他肩膀上喊"我爱爸爸！"的样子。还有以前，儿子甜甜地笑着，声音清

亮，脸贴在他的脸上的情景……

突然间灯亮了，妻子站在门口，很疲累的样子。她一定也没睡着。

老万用手挡住刺眼的灯光，竟然歉意地对妻子笑了笑，什么都没说。妻子转过身，回了自己的屋子，如同她走过来时一样悄没声息。老万呆站了一会儿，关了灯。

走出儿子的屋子，也走出了儿子的气息，老万像回归成自己，他静悄悄走进卧室。妻子还是面向里躺着，给他一个弯曲的背影。路灯的昏黄光晕和着青白色的月光洒在床上和地下，像被淋湿似的，闪着模糊的光。老万凝望着那团模糊，心里也是一团模糊。他轻轻在床边坐下来。

这时，妻子突然转过身，不再回避他，从后面紧紧地抱住了他，贴在他后背的身子微微发抖。

老万没吭声，他转过身，将无辜的妻子揽进怀里，默默地搂紧。泪水模糊了他的眼睛，他仰起头，抑制泪水涌出来。清冷的月光里，他无意间去看天花板上那只水涢的鸟儿，那里一团模糊，鸟儿似乎飞走了，空空荡荡。是不是楼上又漏过一次水？他没机会再分辨那是一只什么鸟儿了。

妻子终于哭出了声，从小渐渐大了起来。她边哭边在丈夫的身上抚摸，刚开始只是在胸口、肚皮上摸，后来摸到了头，她的手在那里停留了许久，许久。然后离开，默默地奔向他的下身。

老万的身子一紧，怕冷似的颤抖起来。这段时间，他与妻子没有接触，这一刻，他悲伤的心像得到有力的支撑，身子紧紧地依偎在妻子怀里。

老万是脆弱的。

# 接 生

　　她从空荡荡的干草房里出来，穿过一排畜圈，跌跌撞撞地走到坡跟前。割光了草的坡地变成了荒坡，她像一叶孤立无援的舢板，漂在海洋一般的荒坡下，用那双失去光泽的老眼久久地打量着坡顶。离坡顶很远的山谷里，有她的老头夏天割晒下给牲畜过冬的干草，那些干草就像是她扯了线放出去的风筝，飞得高了，却拽不动线，她没能力弄回来。她老了，连走路都费劲，不可能走到山谷去运干草。看来，圈里的羊和马，这个冬天得靠空气维持生命了。

　　她的眼睛似两只干枯的深井，射向坡顶的天空。天空像捂着一张肮脏的羊毛毡，羊毛毡的边沿与地连在了一起，灰土土的，分不清哪是天哪儿是地。风拖着乱蓬蓬的灰云，从坡顶滚下来，眨眼之间，针尖似的雨滴扎到她的头上、身上，还有眼睛上。她连躲雨的劲都没有，任雨滴把自己身上还有脚下的土地淋洒得千疮百孔。她张着嘴，喉咙里发出咕噜咕噜的声音，仿佛呼进呼出的空气在穿透一层滞重的乌云，她半张半闭的灰白眼窝里，慢慢地起了大雾，像开水壶里的蒸汽慢慢涌泄而出，弥漫了深秋枯燥的天空，还有脚下的荒坡。

　　她那刚强了一辈子的老头，此刻正躺在炕上等死，初秋时的那一跤把他摔成了废物，除过那双已经不认识人的眼睛每天早上还能睁开，漫无目的地落在某

个地方外，连句正常的话都不会说了。不管曾经是怎样的强壮，如今也是一把年纪的人了，哪里经得住这一摔，躺下后再没起来。家里的顶梁柱倒了，她的天随之塌了。从悲愤中醒来，她做的第一件事，就是赶走给她家带来耻辱的儿媳妇。要不是儿媳妇惹出事来，她老头好端端的怎么会摔一跤？

现在，家里就剩下几匹马和圈里的几十只羊，连个说话的人都没了。以前，羊和马都是老头经管着去放，她只顾操持一日三餐，给老头把家看好，叫他从风里雨里回来能吃上热汤饭，睡上热炕头。老头瘫痪后，羊没人放，在圈里饿得叫唤声响成一片，听得她心里凄凄凉凉。开始她心里光顾伤心，还没啥反应，后来才意识到这个家里现在就剩她一个健全的人，她再也没有任何依靠。在羊群咩咩的叫声里，她抹干眼泪去打开羊圈的门，羊像云朵一样涌出来，她的心也被这些汹涌的云朵堵得结结实实。这样没有缝隙透进阳光的日子过得一天像一月，一月又像一年，漫长得她的心里都发了霉。

毛毛细雨下得真不是时候。母羊们该产羔了，她连一点准备都没有。往年，这都是老头操心的事，该怎么弄，老头一个人都会弄好，根本不需要她过问。羊是他们家最重要的财产，一直由老头掌管，她一个女人家，做些掌管财产以外的家务事，从不过问，也无心探听财产的细枝末节。

可眼下，老头以这种决绝的方式让她接管了家里的全部财产，没等她从慌手慌脚中镇静下来，还没弄清楚有多少只母羊，就到产羔期了。她不怕给母羊接羔，她是生过孩子的女人，没啥怕的。可怕的是这场连绵不绝的秋雨，下起来没完没了，草场、羊圈，到处湿漉漉的，通往塬上塬下的坡路滑得不敢走。她没有经验，应该在产羔前把远处山谷里的干草运回来，她心里一直惦记着这事呢，她本可以赶着一大群羊边放牧边套上马车往回运草，但山谷离得太远，一个来回得一整天，瘫痪在炕上的老头没人照顾，谁知道他会出什么事情。她不能扔下老头去运干草，拖了一天又一天，想不到一直拖到了雨季。现在，她弄不来一点干草，供母羊铺在身下生产。毛毛细雨使地气一天冷于一天，羊羔落在冰冷的地上，将会是什么结果。

几天前，她都在注意那些拖着大肚子的母羊，如果哪个卧下不动，她往起赶，母羊不情愿起来，两眼湿湿地望着她，咩咩地叫唤个不停，她知道它快要生了。母羊们的临产，使她眼前不断闪现出挺着大肚子的儿媳妇。儿媳妇也快临产了，这使她的心又疼痛起来。儿媳妇怀孕后，她的心脏开始犯病，有时疼得她想死，或者像老头那样人事不省，人世间的什么疼痛都感受不到才好。眼下，她无处逃避，面对一只只待产的母羊，她流着泪将它们一只只弄到自己住的屋子里，给它们接生。屋子要比羊圈暖和得多。可是，后来生产的母羊越来越多，窄小的屋子里根本盛不下那么多羊，她只好放弃对羊们的心疼，没黑没明地在羊圈里接羊羔。圈里又窄又小，没法把正在生产和待产的母羊分开，有时往往几只母羊一同产羔，羊羔又没暖和的地方可以放，躺靠在母羊肚子跟前冰冷的地上，瑟瑟发抖，连叫声都带有裹着寒气的颤音，听得她的心也跟着颤抖。其余的羊并不因为那些母羊们的生产和小羊羔的出世而多些自觉性，它们因为寒冷不停地拥来挤去，寻找取暖的好位置，为此踩死了小羊羔。看着刚出世不久就惨死的羊羔，她那双空洞无光的褐色眼睛像打量与她不相干的世界，目光中流露出无奈与苦闷，嘴里的上下牙发出很响的摩擦声，她紧握着两只血乎乎的手，一副无助的可怜样子。她从没经历过这些事，以前，老头子不让她参与这种场面，现在，她不知道怎样才能渡过这个难关。

要是有些干草就好了，可以把母羊和小羊羔放在干草上，这样就不会侵占那些冷漠的大羊们位置了。可是老头就像是考验她似的，没等把晒好的干草拉回来就出事了，把理应由他打理的一切，连声交代都没有就一股脑儿全扔给她。这可是一副无法估量的沉重担子，她连选择的余地都没有。她更没有应付眼前这个事实的经验。

她绝没想到，缺少干草的后果会这么严重。有一些刚生产过的母羊，为哺养自己的孩子，尽快下奶，吃了带雨水的湿草，竟然拉起肚子。一天过去，羊圈里到处是稀黑的稀粪，几天下来，连个下脚的地方都没有。她提着马灯，在羊堆里穿来挤去，把那些被大羊踩死的羊羔，还有被饿死冻死的羊羔清理出圈。羊圈

里臭气熏天，她的眼睛跟着这些气味始终没干过。如果不是照顾老头，她连口饭都吃不上。几天下来，她瘦削的脸越发尖削起来，脸色枯干蜡黄，两个眼窝深陷下去，枯井似的目光都是直的，头发也白了不少，在寒风中零乱得像冬天的荒草。她看着院子里堆积的死羊羔，腿脚酥软，不管不顾地往泥水地上一坐，寒气从泥水里慢慢洇上来，穿透所有的阻挡，渗透进她的血液、她的每一寸肌肤。她无法抵挡这样的侵袭，所有的委屈全涌出喉咙，她放声大哭起来。她要用哭声化解心中的憋闷，可她的哭声没人听得到，在这个独家独户的地方显得异常寂寞，在凄风冷雨的山坡上荡来荡去，慢慢地化在雨水中，消逝了。

肿着眼睛回到屋里，她对着老头又哭开了，把满肚子的委屈湿淋淋地全抛给老头，哭诉得直到喉咙干疼，嗓子都哑了。老头连眼都没眨一下，眼神不动不摇，依旧痴痴的，脸上是没一点感情的冷漠。她把眼泪抹干，不再哭了，就是哭死，老头也不会像以前一样给她说几句安慰话的。

她开始后悔，不该将儿媳妇赶走，要是儿媳妇没离开，不能替她分担点接羔的活，起码可以和她说说话，帮她分担一些忧愁吧，她也不至于被眼前的痛苦淹没。

她快支撑不住了，她发现已经开始死母羊了。

死的第一只母羊，产下一对双胞胎，此时，双胞胎羊羔还不知道失去了母亲，它们叼住母羊干瘪的奶头吮吸着，吸不出奶水，它们的小脑袋用劲往上顶几下，继续吸。没有它们希望吸到的东西，才吐出死母羊的奶头，咩咩哀叫着，去抢别的母羊奶头，与那只母羊产的羔子顶起架来。

羊羔失去母亲，等于没了亲人，它们永远都不知道父亲是谁，就是知道了，又能怎样？它们的父亲很冷漠，根本不会顾及父子关系，来抚养自己的孩子。她不忍心看眼前的惨景，想把失去母亲的双胞胎抱回屋子里养活，她弯腰去抓那两只羊羔，它们却警惕地跑开，到别的母羊身边，发出凄惨的哀叫。她追它们，又怕踩到别的羊，绕来绕去，肮脏的粪水溅了她一脸一身。最后，那对双胞胎总算被她抓住，她已累得喘不过气来，在追抓羊羔时，内心积蓄的愤怒之情使她两眼发黑，手上用力差点把两只羊羔捏死。她恨这对拒绝她的疼惜而跑来跑去的双胞胎，恨这些在她措手不及时产羔的母羊，恨躺在床上没有知觉撒开尘世烦恼的老头，恨身在她家肚子里却怀着野种的儿媳妇，更恨丢下媳妇去城里打工，一去三年不回家的儿子。想起儿子，她的怒气更像烈烈燃烧的大火，想扑都扑不灭。追根溯源，家里发生的这一切都是因儿子而起，如果不是他三年不回家，儿媳妇又怎会耐不住寂寞怀上别的男人下的野种？

刚开始发现儿媳妇不对劲，她给老头说时，老头反而埋怨她，说她好歹是做婆婆的，儿媳妇就跟自己的闺女一样，哪有自己的妈乱猜疑自己孩子的。

儿媳妇是个规矩的牧人家女儿，嫁过来后对公婆一直很孝顺，尤其是对婆婆言听计从，从来没惹她生过气。她相信儿媳妇是个好女人，但她没有乱猜疑，她生过儿子，还生过一个女儿，是过来人，对女人怀孕有些经验。种种迹象表明，儿媳妇怀了身孕，可老头就是不相信她的话，只埋怨儿子三年都不回家，是个没心没肺的白眼狼，生了这样的儿子，委屈了这么孝顺的儿媳妇。

不久，儿媳妇的肚子明显鼓了起来，连瞎子都能看出，他们的儿媳妇怀有身孕。老头这下慌了，叫她去问儿媳妇，儿子不在家三年了，她的肚子到底是咋回事。

还能是咋回事，肯定是别的男人下的野种，这是明摆着的，她的儿子结婚不久就离家打工，一去三年不回，儿媳妇怀的不是野种是什么！

她尽量控制住愤怒，找个机会心平气和地和儿媳妇谈论肚子的问题。她都觉得太难为情，不好直接开口，用另外一种方式问儿媳妇，是不是生了啥怪病，肚子咋不对劲。

没想到儿媳妇一点都不掩饰，说她怀孕了。

儿媳妇坦然的态度，似突如其来的一记耳光，打得她半天回不过神来，她结巴了半天，才问，你——咋——怀——上——的？你这个不要脸的女人，该不会说你怀了三年孕吧。

儿媳妇的镇定被婆婆的话敲碎了，哭了起来，哭得很伤心。

她稳下神，恶狠狠地骂道，还有脸哭！臭不要脸的，你把先人的脸丢光了，你告诉我，是谁的野种？

儿媳妇只是哭，不回答。

她扑上去抓住儿媳妇的肩说，如果不说出是谁的野种，就把她赶回娘家，叫她娘家人处理去。她是绝不允许自己家里有这样不要脸的人，也绝不会要一个来路不明的野种。

儿媳妇突然止住哭声，一改往日的温顺，咬着牙说，你把我赶到哪儿，我也不说！我还要生下孩子，养他长大成人。

你敢！她声嘶力竭地大叫着，浑身电击了似的颤抖起来，她料不到儿媳妇会以这样的态度对她。

为什么不敢？我的孩子我一定要生，除非我死！儿媳妇的话是从牙缝里挤出来的，带着狠劲。并且挣脱开她的手，冲进自己的屋子，砰的一声关上了门。

那道把她和儿媳妇隔开的门好像落进了她的心里，把她的心隔成了两半，一半是伤心的碎片，另一半是愤怒的碎片。从此，她就像做了一个黑暗的梦，身不由己，心不由己，在梦的笼罩下，她呼吸不畅，好像雷阵雨前的天气似的，阴沉，憋闷。

不能让这个贱货辱没了她家的清白，儿子不在家留下个不守妇道的下贱货，是何等的奇耻大辱，她叫老头子赶走儿媳妇。开始，老头也很愤怒，这样的事出现在自己家里对谁而言都不是个光彩的事情，但他没有轻率地按她的话做，而是骑着马，翻越了几个山头，去找他的亲家兴师问罪。亲家对女儿做下的这种丑事羞愧难当，支支吾吾害牙疼似的说不出一句完整的话来，目光躲来躲去地不敢面对他。亲家母望着愤怒的老头，把他拉到一边，告诉了他一个秘密：他的儿子有缺陷，不能生育，为了逃避就一直不回来，不回来也就不回来吧，却在外面又跟一个女人混在一块，还到处跟人说，他找了一个不会下蛋的母鸡。亲家母说，肯定是女儿气不过才干出傻事的。

亲家母的话犹如晴天霹雳，把老头打懵了。绕来绕去，根源却在自己儿子身上，是那个不中用的东西负了媳妇。

她从老头那里知道了真相，差点晕过去。儿子有问题，心里有委屈的自然是儿媳妇，可再怎样她也不能挺着怀有别人野种的肚子，在他们两个老人面前招摇啊！可以不把她赶回娘家，但得叫她把肚子里的孩子打掉，不然，低头抬头叫他们看媳妇揣着别人孩子的肚子，那是怎样的尴尬！

儿媳妇换了个人似的，犟得像匹儿马，又蹦又跳，她宁愿死，也不愿把孩子做掉。野种也是她肚子的孩子，是她身上的肉。

野种！儿媳妇说这两个字时一点都不难为情，还有几分理直气壮，像是多骄傲的事似的。她却为儿媳妇的不知廉耻臊得脸像火烤着，她家可是正经人家，丢不起这人呵。她逼着老头硬把儿媳妇弄去医院引产，儿媳妇寻死觅活，他们又不敢绑上她去医院。她和老头为这事愁得寝食难安，却又找不到解决的办法。老头的脸阴沉得像块浸透了污水的抹布，随时都能拧出脏水来。他心里的痛苦没法说出来，就借酒浇愁，有次，他割草时喝多了，失足摔下山谷，以一种决然的方式将自己从愁闷中解脱出来，变成永远不知道痛苦为何物的事外之人，却把一切屈辱和艰辛留给了年过半百的老伴。她能忍受贫穷、苦难，却承受不了屈辱。老头失去当家做主的权力，她横下心将儿媳妇赶出家门。

儿媳妇要犟就犟到底，她没回娘家，也没去找肚里孩子的父亲，一个人挺着日渐突起的大肚子，住在坡下一间别人废弃的羊房里。

毛毛雨下到后来，变得越来越冷，深秋的寒意被冬天的冷峭彻底替代了。寒流堂而皇之地到来。第一场雪悄悄落下，带来寒雾，把山坡、沟谷、羊肠似的小道全部吞没，没有了天，也没有了地，只有寒冷，匕首一样尖锐的寒冷。

她惶惶不安地在又臭又冷的羊圈里又忙碌了一天又一夜，一双老花眼被臭气熏得睁不开，她寻了两根细草秸，湿了唾液沾在上下眼皮之间，即使这样，还是觉得眼神越来越模糊。她到羊圈外头抓了两把雪沫往脸上搓，强烈的冷寒使她重新打起精神。回到羊圈，挂在柱子上的马灯，散发着昏黄而温暖的光，可她的

心被外面的雪侵占了，这淡而散的温暖无法驱散她透心的凉意。她真想让自己就这样倒下去，哪怕像老头子一样躺着痴着傻着，这辈子再也没有了烦恼。她原来认为的幸福就是蓝天、艳阳，她站在草坡下等待黄昏染红草坡时，老头子赶着羊群归来。可现在周围一片黑暗，她所做的一切可能徒劳无益，在这一群羊面前，她无路可退，在自己这个惨淡的家面前，她毫无选择。

昏暗的马灯照着母羊们的脸，它们或微闭着两眼昏迷，或已经接近死亡。她拖着两条浮肿的腿勉强支撑着身体，像个醉鬼，一瘸一拐地穿行在浑身打战的母羊之间，两只手麻木得几乎不听使唤，剪刀在她手里像条活蹦乱跳的鱼，不能利索地剪断母羊与羊羔相连的脐带，她看到一只母羊被脐带拽得痛不欲生，像她自己身体里有一根带子拽着似的，她咝咝地吸着气，丢开剪刀用牙咬脐带。她的牙还算齐整，咬得满嘴腥气，终于咬断脐带，解除了母羊的痛苦。母羊们生产的惨叫声，慢慢幻化成女人生孩子时的呻吟。她的耳朵里灌满了这个久违的声音，似乎看到正在生孩子的儿媳妇疼得大喊大叫，痛苦得扭曲的脸。她的心颤抖了，咬不动脐带了，她的牙失去了锐利，像剪刀一样钝了、锈了，张开了就合不上，大张着嘴却无能为力。她像刚生完羊羔的母羊一样，身体虚弱，缺乏力气。她的牙还是锐利的，她的目光却痴呆，在劳累中分不清白天黑夜，有时，她能在一瞬间进入梦乡，无论是正在接羔，还是收拾死去的母羊，她的大脑会一片空白，对什么都没了感觉。在她用尽一切能用的办法，就是挽救不了那些可怜的生命时，看着一只只羊羔或者母羊死去，刚开始的那种疼痛慢慢地淡化了。有时，她竟然会昏睡一小会儿，很快，她会被羊的哀叫声惊醒，或从羊圈外冲进来的凉气把她刺醒，醒来的时候，她一眼看到的是面前母羊的肚子，奇怪地，她脑子里会闪现儿媳妇挺着的大肚子。天气越来越冷，一个行动越来越不方便的女人，在那个废弃的羊房里该怎样生活？这个念头一闪，她吃了一惊，随即赶紧收回纷乱的心思，继续忙碌眼前的活，羊们都在等着她接羔呢，她不敢分心。有些事一旦想起就很难驱除，每接一只羊羔出来，儿媳妇鼓突的肚子就会奔出来在她眼前晃动，直晃得她心慌手软。这个时候，她还是忍不住放慢手脚，向羊圈外张望一眼，其实什么也看不到，儿媳妇住的废羊房离这里还很远呢。

她抱回屋子里的那对双胞胎羊羔，最终还是辜负了她的怜惜，死了。它们吃不到母亲的奶，她给熬了些面糊糊，饥饿使它们勉强吃了一些，不久，先是其中的一个开始拉肚子，像它们的母亲一样，拉得遍地都是稀屎，接着，另一只也开始拉了。它们本来就体质虚弱，不到一天时间，就躺下不动了。

偶尔，她回屋给老头做饭，看到这对小羊羔的情形，心里酸酸的，这两个没有母亲的孩子，缥缈的眼神落在她身上，细弱的哀叫声轻风一样若有若无。尽管这几天她看惯了羊们的生死，心已钝得几近麻木，可面前这两双哀怨的眼神使她终于没能忍住眼泪的喷涌。她把虚弱的它们抱在怀里，像抱着两个幼小的孩子，边烧火，边流泪，边抚摸梳理他们身上的脏毛。

她很累，手还在下意识地梳理羊毛，感觉却飘忽起来，身体摆脱了疲累变得轻松起来，慢慢地，一切都与她无关了。雪不下了，寒流消失了，温暖的风从坡下吹来，染绿了坡顶，顺着开阔的草坡看上去，她看到辽阔湛蓝的天，洁白柔和的云，她感到了温暖，心情舒畅起来。怀里抱着的小羊羔软乎乎的，她低头一看，哪里是小羊羔，分明是一个光着身子的孩子在她怀里乱拱，伸展着手脚哭叫。她被小孩的哭叫声吸引着，这是多么诱人的情景啊！是她的孙子吧？！她感到身上增添了某种勇气，有种看不见的东西注入她的身体里，使她有了使不完的力气。她睁开那双无神、滞呆、枯叶般干涩的眼睛，看到人世间的一缕温暖。她爬起来，"咚咚"脚步有力地向外走去，向湿滑的坡下走去。寒冷算什么？泥泞算什么？她要去坡下那间废弃的羊房，把儿媳妇接回来，她要亲手将自己的孙子接到这个世界上来。

# 出　门

　　这里把出嫁叫出门。看到谁家的闺女长大，就问还没出门呀，闺女大了不能留，留来留去是冤仇。

　　秋霞早到了出门的年龄，婆家也寻下好几年了，可被她爹拖着，一直出不了门。秋霞的爹三年前放羊时，喝多酒失足从崖畔掉下去摔断了腿，以后再没站起来过，行走全靠手臂撑着两只小板凳，一点一点地往前挪，农活干不成，心里憋屈，整天和老婆怄气，动不动骂老婆嫌他没死干净，影响了她改嫁。秋霞的母亲起初会回骂几句，老头子腿脚残了，所有的活都压在她身上，还要她受气，谁受得了？后来吵得多，累了，渐渐就不骂，发誓今生不再与老头说一句话，到非说不可时，也不直接跟老头说，而是拐个弯，当着老头的面问秋霞。秋霞当着爹妈的传话筒。比如，晚饭时，因为经常停电，一家人围着煤油灯边吃饭边说今年的秋种计划，母亲做不了主，对秋霞说，问一下，今年留多少地种玉米，多少地种豆子？父亲就坐在桌子边，把母亲的话听个一清二楚，却不回答。秋霞把母亲的话对父亲重复一遍。父亲这才对女儿说，今年雨水少，看来天旱定了，少种点玉米，七亩吧，豆子耐旱，种十五亩。秋霞再重复给母亲，母亲点点头，迅速喝完稀饭，收拾碗时，突然又想起一件事没问，对秋霞说，再问一下，到镇上去买种子呀，还是到村头张大牙的店里买？秋霞还没来得及重复，父亲已勃然大怒，冲秋霞吼道，告诉你多少遍了，又想到镇上去发骚，张大牙店里的种子不是种子啊？还少花两块钱车票呢，就在张大牙店里买！母亲把碗筷摔得乒乒乱响，丢下一句，秋霞，你眼睛瞎啦，不知道张大牙的种子比镇上每斤贵五毛钱啊。没等到父亲再骂，母亲已端着碗走了。秋霞看看母亲的背影，又看看满脸怒容的父亲，一句多余的话都不敢说，悄悄跟母亲去厨房洗碗。

这个家，离了秋霞怎么能行！除过黏合父母关系，秋霞还是收种庄稼的一把好手，这都是给逼的，村里的强壮劳力全在外打工，农忙时想找人帮忙都难。摇耧耙地，收割碾打，这些本该男人干的活路，秋霞全学会了，尤其是碾完麦后扬场，完全是男人们干的一项技术活，用木锨铲起麦粒麦糠，迎着风头往空中扬，必须撒出去成扇面，风才能吹走麦糠，沉甸甸的麦粒落到地上。扬场看似简单，做起来非常难，手臂掌握用劲的大小，木锨扬起的角度，都有讲究。扬场也是力气活，秋霞为学扬场，一遍遍地练，把胳膊都练肿了，晚上疼得睡不着觉，钻在被窝里偷偷地流泪。一个夏天过去，秋霞终于学会扬场。扬完自家的麦子，她还得去帮喜庆家扬场。喜庆就是秋霞的未婚夫。本来，喜庆的爹是扬场的一把好手，但他看到秋霞能扬场，一直给娘家扬，觉着亏得慌。按规矩，秋霞和儿子订了婚，没有出门，也算自家的媳妇。

像秋霞这么大的闺女，大多都出门好几年了，小两口亲亲热热去城里打工挣钱，在外受苦受罪，逢年过节回来一次却风风光光，大包小包往娘家拎，红的绿的，花的洋的，都给爹妈买回来了。过年时，一帮老娘们凑一起，穿着闺女买的羽绒服、保暖内衣，比谁的成色靓，比谁的价格高。末了，还要骂顿儿子，骂他们娶了媳妇忘记娘，钱全花在了丈人、丈母娘身上。

看来，养闺女还是比养儿子强。实践证明，养儿子已经防不了老，不但防不了，到头来，还不知道谁养谁呢。像秋霞的堂哥秋林，就由他的父母养着。前些年，秋林去城里建筑工地打工，到头来要不上工钱，一伙人到建筑公司静坐示威，被老板带人围住用棍棒暴打一顿。秋林只顾护头，两条胳膊被打折，腿没受

大伤，能跑，从人家裤裆下钻出，捡了条命回来。钱没捞着，还落了个残废。秋林的丈母娘没穿上秋林买的保暖服，看人家做丈母娘的光光鲜鲜，轮到自己，只能穿自个儿买的衣服。女婿靠不住，双手又废了，秋林的丈母娘心疼闺女，怕拖着秋林这个累赘，苦闺女一辈子，唆使闺女离了婚。秋林两只手臂失去劳动能力，成了摆设，只得靠他爹妈养着。

前些年，父亲腿没摔断时，秋霞盼着早点出门，与喜庆亲亲热热，一起到城里打工挣钱过自己的小日子。喜庆早几年就去城里打工了，每次过年回来，他给秋霞买回城里时兴的羊绒衫、松糕鞋，有一年还给秋霞带条弹力牛仔裤，牛仔裤也不是啥稀罕物，秋霞穿过好几条呢。可这条不一样，腰又低又细，是紧紧绷在腿上的那种，秋霞第一次穿，费很大劲才提上去，还提不到腰部，裤腰就挂在屁股上，腰部空荡荡的，感觉裤子随时都要向下掉，她时不时得用手拽两边的裤腰。从来没穿过这样的裤子，像受刑，勒得秋霞连路都不会走了，她要脱下来，喜庆不让，说就要这个味，城里女人全穿这个，胖的瘦的，都喜欢这种低腰的，说是韩国版，进口的。还进口呢，穿着像没穿裤子似的，露着大半个腰，把屁股蛋勒得像两只熟透的桃子，能羞死人。喜庆把嘴贴在秋霞耳朵上小声说，城里好多女人就靠勒出来的两个屁股蛋子骗男人的钱呢，他们这些民工收工后到超市门口、天桥上，跟在女人后边专看她们的屁股，免费的。只是，看着心里怪难受的，不知那些女人的屁股都给哪些狗日的男人准备的。秋霞推开喜庆，骂了句流氓。喜庆说，你太落后，流氓这个词早已不用，城里的字典上已经取消了，我一时都想不起城里人把这种事叫什么了，秋霞，你还是早点出门，跟我一起去城里感受新生活吧，你再不去，我可熬不住，要学坏了，城里诱惑太多啦，好多女人都养鸭子呢。秋霞从去城里打过工的姐妹那儿知道城里人说的鸭子是什么，但她不怕，城里女人眼界高着呢，才不会养民工的，人家养也得养那些细皮白肉，身体壮，能干技术活又养眼的男人。喜庆太黑，身体挺壮实，但太笨，至今没学过哪种技术，在工地上，只是个干体力活的小工，笑起来还喜欢龇牙，牙也不白，城里的那些女人谁会稀罕他呀。于是，秋霞赌气拧过身，丢下一句，那你给城里女人当鸭子去，别碰我。喜庆用嘴堵上秋霞的嘴忙了半天，才气喘吁吁地说，你以为我不敢呀，你再不出门，我真去当鸭子了，有人养着，有吃有住，还给钱花，比他妈的皇帝还滋润，龟孙子才不想当呢。喜庆这句话说得有些认真，秋霞听着不舒服，真生气了，推开喜庆说，就凭这句，我一辈子都不出门。

话是这么说，秋霞心里还是想着早点出门，到城里去管着喜庆，免得他真学坏。男人孤身在外，面对那么多的诱惑，不受影响也是不可能的。秋霞还听说城里的那些下岗女工为了养家糊口，专门找出苦力的民工卖淫。其实，农民工也想尝尝城里女人的味道，是甜还是咸，再说，价钱相对也便宜些，他们挣的可都是辛苦钱。

可自己家里的情况，使秋霞脱不开身出门。喜庆怨恨秋霞，说她只知道顾她父母，顾她自己的家，却不怜惜他，他都是二十六七的大小伙了，再拖上几年，他的那股劲就过去了。

到底是什么劲会过去，秋霞搞不太明白，她只知道，家里现在的情形，她绝对不能出门。她要一走，这个家就彻底完蛋了。父亲残废，等于一个家塌了半边，母亲老了，全靠秋霞撑着这半边呢，她不能扔下这半边，出门去过自己的小日子。最关键的，家里头还有个受气的妈呢，如果没有秋霞从中调和，爹妈的日子肯定得分成两个家过不可。

秋霞不愿看到这种结果。她也不知道该怎么办才好。今年，喜庆回家过年时，给她啥也没买，她知道喜庆心里不舒服，没敢怪他，还讨好他似的，鼓足勇气，不顾爹妈刀子似的目光，专门为喜庆穿上那条牛仔裤，上身套件长点的毛衣，不然，半截子腰虽在衣服里面，可仍觉得空荡荡，怪难受的。过年那几天，两家天天都有人来，乱哄哄的，两人也说不上几句话。等到空闲一些，喜庆也不说话，样子很烦躁，盯着秋霞腿上的牛仔裤发呆。秋霞的腿长，紧绷绷的牛仔裤穿在她腿上，更衬得她的腿修长。秋霞以为喜庆在欣赏她穿牛仔裤的样子呢，故意在喜庆面前走来走去，可喜庆的眼里仍没显出多少喜色来。

正月十五那天晚上，喜庆第二天就要回城了，他说有话给秋霞说，家里人

多不方便。秋霞跟着喜庆走到村外，把电视的喧闹和村庄的灯火扔到身后，越走越远，喜庆拉着秋霞的手走到麦田里。过了年，天气已转暖，虽有点春寒，但麦苗已经起身，在干净的月光下，油汪汪地泛着亮色。秋霞深深吸了一口，冷冷的空气里带着点淡淡的清香，是麦苗散发出来的。秋霞踮着腿尖跳着，月光很亮，她能看清脚下的麦地哪儿的麦苗要稀松些，才好落脚，这样不至于踩倒太多的麦苗。喜庆被她的蹦跳弄得心烦，叫她不要跳来跳去，抓她的手却不松开。秋霞要喜庆从麦地出来，她怕踩断麦苗，影响收成。喜庆很生气，说操啥闲心，又不是你家的地，影响你收麦子了？秋霞顶了句嘴，不管是谁家的，少收麦子都不应该。喜庆不高兴，满嘴怨气地给秋霞说，如果你还不出门，我扛不住了，我爹我妈整天骂我没本事，四年了，还把你弄不进家门。

一个闺女家，寻下婆家收了彩礼，过了出门的年龄还不出，在娘家干活，婆家会觉得吃亏。但是，这几年秋霞每到秋夏收种麦子和玉米的季节，她两家跑，帮喜庆家干活，喜庆和弟弟在外打工，地里的活全是秋霞帮公公婆婆收种的。秋霞从没偷过懒，就这，公婆还不满意，觉得秋霞早该是他家的人，就应该在他家忙活，可她的力气都给了娘家，就算她过来帮忙，可那种帮是蜻蜓点水式的，能干得了多少？家里活那么多，还不都叫他们自己做了。他们彩礼送过了，过年也少不了拿些礼物到秋霞家，可人却迟迟不出门，还不跟没定过亲一样，这个亏不是吃得太大了吗。

秋霞也清楚公婆的心思，她不言语是有点愧对的意思。喜庆的怨气使她心里很不舒服，但明天喜庆就要走了，她不愿叫喜庆生气。喜庆还问她怎么不辩解了？秋霞仍不说话，只是垂着眼望着脚下。月下的麦苗看不清绿色，是团团的黑，她能想象得到，脚下的这团团黑在白天是多么喜人。喜庆冷笑两声说，理亏了，没话说了吧。一阵寒气袭来，秋霞忍不住打了个寒战，她抱紧自己的胳膊，不理喜庆，自顾往麦地外面走。这下，惹恼了喜庆，他稍稍愣了一下神，冲上来把秋霞扑倒在地，压在她身子上面直喘粗气，他还强解秋霞的衣服。秋霞不让，俩人在麦地里翻滚。起风了，绿色的麦浪一层挨着一层，在他们身边卷动。秋霞心疼身下的麦苗，同时，她也知道自己的劲小，拗不过身强体壮的喜庆，便放弃了抵抗，承受了钻心的疼痛。迟早都是喜庆的，啥时给他都是个给。再说了，她一直觉得亏欠他的，二十六七的男人，还没搂女人睡过觉呢，给他算了。秋霞把眼一闭，不看天上洁净的月亮了。

喜庆劲头很大，疯了似的，把秋霞差点捣进土地里。秋霞不敢吭声，咬着牙承受，她心里明白，喜庆气没地方出，发这么大狠，是撒气呢。叫他撒去，撒完就完了。谁知喜庆撒起来没完，冻得秋霞的屁股蛋子像两块冰，喜庆用手使劲搓着，慢慢地，秋霞感觉不到冷了，心里紧张，还觉得热呢。

第二天，喜庆要回城里工地，秋霞去送，看到喜庆的目光变得很温柔，不像刚回家时那么冷。告别的话不多，喜庆只说年底回来后，再不去城里打工，只要秋霞出门，他可以帮着照顾她家。秋霞不赞成也不说好，用含情的目光望着喜庆，恋恋不舍。

这次喜庆走后，秋霞心里慌慌的，一直不踏实，有时候莫名的心跳加快。去年前年，这种感觉也有，但没今年这么强烈，这么持久。晚上，秋霞开始失眠，一个个夜晚，都是瞪大眼熬到鸡叫时，才迷迷糊糊有点困意，睡不多久，就得起来下地干活，整天打不起精神。一个月下来，人没瘦，倒胖了不少，都是晚上睡不着，半夜起来吃夜食惹的祸，而且半夜的时候，她的饭量还不小呢。秋霞担心这样下去会变成大胖子，她还没出门呢，要是胖得像猪，出门那天喜庆咋背得动呢，而且胖了穿上嫁衣肯定不好看。秋霞不敢想象自己变成胖子的样子，她开始忍着，晚上哪怕饿得头晕，肚子被掏空似的也不再吃东西，硬撑着，就是白天，也吃得不多，想迅速把体重减下来。谁知她的体重一点没减，反而在慢慢上升。秋霞怕了，以为是患了什么病，她听人说过，电视里报道的，有人患奇怪的病，一顿能吃十几个人的饭，却枯瘦如柴，莫不是她也患上了怪病？吃得这么少，还发胖，秋霞跑到镇卫生院去看。医生简单问了一些情况，说句，是不是有喜，也就是怀孕了，叫她去妇科做个检查。我的天啦，秋霞心里大叫一声，脸唰地一下白了，吓得掉头就跑。她还没出门，哪敢去妇科，一旦查出真是怀孕，她可咋办呀？可真是一句话点醒梦中人。秋霞年龄不小，对生理知识却懵懂无知，村里年纪相仿的姐妹都出门去城里打工，没人可以交流，家里家外，除了父母和喜庆的爹妈，平时跟村里的人也只说几句咸淡话，谁会把话题说到身上来呢。怪不得她这段时间心神不安，原来是有预感的，想想这个月，她的那个玩意一直没来，怎么就没往这方面想呢。

秋霞等不到喜庆的电话，没人能帮她出个主意，她试过几次想去问母亲，可话到嘴边又吞了回去，怕母亲受不了这个打击。

秋霞也曾想过，偷偷到远一点的医院去打胎，可心里又害怕，且不说她一个未出门的闺女，要鼓足勇气一个人面对打胎这种令人胆战的事，很难。她以前曾听人说过，打胎弄不好会把子宫刮坏，以后再不能怀孕，那可就麻烦大了。可是，她又不能把胎儿生下来，没出门就生子，她，还有爹妈的脸往哪儿搁呀？

秋霞不敢声张，心里乱成了一团麻，骂喜庆不得好死，自己快活后拍屁股去了城里，把累赘给她留下，她一个未出门的闺女家大了肚子该咋办呀？

秋霞想在喜庆那里讨个主意，或者叫他赶紧回来，她立马就出门，到了婆家，肚子大了也就大了，谁也不会拿另一种眼神看她。到了这种时候，不能光顾爹妈，再说，出了门，喜庆说了，会和她一起照顾他们的。可喜庆没手机和传呼，平时都是他从城里把电话打到张大牙家的商店，叫她去接。张大牙自开商店做生意后，人变得六亲不认，眼里只有钱，叫接次电话得交一块钱。接电话还要钱，没道理嘛！张大牙却说，接电话虽不费他的电话费，可有座机费呢，占着话机，别人打不成电话，他不损失么？秋霞觉得这不是理，她每次接电话也没见有人过去打电话，何况，就讲那么几句话，哪里妨碍了别人打电话？她不愿无故多掏一块钱，叫喜庆没啥事轻易不要打电话，所以，喜庆一月半月才会打个电话。秋霞家没闲钱装电话，就是装了，她爹天天守在跟前，也不能和喜庆说啥话。这会儿，秋霞真有事要给喜庆说，却等不来他的电话，急得她天天往张大牙的商店那边跑，也不买东西，守在一旁看着电话机。有时电话响了，铃声把秋霞吓一跳，涨红着脸伸手就捞话筒，却没一个是喜庆打来的。后来张大牙看着都烦了，离好远看到秋霞往这方向过来，就说没你电话，有了我肯定会叫你。言下之意，他也希望有电话来，还能挣一块钱呢。

等不到电话，秋霞快烦死了，老有要哭的冲动。她一个人躲在屋里，拉下裤子看肚子，肚子看上去平平的，可她却觉得这肚子都快成一座山了，她要驮着一座山，怎么能不怕呢！因为心事重，人就显得恍惚，老是做事做一半就扔下做另外一件，还不断做错，给爹妈当面传话也常常出错，把妈问中午吃啥饭，说成中午种啥饭，气得爹妈合起来，难得一致地骂死闺女叫鬼缠住了，有一搭没一搭的。秋霞不还嘴，保持沉默，也不给他们传话了，爹妈干瞪眼，还不能打破常规直接说事，两人连连叹气，说闺女已经留成冤仇了。

他们哪里知道，自己闺女这阵子无援无助的茫然。


秋霞这边心急火燎地盼喜庆的电话，城里那边的喜庆呢，也并不比秋霞好过多少。以前在外面干活虽然苦点累点，但和一帮工友在一起，荤话素话都往外掏，喜庆没有经验，嘴上功夫却因为听得多了，也不赖。苦日子也一天一天打发了。但这次从家里出来就不一样了，喜庆再也不是嘴上功夫，他和秋霞有过肌肤之亲，算是实战过，有经验了。难怪工友们说起女人来总是一脸的向往，女人果然神奇，像一部神奇的书，开头就充满了诱惑。只是他打开书的日子太晚，实践太少，书里好多内容还没品出味呢。浅浅的尝试已让喜庆深陷其中，要深层次阅读的念头比以前更加强烈。这时候，他已经无心和工友们说笑，那些用嘴说的话有什么用？与具体的女人比起来，太浅薄，太缥缈了。他想秋霞，主要是想秋霞的身体，那是多么柔软而奇妙啊！喜庆想秋霞想到骨髓里去了。但想也白想，只能徒生焦渴，却得不到解决，他简直被这份念想折腾得快疯了。要不是怕爹妈，喜庆早就卷起铺盖回家，就是生拉硬拽，也要把秋霞拽出门，他受不了这份煎熬。喜庆奇怪这之前自己是怎么过来的，一个二十六七的男人没有和女人那档子事，居然生活得平平坦坦，而体会了女人，他反而坚持不住了呢？

到了二月，天气慢慢转暖，城市的灯火并不受节气的影响，一年四季都是

一样的繁华热闹。但对喜庆们来说，天气的寒冷跟他们还是有着直接关系的，刮风下雨，他们出不了工，这一天就浪费了，出来打工，为的就是多挣点钱，浪费一天，就惋惜一天。城里比不得农村，诱惑多，消费高，出门就要用钱，挣一个月的钱，出趟门手稍稍松点就没了，他们舍不得。这种时候，工友们只能窝在一起谈天说地。喜庆没那个心情，一个人出去走。天气不好，步行的人不多，马路上的轿车却一点没减，流水似的。城市的生活就这么淡定。喜庆淡定不下来，他想到电话亭给秋霞打电话，可拿起电话号没拨完又赶紧放下，他们有过约定，没啥正经事不能打太勤，挣的这点血汗钱，别花在不该花的地方。喜庆想秋霞，不知道这算不算正经事，应该是正经事吧，想自己的未婚妻，应该的。城里人不都把情啊爱的整天挂在嘴边嘛。但秋霞不会这样认为的，每次打电话说不了几句话她就催他挂电话，长途电话费贵呢。没办法，喜庆只好重新回到工地，窝在自己的铺上，离工友远远的，兀自回味离家前夜与秋霞在麦地里的那一幕，越回味越模糊，喜庆很懊恼。平时收了工，喜庆匆匆吃过饭就去大街上、超市门口、天桥人多的地方，挤来挤去就为看女人。他把那些女人都想象成秋霞，心里嘀咕，秋霞要是有城里这些女人的打扮，肯定不比她们差。喜庆胆子再大，也不敢正眼看城里女人，高的矮的，胖的瘦的，俏的丑的，只能从背后偷偷瞄人家的屁股，碰上屁股圆的、翘的，被裤子包得桃子似的，他的目光粘上去就扯不下来，看得他喉头发紧，会跟人家走很远的路，经常被骂成神经病。但他没办法控制自己，每次从外面回到工地，像刚参加完长跑比赛，累得一身汗水，气都喘不匀，心却快乐得突突乱跳。

一到晚上，工地周围有不少来打游击的下岗女工，她们年龄大点，可价钱便宜，适合民工阶层消费。离家的男人，没有女人的世界很孤寂，之前的喜庆体会不到这种感觉，对找下岗女工的工友难以理解，累死累活，有时还冒着生命危险，挣的这点钱，只为一时痛快太不值当。可眼下，有了人生新体验的喜庆不那么认为了，钱挣再多，还不都是要花出去，看看城里人，花钱穿衣，再好的衣服不也是身上一层可以剥下来的皮么？坐公共汽车一块钱想到哪儿就到哪儿，城里人偏偏要买小轿车，贷款都买，开着车到处乱闯，把马路挤得快爆炸了。他们在城里，是最底层的打工者，没法跟城里人比洒脱，但他们也是男人，不能太亏自己。既然赚钱是用来花的，为舒服一回，花点钱有何不可！看的女人多了，喜庆也动了心思，却不敢正面问工友，毕竟这种事不光彩，谁都偷偷摸摸地干，至于干完光明正大地说又是另外一回事。喜庆拐弯抹角地跟工友打听价格，有反应快的笑话他，是不是听大伙说的多，动了心思？喜庆心里有鬼，赶紧掩饰，说不过是好奇而已，城里的女人都看不起咱，就算是下岗女工也是城里人呢。有个工友很不屑，说还是咱们自己的媳妇有劲有味，她一心为你快活着想呢，城里女人，也就担个女人的名声罢了。大家哄笑起来。工友们的这些话冷却不了喜庆躁动的心，但他有贼心没贼胆，迈不出这一步。说到底，喜庆心里还是惦记着秋霞。可远水解不了近渴，一到夜里，喜庆就熬不住了。

张大牙终于来喊秋霞接电话了。秋霞像被囚禁终于听到赦令，拨开张大牙，以百米冲刺的速度跑到他家的小商店抓起话筒，张嘴就冲着话筒说，喜庆你个死鬼，怎么才打来电话，我都急死了。没想到，电话却不是喜庆打来的，而是和他一起出去打工的建国，他告诉秋霞，喜庆出事了。至于出的什么事，秋霞已经听不太明白，她的脑子被"出事"两个字击懵了。她想到了堂哥秋林，秋林就是在城里出的事，她以为堂哥的悲剧又在喜庆身上重演了。喜庆是断了胳膊还是腿脚？

好不容易从晕乎中被建国喊醒过来，建国在电话里却断断续续地说，其实……秋霞你在听吗？我怎么听不到你的声音。秋霞你别害怕，其实，喜庆也没出啥大事，就是太想你，干下了傻事……

秋霞的心回到了腔子里，只要人没事，傻事就傻事吧，人这一辈子谁还能不干几件傻事呢。她想喜庆恁大的人了，他干的傻事大概也就是叫人骗走一些钱吧，也不知骗走了多少，要是太多，她还是很心疼哩。秋霞这样想着，心里还是轻松下来，因为她知道喜庆走的时候并没带多少钱，就是冒傻气做了傻事，估计也没太大的损失，没啥大不了的。秋霞心里踏实了，一踏实，就觉得建国有些大惊小怪了，她甚至还对着话筒轻声笑了两声，这轻笑一定传到建国的耳中。她问建国到底喜庆做了什么傻事。

建国吭吭哧哧地说，就是……耍流氓……被公安逮了……

一下子，秋霞浑身的血液冲到了头顶，大脑缺氧般空白了。她的手下意识地按在肚子上，她现在正愁得不知怎么办才好，喜庆不但不考虑她，还玩到外面去了。秋霞生气，握着话筒半天没说一句话。

秋霞！建国在电话那端喊声很大，震得秋霞的耳朵嗡嗡直叫。

别跟我说，丢死人了！秋霞要扔电话。

建国急了，又喊道，别别别挂，秋霞，喜庆现在被关起来，要交五千块钱才能赎出来，不然就得判刑。他不想叫别人知道，包括他爹妈，只叫我给你说，你……

秋霞打断建国，没好气地说，给我说干什么，我又没出门到他家，与他没关系！

秋霞，喜庆正眼巴巴地等你去赎他呢。

对不起，我没这个钱，也丢不起这个人！秋霞挂断电话，见张大牙竖着耳朵一直在旁边听，便没好气地掏出一块钱扔在柜台上，转身就走。

张大牙在后面喊道，不够，还差一块，你打这么长时间，一块钱连电费都不够……

秋霞回身又扔过去一块钱，气鼓鼓地说，你骗谁呀，挣昧良心钱，别拿电费说事，电话用的不是你家的电，多少次都是停电的时候来的电话，别把我当傻子。

秋霞这回不想当这个傻子，真生喜庆的气了。她想，你在我这里已经耍过流氓了，还到城里去耍，被公安抓了活该，谁叫你吃着碗里，还看着锅里的。这个时节，出这种丑事，真丢死人了，这要传开，肯定得搭上自己，她还有脸见人吗！

回到家里，父亲也不看秋霞的脸色，一个劲地追问，喜庆打电话来说了些啥，是不是又催你出门呀？

秋霞在气头上，一改往日的顺从，怒冲冲说道，出门，出门，出鬼的门。从今儿起，我不跟喜庆了，我要和他解除婚约！

父亲一下没反应过来，也不知道女儿这话是冲着喜庆去的，还以为她对自己厌烦了呢，心里有些不平，顺着女儿的话头说，不跟就不跟，解除婚约好，不要拿这种话吓人。我是吓大的？！

秋霞吼叫道，谁拿大话吓你了！你们明天，不，今天就去给喜庆的爹妈说，我要退婚！

秋霞从来没冲父亲嚷过，她不敢。父亲猛一下被秋霞呛得不知说什么了。

母亲丢下手中的活计，冲过来道，秋霞你疯了，尽说胡话，这种事能胡说吗？

父亲反应过来，气得不轻，骂道，退婚吧，退了清净，免得整天吵吵着出门，烦死了。

母亲骂道，秋霞，你这个老不死的，就不会说句人话？尽干些煽风点火的瞎事。

秋霞知道母亲这句话骂的是父亲，但她还是忍不住，甩身回自己房间，关上门痛痛快快地哭了一场。

纸里包不住火，喜庆在城里嫖娼被抓的事，悄悄在村里传开了。

秋霞没答应赎喜庆，她也没这个钱，最主要的，还是她嫌丢人。一个未出门的闺女，未婚夫在外嫖娼，她却拿钱去赎，谁听了不笑话？喜庆没别的办法，只好托建国给他爹妈打电话，除此之外，没别的办法，他们在工地干活，到年底才能拿到工资，包工头不可能开恩提前付给他工资的，建国他们也凑不够这么多。

喜庆的爹妈气都快气疯了，哪有心思去赎儿子。就是有，也没这个能力，五千块钱啊，捏在手里得有砖头那么厚，可不是个小数目，怎么能叫儿子不明不

白就弄没了。喜庆的爹妈气得直骂儿子，干这么丢人的事，别人愧得掩还掩不及呢，他还有脸问家里要钱，让他在监狱关着去，监狱还管吃管住呢。

拿不到罚款，喜庆赎不出来，被嫖的那个女人也不想掏罚款，突然改口，说喜庆强奸了她，要上诉。强奸就是罪名。公安立案，移交给司法机关。就是说，按照法律程序，喜庆如果败诉，就得判刑坐牢。

压力最大的，还是秋霞。她哪儿都不敢去，怕别人指她的脊梁骨。多丢人的事，虽然事是喜庆做下的，可她是喜庆的未婚妻，村里人瞅不见喜庆，却能瞅见她，不戳她戳谁？她逃不脱的。秋霞把喜庆恨死了，他出的要是别的什么事，比如贪污、偷盗，哪怕杀了人，也比耍流氓好听啊。而且，喜庆的官司要打不赢，强奸罪名一旦成立，就要坐几年牢狱，她可怎么办呀？

秋霞非常苦恼，身上的那个玩意儿还不见来，快两个月了，看来怀孕是肯定的了，这可怎么办？她窝在家里，三四天吃不下睡不着。秋霞也想过，嫁给喜庆丢不起这人，但是，她肚子里怀了他的孩子，虽说可以偷偷去打掉，可万一出个啥意外，把子宫刮坏了，她今后怎么办，生不了孩子，谁还会要她？就算不出意外，她打过孩子，不再是闺女了，去哪里找能接纳她的男人？她跟喜庆订婚都好几年了，一直没出门，谁又会像喜庆那样耗着日子等她？

眼下的事，是未婚先孕，她对父母怎么说？

没等秋霞开口跟父母说，父母已听到了喜庆的丑事，这次，他们的想法居然惊人的一致，他们相互难得地看了对方一眼，长吁一口气，为了闺女的后半生，竟然打破了多年来不直接对话的习惯，不经过秋霞传话，两人直接商议起来。

父亲说，看来秋霞前几天已经知道喜庆的丑事，她想解除婚约是对的，咱可是清白之家，不能叫孩子出门去背这个丑名。

母亲说，绝不！我就这么一个闺女，出门到那样的人家，就是秋霞愿意，我这张老脸往哪儿搁呀？何况那种男人，年轻时就犯事，保不定日后还要出多大的丑呢，最后还不是苦了咱闺女。她爹啊，趁闺女有这心，咱赶紧把婚退了吧，再拖下去就有大笑话看了。

父亲直点头，是呀，咱闺女又不赖，也不是非他喜庆不嫁，干吗守着那个流氓犯？是得赶紧退，别叫人家以为咱闺女嫁不出去。我是走不成……秋霞她妈，这事你可得抓紧点。

母亲说，我肯定想抓紧，但还得跟秋霞说一声，听听她的音吧。

那快问啊，还等啥呀。

母亲把秋霞叫过来，与父亲一起给女儿谈话。他们你一句我一句，一唱一和地说利害关系。父母两人这时说话的状态很自然，一点也看不出他们平时根本不直接对话的影子。习惯了当传话筒的秋霞听着却有点别扭，心里更加烦躁，差点失口说出肚子里的秘密。话到嘴边，又拐了个弯，她说，和喜庆解除婚约，是迟早的事，可是，她心里还有个结没解开，想问一下喜庆，他为什么要干那种丑事，害得她难做人。

母亲说，还问他干什么？退了婚，一了百了，和他没啥关系了，管他啥原因。咱是清白人家，凭闺女你的能干、长相、人缘，还怕找不到比喜庆家强的婆家？

父亲也说，就是就是，几年前要不是喜庆不断托媒人纠缠，咱能看上他家？你瞧喜庆他爹那熊样，咱闺女还没出门到他家，就觉得吃亏了，把咱闺女当媳妇使唤，大热天扬场，一个大老爷们耍懒，叫咱闺女扬场，和我较劲呢，我是废人，他少啥了？我早就憋着这口气呢。

母亲说，秋霞，你要是没啥说的，我就叫媒人去回话了！这事早结早清净。免得叫人在背后嚼舌头根子。

秋霞没听到母亲说的话，她的脑子里还是转在肚子里有了孩子的念头上。她突然产生一个想法，说，我想去一趟城里。

去城里干什么，难道去找喜庆不成？

秋霞说，就是去找他，我想问个明白。

父亲说，不能去！

母亲说，傻闺女，你真是气糊涂了，这个时候，还问他什么呀？明摆着嘛，你在家也留不多长时间，很快就要出门到他家去的，可他还出去犯流氓，这

样的男人哪还敢要噢!

秋霞却不听，坚定地说，你们不知道我们之间的事，城里我非得去不可。不然，这个婚约我就不解除，让你们跟着一起丢人。

秋霞坐汽车，再坐火车，好不容易来到省城。省城是高楼大厦钢筋水泥堆砌的天下，大马路又宽又长，可到处是车是人，车像水一样流淌着，人也是流淌的，但这样的流淌中，显得很拥挤，有一股叫人喘不过气来的压抑。秋霞没敢乱走，省城看不清方向，她怕在一群高楼大厦里走丢了，这可不是乡下，大嗓门一喊，一个村子都听得到。秋霞没出过远门，但并不害怕，她也曾向往过城里的生活，虽然一进到城里，这儿的喧闹使她明白自己与城里的区别。她站在路边仔细打量着方向，然后一路打听找到喜庆原来干活的工地，找到建国，叫建国带他去见喜庆。建国比喜庆大得多，看上去比喜庆老成，他说，人家看守所有规矩，每周只有星期六探望，不是随便想见就能见的。

这可怎么办？秋霞傻了。今天才星期三，还得等两天时间呢。

建国说，既然来了，就等等吧，花这么多车票钱呢。这样吧，先找个地方住下，你没来过省城，这两天也到处逛逛。

从喜庆出了事，秋霞对省城就没了好感，进了城，更是不理解这样一个喧腾的地方，怎么会有那么多人喜欢钻进来。她哪有逛的心情。

工地上是没地方住的，考虑到城里住宿太贵，建国在离工地不远的地方找了个月租八十元的学生床位，好说歹说每天按三十块钱算，才给秋霞找个住处。秋霞没想到是地下室，她扶着墙壁沿着昏暗的台阶往下走时，一股霉味刺得她鼻子痒，她站住揉着。建国说，没办法，宾馆咱住不起，凑合几天吧。就这，比我们的工棚不知强几百倍呢。

后来，秋霞去看过建国住的工棚，的确非常差，根本算不上房子，是用脚手架搭的窝棚，顶部盖着破烂的石棉瓦，缝隙大得能看到外面的天空。四面的墙壁也是用石棉瓦围起来的，瓦与瓦之间的缝隙更大，风从缝隙中堂而皇之地钻进来，张扬地在窝棚里到处乱窜，掀着秋霞的衣角。秋霞很吃惊，问建国，你们就住这儿呀？这要是下雨，还不漏得像筛子？建国说，下雨倒不可怕，下雨时用帆布盖上，天晴嫌闷再揭开，最怕的是夏天和冬天，夏天热蚊子咬，也还好过点，冬天那个冷啊，真不知是怎么熬过来的。现在好些，天气越来越暖和。春天是最好过的季节。

建国带秋霞来看喜庆的床铺。

那基本上不能算床铺，在离地一尺多高的砖垛上，搭着竹架板打的通铺，上面铺着民工们自己带来的被褥。秋霞看到了喜庆的铺盖。如果不是建国给她说，真看不出卷成一堆的东西是被褥，太可怕了，像一堆烧过的煤渣，黑灰相间，根本看不出是什么布料，更别说具体颜色了。秋霞都不敢相信，这堆东西就是喜庆用过的。

建国看到秋霞发呆，就说，整天在泥水里搅和，累个半死，也懒得洗，钻进被窝就睡着了，为省钱，脏就脏吧。

秋霞的鼻子酸了。被褥实在太脏，被泥水糊得都僵硬了，可以想象，躺在这样的被窝里会是什么样的心情。秋霞知道出门打工赚钱不容易，可人这一辈子，天生的命，打工苦，在家干农活不也一样又苦又累么，却没想到喜庆他们会苦成这样。村里人人想往外跑，都以为外面的钱好挣，可有多少人知道，挣钱的背后竟是这样艰苦！想想喜庆给她买的那些衣服、礼物，都是喜庆在这样的环境下苦熬出来的。秋霞终于没能忍住，上前去抱砖垛上那堆黑灰灰的被褥。喜庆被关在看守所，用不着这些被褥，自己给洗洗也算对得起以前的喜庆了。被褥好几天没用过，走近仍能闻到散发出的一股酸臭味，秋霞皱皱眉，手上松了劲，枕头掉在地上散开，从中蹦出几个避孕套，软沓沓地落到秋霞的脚上。秋霞偏头看一眼，吓了一跳，连连甩脚，叫道，这是什么？

建国脸色白了，慌忙去捡。秋霞知道那是什么，小时候，乡里的医院给每村每户都免费发放。村里人并不把这些免费的计生用品当回事，随手扔掉，小孩们捡了玩耍。秋霞小时候就捡来当气球吹过。这个时候在喜庆的枕头下发现这种玩意，秋霞当然知道不是当气球吹的。她非常气愤，抱着被褥直盯盯地看着建国

捡起避孕套，见无地方可扔，塞进了自己的口袋。秋霞觉得自己抱着被褥的样子很滑稽，扔回到砖垛上。

这个……你别，建国红着脸，期期艾艾地说，秋霞，这不是喜庆的……不……它是喜庆的。我是说，这玩意是街道给我们发的，说是……为了防止那个……病……唉，我们要这玩意干什么……

秋霞转身就走。

建国跟上来说，大妹子，你别生气，这确实是城里给人发的，不信你可以去问其他工友。

秋霞站住，脸像红布，埋下头望着脚尖，狠狠地一下又一下踢地上的一堆沙子，像要把鞋子上刚沾过的秽气蹭掉似的。

建国有点恼，冲秋霞又说道，信不信由你，我还恼呢，这玩意儿发给我们，不是……叫人想入非非，难免要耍流氓嘛……

秋霞咬着嘴唇，突然想起什么，打断建国问道，不是流氓这个词儿已经不用了吗？喜庆说城市的字典里已经取消了这个词。

建国难过地说，那是针对城市人的，这个词他们对农村人还用，咱们的字典里一直没取消。

秋霞不语。

建国似看到希望，紧跟上说，大妹子，也不怕你笑话，我们这些人出门在外就是一年的男人，大多单身，工地边上到处是下岗的老娘们，她们也为混口饭吃，工友们有时犯混……唉，我都怀疑，人家是不是串通好，专门来罚我们这些民工钱的……大妹子，喜庆……

别说了。秋霞的眼泪控制不住，喷涌出来，她哽咽道，你不要替他说话了，我能想到你们的难处，可这不是喜庆犯错的理由。我……喜庆对不住我……你怎么说，我也不会原谅他的！

那你要怎样？建国急了。

太丢人了，我爹妈要我和他解除婚约。

你也想这么做？

秋霞没正面回答，含泪点了点头。

星期六，建国陪秋霞去看喜庆，坐了两个多小时车，一路上，建国很冷漠，一句话也不说。秋霞明白，昨天他说的那些话，没能引起她的同情，他心里窝着火呢。

果然，到了看守所，人家说没判刑的不让探望，秋霞还呆呆地站在那儿，等狱警开恩呢，建国冷冷地说，走吧，这个社会，同情这个词才被字典取消了呢。不见也好，见了说什么？解除婚约？饶了他吧，让喜庆这个傻瓜在里面还留有一份念想吧。

秋霞没说话，她回望着看守所的大门，大门关了，中间的一扇小门却开着，从中间小门望进去，是看守所空荡荡的院子。秋霞想，喜庆在里面，是埋怨她还是在想她呢？


怎么办呢？回来的火车上，秋霞一直呆呆地坐在窗前，看着外面一闪而过的田野发呆。来一趟省城，什么问题都没解决，她的脑子里空空的，像什么东西都没装，可分明又装进去了一些，她眼前老闪过喜庆肮脏的被褥，还有大街上那些穿着牛仔裤，屁股包得像桃子般的女人。她的心里很乱。火车咣当咣当的声音在提醒她，她离省城越来越远，她不能再犹豫了，离家乡越来越近，也就预示着，她离选择越来越近。

脑子是木的，秋霞的肚子却不麻木，她感觉肚子一直在动，或者是疼，在火车的颠簸中，突然感觉下身热乎乎的。秋霞脸色大变，她吓坏了，以为肚里的胎儿在作怪，赶紧跑进厕所，关上门拉下裤子一看，原来是那个玩意又回来了。

秋霞没带卫生巾，也没带纸，她提着裤子，透过厕所脏兮兮的玻璃，看到火车正经过一片麦子地，外面绿油油的麦苗像河流似的，快速地从她的眼前淌过，她的眼睛有点承受不了。她闭上眼睛，泪水顺着脸颊慢慢地往下爬着。

温亚军

成人礼

# 记忆中的妹妹

　　这次开批斗会，我终于给地主婆二奶奶的脸上吐了一口唾沫。这样，我就再也不会受同学们的嘲笑，说我没有阶级立场了。这对我，是个很大的突破。望着二奶奶干瘦的脸上糊满了唾沫，我一下子觉得自己长大了许多，心里头异常兴奋。就在我准备给地主婆再吐一口唾沫时，哥过来一把拉住我说，快点跟我回家，妹妹已经到家了。我回头看了一眼低着头的二奶奶，咽下了嘴里的唾沫，跟着哥往家里跑了。

　　妹妹果然已经到家了。看上去，我们的这个妹妹还不到两岁的样子，个子小小的，眼睛却很大，她用怯生生的目光望着我们。我兴奋地冲上去，大着嗓门问她叫什么名字。她被我吓着了，张开嘴大哭了起来。母亲闻声跑过来，顺手给了我一巴掌，她把妹妹抱了起来，一边哄着妹妹一边警告我们，今后谁也不准欺负温柔，不准把温柔当外人看待。

　　我的这个名叫温柔的妹妹，是个孤儿。在孤儿登记簿上，她的名字叫程敏丽。这是母亲告诉我们的。母亲还告诉我们，从此以后，谁也不准叫她以前的名字。以前，就叫它过去吧，那都是些伤疤。父亲母亲给妹妹起这么一个名字，是想着叫妹妹从此告别伤疤，开始新的生活。

115

后来，我才知道，我的这个妹妹是在唐山大地震中成为孤儿的。她和许多在地震中失去父母的孤儿一起，被民政部门运送到了我们家乡。

我的家乡是一个靠天吃饭的地方，妹妹这批孤儿来到我们这个地方时，正赶上旱年，粮食严重歉收。其实在我们这里，即使不是个旱年，收成也好不到哪里去，每年都是眼巴巴地盼着国家的救济粮，掺上野菜、树叶和树皮度日。谁家里，也不愿多添一个要吃饭的人口。公社接到妹妹这批孤儿后，没有人报名领养，公社就不断地开会，发动群众，号召大家伸出援助之手，抚养孤儿。但这一点也不起作用，在粮食与境界之间，大家都选择粮食，没有几个人主动来领养孤儿。最后，只好从干部身上下手，叫干部带个头。我的母亲是队里的妇女队长，她当仁不让，得领养一个孤儿。孤儿里，那些男孩子，还有年龄大点，日后可以成为好劳力的，都叫那些有点权或者有点门路的人领走了。母亲就领回来了这个温柔。

家里一下子多了一个妹妹，生活就像被割开了一道缝，阳光漏了进来，多了一些色彩，我们高兴得上蹿下跳，稀罕得很，谁也没有把妹妹当孤儿看待的意思，相反，我们全家都围着她转。很快，妹妹温柔哭得少了，和我们在一起疯玩，高兴了，她还会笑起来，一笑，她腮上的两个酒窝可爱得很。我们有了这么一个可爱的妹妹，生活中多了不少情趣。可事实上，我们家的情况非常难过，最叫父母发愁的是吃了上顿，就没有了下顿，大多时候的下顿，都是靠父母去挖野菜，或者由父亲去偷生产队里还没有成熟的玉米糊口。在养家糊口上，母亲是绝对不会去偷的，她是妇女队长，也算是个干部了，她不能干这种事。母亲也不允许我们兄妹去偷，但她一般不会阻止父亲的行为，好像父亲就该是干这种事的。尤其是妹妹温柔来我家之后，她吃不到有营养的食物，几天下来，就明显瘦了，那双眼睛看上去更大了，怯怯地看人时，那清澄却无神的眼神总是叫人心疼。每到吃饭的时候，母亲抱着妹妹，一边给她喂菜汤，一边小声问父亲，你今天咋没有去啊，没看到柔柔不爱吃菜汤？父亲像做错了事的孩子，低下头支吾着，说是看护庄稼的人又增加了，手里还拿着枪呢。母亲当着我们的面，不好再说什么，

温亚军
成人礼

等我们吃过饭走了，母亲就对父亲说，他们手里的枪是民兵训练时用的，里面根本就没有装子弹。

第二天，我们吃的菜汤里会多些玉米粒，是那种又香又甜的玉米粒，很好吃。母亲给妹妹碗里捞的玉米粒最多，我们兄妹没有人会反对母亲这样做，都觉得妹妹应该吃些好的。尽管这样，妹妹温柔的脸色却一点都不见好，并且，她时不时就把吃下去的东西吐了出来。母亲心疼妹妹，经常给她做些纯粮食的饭吃了，不知是怎么搞的，妹妹也会毫不含糊地吐出来，而且，时隔不久，妹妹一到了晚上，就整夜整夜地哭个不停，父母只好轮换抱着妹妹摇晃着在地上走来走去的哄着，可妹妹还是哭得声嘶力竭。妹妹是生病了，母亲背着她天天去医疗站打针，一连打了几天，也不见好。医生只说是水土不服，没其他毛病，吃点有营养的食物补充补充就好了。看着妹妹吃下去的都吐了出来，晚上哭得死去活来的样子，母亲抱着妹妹，自己也哭得泪人儿似的。父亲实在看不下眼，就去了一趟公社，他在供销社想给妹妹偷一袋子奶粉时，被人家抓住了。很快，父亲的批判大会就在公社召开了，过后，像轮回演出似的，父亲又到各个大队、生产队里去开批判会，连我们大队的小学也没有漏过。看着站在台前低着头接受批判的父亲，我们兄弟都奔拉着头，不敢看别人一眼，觉得做贼的父亲比地主婆二奶奶更丢人，同学们把我们看扁了，在一片声讨声中，我们在心里把父亲恨上了，心想着从此不再理这个偷东西的贼了。可是回到家里，看到妹妹面黄肌瘦的样子，我们的心就软了，说到底，父亲还是为了妹妹，心里就不再那么强烈地恨父亲了。父亲还被关押在公社，可能还得开新的批斗会。一想到父亲给我们带来的耻辱，我们兄妹几个商量，父亲回来后，我们都不和他说话，以此来表明我们的清白。

父亲不在家的日子，我们可就惨了，喝的菜汤里几乎就见不到粮食。最可怜的还是妹妹温柔，她的脸色越来越黄了。母亲再也不敢耽搁，带妹妹到公社卫生院去做检查，得出结果，是妹妹患上了肝炎，根本就不是什么水土不服。医生告诉母亲，这种肝炎不好治，而且，还会传染。母亲吓坏了，抱着妹妹不知何去何从。为了保住妹妹的命，也为了我们一家人不被传染，最后，母亲流着泪决

117

定：把妹妹归还给公社。

公社里，没有哪个人愿意接受送回来的孤儿，何况这个孤儿还患上了传染病。母亲只好含泪把妹妹又抱了回来。我们家就一间住人的房子，为了防止妹妹的肝炎传染给我们兄妹，母亲把我们全赶到了柴房里，给我们搭了地铺，她陪着妹妹住在房子里，照顾妹妹。母亲的理由很简单，妹妹最小，又有病，不能委屈了她。更主要的，母亲是怕妹妹的肝炎传染给我们，而她自己，就顾不了这么多。但是，事情要是有这么简单就好了，事实是妹妹的病越来越严重，她一点东西都不能吃了，母亲给她喂的饭食全吐了出来，她除过偶尔还哭几声外，大多时候都在昏睡。更何况，家里一点能吃的东西都没有了，父亲又不在家，没有人可以依靠，母亲再坚强，她也没有能力解救妹妹，唯一能做的，就是每天抱着妹妹去大队医疗站或者公社医院求助医生。可那些医生像是商量好了似的，都说他们没法治，要治这种病，只有去县里的大医院。母亲哪有钱去县上的大医院？她到处去求亲戚借钱，却连去县城的路费都没有借到，母亲抱着奄奄一息的妹妹，哭得六神无主的时候，地主婆二奶奶闻讯来到了我们家。她说要收养妹妹。

二奶奶的这个举动，母亲是茫然的，她犹豫再三，最后，还是盲目地哭着给二奶奶交代了又交代，才把妹妹送给了二奶奶。我们流着泪，看着地主婆二奶奶抱着妹妹，像抱着一个宝贝似的走了。

二奶奶不是个好人，就因为她是我们的二奶奶，在学校里，同学们连我们兄妹也看不起。这几年，大队动不动就开二奶奶的批斗会，为了和她划清界线，我们往她脸上还吐过唾沫呢。二奶奶曾经有一个儿子，早些年开批斗会时，都是他儿子去挨批，经常被基干民兵在台子上打昏过去。后来，二奶奶的儿子上吊自杀了，他自杀的原因有多种，有说他是受不了批斗挨打，还有说他出身不好，找不上媳妇。反正，他死就死了，死了，也是个地主的狗崽子，这成分，无论生与死，都是改变不了的。其实，我们最爱看的，还是批斗二奶奶，她是缠过的小脚，走不快，年轻的民兵却不管这么多，只管往前推，二奶奶像只大白鹅似的，一路摇摆着被推到台上的情景，是最好看的。我们在一次批斗会上，还见过二奶

奶穿着碎底蓝花的地主婆对襟衣服照的相片呢，看到那张照片，我们更加义愤填膺，我们这些小学生中，还很少有人照过相呢。

二奶奶是老地主二爷爷明媒正娶用花轿抬过来的，所以，她是十足的地主婆。倒是二爷爷这个真正的地主，却像是早早地预感到了后果似的，在儿子出生不久，他就害病殁了，没有挨上一次批斗。二奶奶虽是地主婆，但她是有口粮的，她一个人过日子，相对要充足些。妹妹温柔这批孤儿来了后，二奶奶很想养一个孩子，可就因为她的地主成分，不允许她领养孤儿，她就像一个老母鹅似的，时不时地来到领养了孤儿的人家门口，不敢进去，就引颈往里瞧着。为这，二奶奶没少挨别人的骂，可她依然如故。这回，她得知我母亲想退回妹妹时，终于鼓足勇气走进了我们家，并且达到了她的目的。

二奶奶收养了我的妹妹温柔后，她就算有了孙女。对她来说，一下子有了孙女，并且连名字都不用重取，这是多好的事啊。二奶奶把温柔当宝贝似的，她去娘家借钱，买来奶粉，还有白糖，在她的精心照料下，妹妹温柔的脸色有了些变化。我们忍不住偷偷去二奶奶家看妹妹时，妹妹已经能吃点奶粉了。二奶奶怕我们要回妹妹，不叫我们进她家的门，她关上门，在里面对我们说，她要去借钱，去县城给温柔看病。

可是，还没有等到二奶奶借上钱，这事就叫公社给知道了，派人来查，严厉地批评了母亲不负责任的行为，当即还撤了母亲妇女队长的职务。人民公社是绝不容许一个地主婆收养孤儿的，谁都知道地主婆居心不良，谁能保证她没有害人之心？公社的人当即从二奶奶怀里抢过妹妹了温柔，要把她带走。母亲听后跑到二奶奶家里，哭着求着不让他们带走妹妹，她想把妹妹再领回家来，她说妹妹是她送出去的，理应由她抚养。公社的人说母亲的思想被腐蚀了，已经不具备再领养孤儿的资格，坚决地把妹妹带走了。

父亲从公社放了回来，为了妹妹的事，一向懦弱的父亲，平生第一次和母亲大吵了一架，他像疯了一样，跑到公社去要妹妹。没有人理会父亲，他就跪在公社的大院里，想打动干部。最后，父亲被公社的人叫来民兵给架着赶了出来。

母亲跟着父亲也去公社大闹，都无济于事。公社那帮人，都没有给父母见妹妹一面的机会。

后来，公社还郑重其事地给大队下了通知，叫大队看好我们的父母，如果再看到他们去公社闹事，就把他们当反革命抓起来批斗。父母才不敢再去公社了，在家里，他们也怕疼似的，闭口不再提妹妹的事了。

这天，父亲从外面回来，进门就把一只小板凳踢倒在墙角，动静大得都惊掉了我手中的筷子。我们都扭头看着怒气冲冲的父亲。自从妹妹温柔被公社带走后，父亲变得有了脾气，他似乎忘记了他做贼被批斗的事，动不动就给我们脸色看，倒弄得我们兄弟像做过贼似的，怕起了父亲。这会儿，父亲根本不看我们，他满是皱褶的脸上阴得能拧出水来，踢翻板凳后，就准备往饭桌前坐下。母亲已闻声从厨房里冲了出来，她先是看了看饭桌边的我们，看到我们手里的碗端得好好的，发现我们埋怨的目光都是冲着父亲的，她上下打量了一下父亲，顺着父亲的目光，她看到了歪倒在墙角的那只小板凳，气就上来了，冲着父亲骂道："你这个贼东西，想要威风，到外面耍去！"

父亲突然就像霜打的茄子，耷拉下了脑袋，也不在饭桌前坐了，伸手抓起筷子，就去端桌子上的一碗菜汤。母亲一巴掌扫过去，打开了父亲端碗的手说："话没说清楚，你还想吃饭？"母亲发起了威。父亲瞪了母亲一眼，结巴着说："你……还有……没有个完……"

"这话要我来问你呢？"母亲说，"你受谁的气了，一进门就发威，要来就冲着我，别朝着孩子！"

父亲看了母亲一眼，赌气地把筷子扔到饭桌上，脚步很重地走到墙角，把他踢翻的板凳扶好，坐了上去，掏出烟来点上，烟头上的红光一亮一暗，显得自尊而又软弱。母亲看得更加来气，却莫名其妙地扫了我们一眼，就静静地盯着父亲看了一阵。自从妹妹的事后，母亲变得有点怕父亲了，又当着我们的面，母亲不好对父亲发作，口气就软了下来："到底咋地了？你倒是说呀！"

　　父亲没理母亲。他没有和母亲吵个天翻地覆的能耐，有时沉默起来却能把母亲气哭。

　　母亲又看了我们一眼，见我们都不理他们，只顾吃起饭来，她心虚地对父亲，也是对我们说道："这咋了，啊？谁惹谁了？叫人吃个饭都不得安然。"见没有人响应，她走到父亲跟前，又扯起了嗓门，对父亲说道，"你个老不死的，哪个地方又缺根筋了，谁把你惹下了？你倒是放个屁啊？"

　　父亲恶狠狠地瞪了母亲一眼，把烟头往地上一扔，用脚踩住，一点也不结巴了，说道："谁惹我了？你惹我了！都是你，要不是你，我咋会落到这个田地。"

　　母亲脸色有点变了，无辜地回过头看了我们一眼，声调又降了下来，轻声问父亲："是不是……那个……啥……你倒说呀？"

　　父亲叹了声气，道："还能是啥事？还不是你干下的好事！他二奶奶这回给咱把大麻烦惹下了，都是为了领养咱家的柔柔……"

　　"温柔！"这下，我们都停止了咀嚼，转过身望着父亲，想从父亲那里更多地知道妹妹温柔的情况。父亲显然注意到了我们的目光，他却丝毫不会理我们的期待，又掏出一支烟来，沉默地点上抽了起来。母亲惊叫了一声，像挨了刀子的那种。她自觉失态，随即又故作平静地问道："为了……柔柔？"母亲惊恐地回头看了我们一眼，声音颤抖地说，"咋给咱把麻烦惹大了？"

　　父亲狠劲地抽了一口烟，没好气地说："这下，给咱把麻烦惹大了。他二奶奶为了把柔柔要回来，她……她说他二爷爷是地主，她是嫁给了地主才成为地主婆的，为了和他二爷爷断绝关系，竟提出要和他二爷爷——离婚。和地主离了婚就不是地主婆了，你说这事……不是瞎闹吗。他六爷爷和七爷爷把我叫去，叫我阻止他二奶奶，说这事一开始就是我们给掇弄的，要我们家想办法把这事给阻止住。"

　　母亲扭头又看了一下我们，我看到母亲的目光明显惊慌了，像风中微弱的灯光，摇摇摆摆的。但她还是故作镇定地对父亲说："这事……这事，闹的。他二奶奶也太……也太荒唐了不是，他二爷爷都入土这么多年了，她不也就这么过来了么？怎么现在……却闹出跟死人离婚的说法来呢？跟个死人可怎么个离法？这多丢人啊……"

叫父亲担当阻止二奶奶离婚的重任，确实是给父亲出难题了。母亲为此愤愤不平，说这么大个家族，平时那么多爱出风头的人，一碰到棘手的事情就当缩头乌龟了，把这个难题推给了我们家。就算二奶奶要离婚跟我们当初把温柔送给她有点关系，但到底不是我们要她去离婚的啊。

母亲埋怨起父亲："你也真是的，大家明知道这是个麻烦事，光知道在那里动嘴皮子，动真格儿的时候都推给你，你还真就接过来了。你也不想想，就你那几下子，你怎么阻止他二奶奶？"

父亲在队里基本上不出头露面，遇到什么事，总是往人后面躲。但他摊上了二奶奶这种为难事，被母亲呛得说不出一句完整的话来，脸憋得通红。母亲看着父亲可怜的样子，有点不忍心，就埋怨起二奶奶，她怪二奶奶多事，临到快死了，还这么不知趣，要闹个大动静，还不如快快殁了，好叫大家都清静清静。不过，细想想，二奶奶这么做，也是为了我的妹妹温柔，这样看来，二奶奶这个地主婆的心还没有坏透。

就在父母发愁，用什么法子阻止二奶奶闹离婚的这阵子，我们这里突然发生了一次地震，震级不高，也就是刚刚能让人感觉到地面的振动，其实没有一点破坏力。但却够叫人们惊慌的了，因为我们这里从来没有发生过地震。这个时候发生地震，对从地震灾区来的孤儿们，却是不能麻痹大意的。于是，上面很快来了文件，把那些分散领养的孤儿又从各家集中起来，急急地运走了。至于要运到哪儿去，没有人说，去打听，也没有人知道。我的妹妹温柔，也被运走了。我想象着，在孤儿的登记簿上，我妹妹温柔的名字，可能又恢复成了原来的程敏丽，她和那些孤儿一起，去了别的地方。

突如其来的变故，使我们家一下子安静下来了，这种安静却很压抑，听不到父母吵架的声音，也看不到父亲气得红涨的脸色了，他们几乎不再说一句话，

都默默地出门回家，吃饭睡觉，整个家里非常沉闷。

同时，也听不到二奶奶闹离婚的事了。

这天，我忍不住去了二奶奶家，想看看这个地主婆到底在干什么呢。二奶奶家的房子还是原来的土坯屋，烟熏火烤，像她的人一样皱皱巴巴的，黑得像个烧砖的窑。她一个人根本没有能力翻修房子，她也没有心思翻修。她现在活着的意义，就像落在她家房子里的尘埃，落一层，就厚了一层。我走进二奶奶的屋子里，就像踩在这些尘埃里，需要小心翼翼，才能一层一层地走近现实的二奶奶跟前。

二奶奶坐在同样黑乎乎的炕上，她对我的到来一点都不觉得惊奇，几天不见，她似乎不认识我是谁了，她看了看我，像对待一个陌生人似的。

我问了二奶奶，她现在准备怎么办？她用干枯的眼睛望着我，好像听不明白我说的话，我从她的表情上可以看到，她已经对不久前发生的一切不甚清楚了。我可以猜想得出，二奶奶现在可能已经搞清楚了，就算她和二爷爷离了婚，温柔也不可能再回来了。她在这件事上，只是不顾一切地给自己编织了一个梦想罢了。现在，梦想破灭了，她又回到了她地主婆的位置上，尽管她已经对自己所做的一切记不清楚了。

我突然产生了一个想法，这个时候，假如二奶奶能殁了，如果妹妹温柔能再回来的话，她就可以直接回我们家了。


十多年后，我报名参军，到县医院去做体检。我去的太早，我们乡下的青年要等到下午才能轮上体检。那天下着秋雨，我没处可去，便打听到我的一个同学在医院里工作，就去找到了她。她是医院的资料员，把我带到她所在的资料室里，叫我在那里等着，她忙着去开会了。我一个人坐在医院的资料室里无所事事，就顺手抽了几本墙角的病历翻看着打发时间。快到中午时，我突然翻到了十几年前的一个病人的病历，这个病人名叫程敏丽，女，两周岁，患非传染性肝炎。病历一栏清楚地写着：延误诊治时机，病原体严重扩散。处理结果：死亡。

日期：1976年10月8日。

我的眼泪喷涌而出，过去了这么多年，我已经记不起妹妹温柔的模样了，妹妹夭折的事实使我心如刀绞，我痛哭出声，双手颤抖着把那张病历撕下来，小心翼翼地装在了贴身的口袋里。直到现在，我还保存着那张病历。我没有把妹妹温柔夭折的事告诉任何人，包括我的父母和兄妹。

# 嫁　女

这晚，男人手气好，总算和了两把牌，把输掉的收了回来，他推说这几天没休息好，要回家睡觉。男人认为没输钱不用看老婆的脸色，心里坦荡了许多。可没想到，都后半夜了，老婆却一直没睡，靠在她自个儿的床头等着他呢。

男人一看不正常，往常甭说女人等他，看到他就像见股风似的，把他当隐形人，今儿个不大对劲，女人一直盯着他。男人躲到女人的视线之外，在柜子后面脱掉鞋，想先下手为强，便撑出一份轻松跟女人说，今儿个运气来啦，赢了几个。

女人对男人的这种话不感兴趣。她对男人也不抱任何希望，如果不是顾及到他们有个女儿，早就跟他离婚了。这些年来，男人倒腾过各种事情，做过生意，赔了；买了辆电动三轮车去拉客，一个礼拜不到，就撞到路边的石基，翻过两回车，有一回还把一个行人撞倒，赔了人家一千多块钱医药费；帮别人去推销酒，结果连砸掉带他自己喝，两千多块钱的货，他垫进去五百多；最后去建筑工地打工，干了三个月，一分工钱没要来，还让工头连吆喝带驱赶把他赶出工地，如果不是腿长跑得快，连打都挨了。男人做什么都挣不到钱，就算女人不说，他的心性也懒了，关键是他对生活失去了信心，一来二去，被一帮老弱病残勾引着去打麻将，小赌一点，很快就上了瘾。不久，家里的事他都懒得管了，除过打牌，什么事都提不起他的精神。女人不怪男人赚不到钱，他是尽了力的，工厂倒闭怪不得他，这个年龄段想重新找到工作比登天还难。男人破罐子破摔倒也罢了，但他迷上麻将却叫女人受不了。甭看麻将就那么一堆方块，摞起来却变成了妖媚的狐狸精，抽了男人的骨，吸了男人的精髓。女人恨死了打麻将，起初还劝男人，劝不动就跟他吵，不给他做饭，不给他开门，还和他分开床睡。最根本的，不给他一分钱，想断了男人财路，叫他没法玩。但男人有的是应对办法，先去亲戚朋友那里借钱，后来借不到了，就在那帮牌友中借，他们相互间都欠着债，看上去像神仙过的日子，谁都不愁，整天乐呵呵的。为了玩，男人什么招都使出来了，有次刚过完年，男人把女儿的五十块压岁钱哄到手去打牌，女人知道后赶紧追过去，女儿的压岁钱已变成别人的了，女人的这口气出不来，当着那帮牌友的面，吐了男人一脸唾沫。男人一点都不觉得难堪，擦去唾沫继续码牌。倒像是女人给自己找事，弄得她心里越发不顺畅。后来她索性不管了，也管不了，该用的招数都用尽了，她无能为力。慢慢地，女人对男人心灰意冷，很少主动与男人说话，男人跟她说什么，她也当没听见。

这天夜里，女人等这么晚，就是要告诉男人，有人给女儿提亲了。

男人从柜子背后出来，手里提着一只拖鞋一只皮鞋，望着女人说，家是哪儿的，小伙子怎么样？

女人告诉了男人给女儿提亲的事，再不理会男人的问话，身子滑下去，拉过被子蒙住脸，睡了。

男人习惯了女人的这种态度，愣站了好一阵。他太想知道给女儿提亲的具体情况，这是大事，不能不明不白，便扔下鞋，一只脚皮鞋一只脚拖鞋地冲到床跟前，想掀开女人的被子。可是，他的手慢慢地缩了回来。他不想自讨没趣。在床前站了一会儿，男人想了很多，什么心思都有了，就是没大声质问老婆的勇气。他的勇气前几年就叫女人给熄灭了。吃不上热饭菜，睡不上热乎被窝，更看不到好脸色，这个家除了还是他的窝外，他什么都没了。他只能在麻将中寻求生

活的乐趣。曾经有那么几回，男人也不想打麻将了，想跟女人好好过日子，可女人不给他机会，男人就像一件过气的衣服，扔掉舍不得，但她不会再穿了。女人经常就当男人不存在。漠视就是一种遗弃。在与女人的较量中，男人是失败的。女人一旦对男人失去信心，用什么招都挽不回的。

屋里静得只有男人的呼吸声。女人肯定知道男人站在她的床跟前，她仍拿被子蒙着头，被子下面其实起伏如波浪，可看在男人眼里，却只有平静。他心想女人怎么会这么平静呢？男人受不了女人的平静，最后只好恳求道，你总得叫我知道女儿嫁给谁吧，我是孩子的父亲呢。

女人忽地扯开被子，满面怒容，可她竟然压住了火气，轻描淡写地说，小伙子的腿得过小儿麻痹，一条腿是个摆设，家在郊区……

够了！男人忍不住了，他打断女人，叫道，我不同意！

他们的女儿脑子有点问题，小时候看不出来，只觉得反应比别的孩子慢，开始还以为是孩子性子慢，也没在意，性子慢点就慢点，不急的孩子才显稳重呢。到了上学时，才知道是智力有障碍，去医院检查，这种先天性智力，医生一句"无药可治"就把他们打发了。当时，男人和女人都不甘心，又去了好几家大医院，民间的偏方也搞到不少，可没一样能把女儿的智力提高的。女儿念了四年一年级，除了给越来越小的同学当陪读，没别的起色，只好回家待着，十来岁的孩子什么事也干不了，整天守在电视机旁，不是被剧情吸引，而是喜欢电视里来来回回变幻的画面，她一边吃着零食，一边看电视，身体跟气球似的，膨胀得越来越不像正常人的体型。并且，女儿脸上有了蠢像，越长越没了人样。

不知不觉间，女儿长大了，虽比常人愚笨，却听话，男人不在家时，能帮女人做家务活，慢慢地学会了做饭，虽然做得不够好，但也能吃，更重要的，她懂得心疼父亲。男人被女人冷落，不给他留饭吃，女儿会偷偷地给父亲藏几个馒头，背着女人递给父亲时也不说话，只用目光安慰父亲。好多次，男人被女儿的这种目光感染得泪水涟涟。要说男人还有一点牵挂的话，就是他的这个傻女儿了。

可是，这样的女儿成了男人和女人共同的一块心病。如今，终于有人上门来提亲了，对方家在郊区，男人不会计较，可小伙子的腿脚不灵便，男人就不能不忌讳了。

女人对男人反常的态度有点惊讶，她撩起眼皮瞅了男人一眼，他气呼呼的样子让她的心里略微动了一下。但她还是冷笑道，根本就没想着叫你同意，只是告诉你一声。

你……男人瞪圆眼珠，望着女人。女人不屑的样子激起了他内心的愤怒。可是，他根本没有发泄愤怒的机会，女人说完这话，扯过被子转过身睡了。

男人的愤怒叫女人冰冷的态度给冻结了。他想发的火还没燃烧起来就叫女人轻轻吹出一口气，"扑哧"一声，灭了。这些年，女人的态度很明确，还把男人当家人，但没把他当男人！

男人的自知之明还是有的，他早习惯了女人的冷淡，但这次事关女儿终身大事，他一时无法适应被排除了作为父亲的角色。站了半天，他在女人轻微的鼾声中默默走出屋子。

他们住的还是胡同深处的老平房，有个小院子。屋外月光如练，皎洁得有点不真实，男人仰头望着澄清的夜空中银盘一样亮堂的月亮，这样的月亮其实很多个夜晚都有的，只是他从没在意过，他的心里只有堆在桌上那一堆水光溜滑的麻将，那才是他生活的全部。可是这会儿，在寂静的月光下，他第一次把那些牌放在了脑后，女儿已经长到谈婚论嫁的事实，搅得男人的心里乱极了，他顺着院墙坐下，靠在墙根，在水一样温柔流淌的月光下，坐到了天亮。

这一夜，男人下定了决心，不能叫老婆做这个主，他是女儿的父亲，有权力决定女儿的终身大事。无论如何，不能把女儿嫁给一个瘸子。他绝不让步。女儿有问题，再嫁个有问题的丈夫，以后的日子怎么过呀？

第二天，男人没早早地出去打牌。一夜的煎熬，熬出了他作为父亲的所有温情，一种捍卫女儿幸福的决心激荡着他，既然老婆不愿听他的意见，那他就坐在家里等那个提亲的人上门，他要当面替女儿回绝。这提的是哪门子亲，简直是

侮辱人，女儿有点智障没错，可也只是比常人傻一点而已，生活全能自理，手脚都正常嘛。

可是，提亲的人没来，接下来几天都没上门。男人等得不耐烦，牌友叫过好多次，他不好意思回绝，问提亲的人是谁，女人只拿白眼瞧他，从不回答，他急得不知怎么办才好，还是女儿偷偷地告诉他，妈妈拒绝了上次来给她提亲的那个人，并且叫人家以后不要再操这个心。

男人心里一震，老婆没犯糊涂，看来她那招是针对他的！幸亏他没昏头，不然，老婆就把他恨死了。沉闷了几天的心情一下子好了起来，他在女儿胖乎乎的脸上摸了摸，笑道，你妈做得对，爸也是这个意思。

女儿的胖脸立马耷拉下来，委屈地说，那我怎么办，你们不叫我当新娘子啊？

谁说她脑子不好使，心里明镜似的，她也是少女啊，转过年都二十一岁了，身体发育正常，情窦早开了。男人心里一酸，泪水滚到脸上，他赶紧抹掉，对女儿说，你放心，爸妈一定给你找个好人家，嫁个正常的男人，叫你做上新娘！

女儿脸上一下阳光普照，她急急地问道，哪天？明天，还是后天？

——下雪的时候！

女儿仰头望着天，那——什么时候才会下雪呢？

气候变暖，好几年都没下雪了。男人心里踏实下来，顾不上女儿伸手左算右算下雪的日子，他急着去赶牌局了。什么时候下雪，他哪管得了？不过，再打牌闲聊时，想起女儿的委屈来，男人多了个心眼，叫牌友们帮着打听打听，有没合适的小伙，给自己女儿介绍一个。

牌友们哼哼哈哈，有的背过身撇嘴，有的做鬼脸，谁也没把男人的话当回事。这种事，可遇而不可求，何况一个智力有问题的姑娘，慢慢地，男人自己也把这事搁到了脑后。

可是，女人是上心的，她一直没停止打探，能走动的亲戚全去嘱托人家，好话，可怜话，央求的话说了一大堆，求得人家同情。人心都是肉长的，被托付过的亲戚友人心里装上了这个事，开始留意哪家有合适的人选。很快，不是这个亲戚，就是那个友人捎话来，这里有个光棍，那里有个离婚的男子，不是光棍身体残疾，就是离婚的男子拖累太大，反正，都属于不是这里有个坑，就是那里有个疤的人，没一个叫人心里舒服的。这样的信息多了，女人很生气，又不能对那些好心人甩脸子，只能把心里的怨气撒到自己男人身上。

男人知道女人心里不痛快，可不痛快又怎样？他也没法给女儿寻个好人家啊。其实说白了，好人家谁又看得上他的女儿？女人不屑跟男人正面交火，用的是剑走偏锋的招数，男人想挑事端都找不出碴儿，不得不忍受着女人指桑骂槐。那一阵，男人心里窝火，又不想被女儿的事纠缠，心里烦躁，牌桌上就显露出来了，手气不好，输了就推倒牌不想打了。

男人心里窝着火发不出来，有天晚饭后准备出门时，男人看到女儿站在院子，仰头望着天，面对清冽的月亮，伸出双手轻轻叫着，快下雪快下雪吧！

女儿的叫声像把利刃，刺到了男人的心上，他收住脚，没了一点打牌的心思，站在那儿发起呆。

月光似水一般，泼洒到地上，湿乎乎的，冒着蒸汽似的。男人的眼睛被蒸汽熏得通红。

院外拙劣的鸟叫声，一声紧似一声，急促得快要连成一条线了。这是牌友给男人发出的信号，早过了约定的时间，他们等不及，又不好进门来叫，就用暗号催促他。

男人没心思，牌友呼唤得焦急，他咬咬牙，还是去了。牌桌上，男人提不起精神，他脑子净是女儿望着月亮盼下雪的样子，几次都出错牌放了和。有次刚抓起牌，他突然推倒，气恨恨地说，不打啦不打啦，烦死人呢。

牌桌上最忌讳打到兴头突然有人撤出，三缺一多扫兴。牌友劝说来劝说去，男人还是闷头不语，直到有个牌友当场答应，替他解决这个难题。

没啥大不了的，只有娶不到妻的汉，没有嫁不出去的女。

过了几天，牌友竟然提了一门亲事。这次不但是个小伙，身体没任何残疾，而且长的也说得过去。只是，他的情况很差，家在郊区的郊区，正儿八经的农村，小伙从小没了父母，由他的两个姐姐抚养大，家里倒是有两间房，不过是土坯房，有些年头了，被烟熏得黑乎乎的，看上去比砖头还要结实。这个家也太穷了，用"家徒四壁"来形容一点都不过分，要什么没什么，连个能坐的板凳几乎都没有。放在土改时期，准能评个好成分，光荣，可在眼下，太寒碜人了。

见过小伙子的面，相过家。男人心犹不甘，想想，这小伙子四肢健全，也没啥负担，可显见也没太大能力把日子过好，要不然，能到这个地步？可是，女人的想法却不一样，她的眼里只看见人，小伙子长得精神，不呆不傻，她心里很满意，这是给女儿找对象，又不是找家境，家境好的谁乐意娶自己的女儿？还在人家院子里，女人就两眼发光，与男人也不商量，当场拍板：就这个了。

这是女儿的命。男人勉强同意了这桩婚事，并且配合女人说了不少有希望的话。

这次，男人总算占了一回上风头，回到家，女人正眼看他了，开始与他商谈嫁女的事。这是女人这几年主动跟男人说话最多的一次，女儿的大事解决了，女人心里畅快了。男人的不甘慢慢淡了，他在心里还做起美梦，通过这事，女人可能会不计前嫌，与他重修旧好，忙过这阵，说不定能搬到一个床上睡呢。男人心里开始痒了。


婚期定在一个月后，两头都忙乎起来，得下彩礼，准备嫁妆，布置新房。

下彩礼时，小伙子一穷二白，啥都拿不出来。当了媒人的牌友给男人说，情况你都清楚，要不，彩礼就免了吧。

这几年，男人什么都可以不在乎，但钱财他得在乎。可话到嘴边，他又吞咽了回去，变成回家跟女人商量一下再说。女人听了男人的话，半晌没动静，过了好久，竟然泪流满面地做出决定：办嫁妆的钱财就算了，但礼数不能没有！他家再穷，这个礼数得凑，别看就几床被面、几条枕巾，可我是嫁女儿，不能叫旁人看了笑话。

男人一脸苦相，想想未来女婿的那个家境，就是他想给丈人家万儿八千办嫁妆的彩礼，他也得有啊。男人不再说什么。

女人又说，我拿钱给他办这份礼，但是，他家的新房啊、迎亲啊、酒席啊，得他的两个姐姐帮着操心，他是娶媳妇呢，总不能啥事都不管，都靠我吧！女人说着，哀怨地瞅了男人一眼。

女人原来是街道小厂的，早就没了工作，没来钱的路子，早些年男人还有一份固定收入的时候，在女人的操持下，家里还有几个积蓄，后来那些钱都叫男人打牌折腾光了。这几年，男人没往家拿过一分钱，女人有女儿拖累着，不能走远，给胡同口的一家饭馆洗盘子、择菜，也攒不下几个钱。

女人愁得头发白了不少，她希望这个时候男人能回过头，不再去打牌，帮她想想办法，把女儿体面地嫁出去。

男人的想法跟女人不一样，他觉得女人嘱托了那么多人，给女儿找的都是些歪瓜裂枣，最后，是他托人给女儿找到这个正常女婿的，余下的事就跟他没啥关系了，总不能什么事都叫他操心吧。男人自恃在女儿的婚事上立下大功，在家里吃上几顿热乎饭，不受白眼了，腰板也挺了起来，对女儿的婚事几乎不怎么过问，依然迷恋着牌局，回来晚了，也不像以前那样缩手缩脚，甚至进屋还要咳嗽两声，敢打开灯了。

没想到，女儿的脑子在结婚这件事上比正常人还要正常，办嫁妆时，她的想法很多，去过几次男方家，看着刷白的屋子缺东少西，女儿这儿看看，那儿摸摸，给母亲提出了自己的设想：这里得摆个电视机，要比家里的大，不能小，那儿放个能唱歌的DVD……

女人对女儿的要求一一答应下来。难得女儿有这样的心思，这叫男方看来，她的女儿是正常人，是懂得生活的，这样，对结婚这种大事，就不会有敷衍的意思了。如果女儿是个正常人，女人绝对不会答应这些要求的，所谓量力而行，她没有能力去办的事叫她怎么答应？可是，偏偏女儿就是这样的一个女儿，女人不忍心，不愿看到女儿不开心，所以，别人嫁女儿办得起的嫁妆，她也办得起。为了这个办得起，女人走遍了娘家、亲戚家，好听的话、可怜的话说了一大堆，东拼西凑，隔几天凑够了买电视机的钱，再隔几天才买回来DVD。到最后，女人像榨尽的油渣，干得成粉末了。

婚期临近，男方预定了一辆大轿车，说两家离得远，还得走一段乡间土路，小轿车不方便，一辆也坐不下几个人，得租好几辆。

说白了，是没钱租小轿车。女人心里很不舒服，却没当面责怪女婿，但两行泪水涌了出来，顺着脸颊往下爬。

女婿是个老实巴交的农村小伙，脸憋得通红，对岳母结巴道，我大姐给我刷的房子，二姐做的床和柜子……她们的家境也好不到那儿去……

女人含泪点点头，但她心里没法平静下来，她发愁怎么给女儿说。女儿早就盼着迎娶她的那个小车队伍呢，天天在念叨，到时她要亲手给每个小车挂满彩色气球和拉花，把每个车都打扮得漂漂亮亮。

再有几天就出嫁了，女儿异常兴奋，围着那几件嫁妆，摸摸这，摸摸那。没人时，她还哼唱几句曲子，记不住词，乱串一气，完全沉浸在自己的喜悦之中。

女人看到女儿一副欢天喜地的样子，不忍心给她说租车的事，心里难受得一个人偷偷地哭。想想自己这段日子到处求人借钱给女儿筹备嫁妆，男人不但不出一点力气，早出晚归去打麻将，一副万事大吉的逍遥样，好像他把女儿的亲事搞定，就把整个世界都搞定了一样。女人越想越心酸，越想越来气，这晚等男人回来，咬咬牙，将女婿租车的事告诉他。

男人的眉头皱了起来，半天不吭气。女人就知道男人连个屁也放不出来，鄙视地说，女婿是你托人找的，你有功劳，可婚事都是我一人在忙乎，这次，还是你给女儿去说吧。

男人见女人说得这么坚定，他愁坏了，一夜没睡着，第二天也不急急地去打麻将了，两眼红红地看着女儿。一旦女儿的目光望过来，男人又赶紧躲避开。

女儿的心思都在准备做新娘上，在屋里像只快乐的蝴蝶，从这边飞到那边，或趴在那些装嫁妆的盒箱上，一副无限神往的样子。望着女儿欢快的背影，男人开不了口。最后，他还是出门了。

晚上，男人回到家，没等女人发火，他递上一百二十块钱，把女人的愤怒堵了回去。男人说，给，用这钱租小车吧。

在女人疑惑的目光里，男人自顾去厨房吃了几口剩饭，早早地回屋睡下了。

女人也没问钱是从哪来的，她找人算计了一下，给男人说，这点钱只能租到一辆半小车，离迎亲车队还差一大截。女人望着男人愁苦的脸，心想，该你尝尝愁苦的滋味了。

男人不知从哪儿想的办法，接连几天，他陆续交给女人四五百块钱。

租车的事终于解决了，女人长舒了一口气，心里的负担终于卸下了。

女儿出嫁的前一天，女人检查每个细节时发现，前阵子暴雨，院子外面的胡同口下水道堵塞，有人挖了一道沟应急排水，雨停后没人管了，到现在也没填上。这可不行，迎亲的小车开不进来，停在胡同口显示不出是自家租的小车。女人本想给男人说一声的，见他一大早又去打麻将了，给他说了也靠不住，女人便借来一把铁锹去填埋渠沟。从渠沟挖出的土早就给水冲走了，找不到沙土填埋，女人东边一锹土西边一锹沙地忙乎了半天，也没把渠沟填上。这时，女儿跑来叫女人回家接电话。还以为是啥急事呢，电话是男人的那些牌友打来的，说她男人突然晕过去了，让她赶紧过去。

女人气不打一处来，但还是和女儿去了他们打麻将的地方，只见桌子、地上到处是麻将牌，牌友将男人抬到桌子上，已经掐人中救醒了。

男人的脸色异常惨白，眼神飘移不定。女人不理那些牌友，没好气地问男人怎么啦，男人不回答，只是眼里像初春的草地，不停地往外渗水。女儿吓坏了，哭了起来，胖脸上挂满了泪水。女人瞪了女儿一眼，拉起男人，叫他回家。男人被女人和女儿扶下地，腿一软，坐在了地上。再往起拉，沉得像一袋沙土。

女人很生气，在众人面前不好发火，狠狠地掐男人的胳膊。男人疼得抖动

着嘴唇，虚弱地说，你别掐了，好吗？

女人望着别处，没有说话。

男人说，我身子里没多少血了……

女儿傻傻地问道，爸，你的血去哪儿啦？

男人抚摸了一下女儿胖嘟嘟的脸，说，血给我女儿换高兴去了……

女人的心颤了一下，惊诧地望着男人。男人的脸在昏暗的日光下，白得像一张纸。

女人垂下头，低声对女儿说，走，扶你爸回家，我还要去填胡同口的那条渠沟呢。

# 回门礼

　　结婚第三天，母亲带着小婶子、姑、姨几个女长辈来看望艾娅。女儿出嫁时，一般都是男长辈送亲，女长辈只能等三天后看望。三天后，来看望不再是自家那个单纯的小闺女，已变成人家的媳妇了，心里千头万绪，总得有个表达的方式，像离别了许久，抱在一起哭哭啼啼是免不了的。哭罢，艾娅把嘴贴在母亲耳跟小声说："妈，你带我走吧，我要回咱家！"

　　二十八年前，母亲刚出嫁也说过这话，但那是她跟自个母亲撒娇，其实心里不是这样想的。母亲嗔了女儿一眼，没把女儿的话当回事。她是过来人。

　　艾娅的头上依然别着粉红色的假花，穿着结婚那天的红袄。红袄颜色鲜亮，质地细腻，跟艾娅粉红白嫩的脸色十分相衬。小婶子端详着侄女，啧啧道："看我家艾娅，镇街上今年结婚的新娘子当中，没人比得过你吧。"艾娅抿着嘴笑笑，迅速看了一眼男人雷吉尔。

　　雷吉尔的眼神一刻也没离开过艾娅，听到小婶子的话，他脸上的笑意越发浓厚。艾娅没接小婶子的话，双手端碗糖水递给小婶子，眼睛却扫了下笑意融融的母亲。

　　把艾娅嫁到镇街，是母亲的最大心愿，现在如愿以偿，母亲没有因此而松懈，她在打量女儿新房里的摆设，目光里有一丝挑剔，却面带微笑，眉眼间的皱纹喜悦得挤成一疙瘩。新房里的物品都是按母亲的意思摆放的，女儿结婚前，母亲不知验收过多少次，可她还是看出了一些微小的变化：蒙在被垛上的大红纱巾叠起来扔在枕头边，桌上的台灯移到了床头柜上。在婶子、姑姨们面前，母亲只是拿眼轻挑了女儿一下，没有责怪，装作无意地把台灯放回桌上，将大红纱巾展开蒙在被垛上，像拈掉衣服上的一根头发一样随意。

艾娅把这一切看在眼里，给母亲递糖水时，母亲瞪了她一眼，她对母亲的挑剔不以为然，刚叫了声妈，就被母亲打断了："你婶子你姑你姨都走累啦，还不快请她们上炕歇歇。炕烧热乎了吧。"说着，伸手在被窝里试试，顺手抚平被角上的一丝皱褶。

新女婿雷吉尔很有眼色，女人们上炕要说话了，他杵在那里实属多余，就说去饭店看看昨天就订的饭菜，抽身走了。

小婶子瞅瞅门口，这才问艾娅："做了三天新娘子，有啥感受？你男人欺负你没？他要是不讲道理，你可告诉婶子，看婶子不收拾他！"

艾娅的脸红到了耳根，低头绞着手指不说话。小婶子不依不饶："瞧瞧，瞧瞧，这就害羞啦，还是不敢说？艾娅可是咱家的宝贝呢，要是受了委屈，我和你妈你姑你姨就是来给自家闺女出气的，你现在不说，过了今儿，要受了男人的气，我们可就不好说啦。"

小婶子说完，折回头冲艾娅的姑、姨眨眨眼。姑啊姨几个脸上漾着笑意，却不说话。

这本是句客套话，是看望过门闺女的取笑话，也是长辈与晚辈间的亲昵和融洽，一般新娘都羞于这个话题，闭口不语，或含羞闪过。可艾娅的眼圈却红了，突然间抬起头，对小婶子说："婶子，你真的能为我出口气啊？"

"艾娅！"母亲及时地喊了一声，打断女儿说道："我们走了半天的路，肚子早饿啦。"

艾娅说："雷吉尔不是去饭店看了嘛，那边准备好了他会来叫我们的。"

母亲哧溜下炕，趿上鞋，拉上女儿往外走："是哪个饭店，你带我去看看，顺便呢，有不对口味的菜再换换。要是好了，就早点吃，看这天阴的，说不定午后会下雪呢。"

小婶子等人随了母亲的话，凑到窗口往外看。天确实有些阴沉，风寒寒地从枝头上刮过，光秃秃的树枝随风摇动。姨和姑都附和道："就是，看这天，来的时候还恁大的太阳，咋说变就变了呢。"

到了屋外，母亲还没责怪艾娅不懂事，艾娅倒抢先道："妈，我要跟你回去！"

母亲眉眼间的皱纹立马竖起，紧张地看了看前后左右，压低嗓门说："有个意思就行啦，你还当真啊？"

艾娅的腔调变了，带着哭音道："我是当真的，你看看，雷家穷得叮当响，要啥没啥，过了年，雷吉尔又得去外地打工，那时剩下我一人，在这个要啥没啥的镇街住着有啥意思！"

没结婚前，艾娅一直听母亲唠叨，嫁到镇街，比乡下风光，镇街那可是街啊，人来车往，小日子可不老美了。艾娅也是这个心理，在乡下待久了，走过来走过去，一年四季就那么几种样子，庄稼绿了、黄了、收了、秃了，地里什么都没了，来年开春，从头又来一遍。那条通往村外的土路偶尔过个车子，腾起满天尘土，呛得人半天缓不过气来，没法和镇街的水泥马路比。嫁到镇街就不一样了，整天热热闹闹，有看不够的人，听不完的吵闹，生活特别方便，菜炒在锅里要是没了盐，立马出门去买，也耽搁不了炒菜。可是，镇街再好，也就十字交叉那么两条短街，再多的人来来回回也就那么些人，靠着这两条街，能活得自自在在、衣食无忧的，能有几人？很多人照样得出去打工养家。生活得靠钱支撑，没钱只能眼睁睁地看别人过好日子。

母亲揽住女儿的一条胳膊，轻轻拍打着道："你给我听着，不准瞎说，也不准胡来，你刚结婚，日子还长着呢。要知道，你在镇街上住着，就高别人一等。人活着图啥，吃呀喝的在哪不都一样？为啥还要往热闹地方钻？不就图个跟

人不一样嘛。穷有啥大不了的，我和你爸又没死！今儿这顿饭是我叫你们在饭店订的，算我的，给你二百块钱，够了吧。"

艾娅嘟着嘴，还想说啥，母亲一挥手："行啦，啥都甭说，是哪个饭店？你快过去看看，我去把你婶子她们叫来，早点吃早完事。"

吃过午饭，小婶子想在镇街上逛逛，艾娅本想介绍一下年前这阵子服装市场的情况，见母亲板着脸，没敢开口。母亲用天阴会下雪为由，硬拉着小婶子她们早早地回去了。

快过年了，镇街上喜气洋洋，红对联、红被面、红床单搭挂得满街都是，商家为招揽顾客，扩音器开到最大，不是放流行歌曲，就是声嘶力竭地兜售商品，把自家的货物标为全镇街最便宜的，给人感觉要过年了，东西都不要钱似的。其实大家都知道，这时节正是商品最贵的，说便宜，不过是一种心理战术罢了，谁不希望自己买的东西又好又便宜呢。这个时候，镇街就像个容器，被采购年货的人填得满满当当，大家在喧腾的街道上挑选各自需要的东西，挤来挤去，看上去，每个人都很享受这种拥挤和喧嚣似的。这就是镇街的生活，真实，热闹，其乐融融。

婚后第一个新年回娘家叫回门，礼物必不可少。礼物一般是当地产的好酒两瓶，当地最好的烟两条，这是孝敬老丈人的；给丈母娘得买双鞋，外带一只大肥羊，足够她老人家操办全家人过年的吃食。镇街上的人会精打细算，雷吉尔早早地去每个批发部问过价钱，计算哪家最便宜，得花多少钱，他才把每个批发部或者市场的差价告诉艾娅，要她拿主意。回门是新媳妇的大事，拿什么礼撑什么门面，雷吉尔轻易不做这个主。

艾娅对雷吉尔算计的详细价格无动于衷。

雷吉尔急了，眼看再有几天就过年了，礼物还没备下，烟酒好办，大年初一也能买到。可肥羊就不好办了，交易市场过年停开，总不能上养羊的人家里去买吧，就算能买到，大过年的上哪儿找屠夫宰杀？

这晚，雷吉尔催促得急了，艾娅却一点都不急，心平气和地说："你只管把钱准备好，回门的礼物我还真没考虑好呢。"

"这有啥考虑的，"雷吉尔说，"我们又不傻，谁不知道第一次回门该带啥礼物啊。"

艾娅静静地望着丈夫，过了半晌，扑哧一声笑了："我看你就傻哩。不跟你说了，告诉我，你到底能借到多少钱？"

提到钱，雷吉尔叹口气，挠起了头，挠了两肩头皮屑，才缓缓地说："你放心，我已把置办礼物的钱备够啦，连带过年的，总不能你刚过门，叫你没法过年吧。"

艾娅平静地说："是吧，那我现在就告诉你，我要办的礼跟以往人家的都不一样！粗略算了一下，最少得五千块才能办下这份回门礼……"

"五千？"雷吉尔惊叫道，"我上哪儿去借五千块钱呀？办婚礼借了不少，现在找谁去？谁家不得过年啊！再说，不就回个门吗，有必要花那么多？跟别人家一样又咋啦，也不是啥了不得的事。咱家的情况你不是不知道，摆那个谱能当吃当喝？"

艾娅淡定地一笑，说道："我有我的打算，你按我说的去找钱就是了。"

五千块钱办回门礼，以后还要不要过日子？这女人不要命了。雷吉尔气得呼哧呼哧的，没好气地说："我没地方去找了，有本事你自己去！"

艾娅望着男人好久，慢悠悠地说道："你个大男人，我没嫌你没本事挣钱，倒连借钱的本事都没了？"

雷吉尔苦着脸说："都借得差不多了，镇街就这么大，亲戚就那么多，谁家窝着大把的钱借给你呀！"

艾娅懒得听雷吉尔诉苦，抱起一床被子扔到沙发上，说："找不到钱，你就睡沙发吧，我的炕上不要你！"

雷吉尔在沙发上睡不着，扛不住冷，也扛不住身体里的欲望，几次涎着脸要回炕上，半个身子刚挨上热炕，就被艾娅推了下去。第二天，雷吉尔四处去借

钱了。结婚时，把能借的亲戚友人都借过了，现在再去借，实在不好开口。也不知雷吉尔找的谁，他在沙发上又煎熬了一夜，第三天傍晚把五千块钱交到了艾娅手里。艾娅捏着一沓钱，眼里没一丝欣喜的亮光，回过身搂住丈夫的腰，头埋进他怀里哽咽道："真难为你了，别心疼钱，其实，这都是为了你，也为了咱们今后的日子。"

雷吉尔想说什么，可看到艾娅泪汪汪的模样，话到嘴边又咽了回去，抱起她扔到炕上。艾娅被摔疼了，拧了男人一把："死鬼，天还没黑透呢。"雷吉尔哪听得进去，掩上门跳上炕忙乎起来。艾娅也很配合，边脱衣服边说，"你就不能省着点，有了今天，明天不过啦？"

雷吉尔边喘边说："再有几天就过年了，过完年我去了外地，还不得干熬，你偏要浪费咱们在一起的这几天。"

艾娅知道，雷吉尔是在怨恨睡了两天沙发，少了两天夫妻间的乐趣呢。她心里热腾腾的，身子也柔软得像水，都要漾荡起来了。她偎进男人怀里，脸贴在他的胸口，轻声说："我不要你去外地打工，要你在家里守着我！"

雷吉尔已听不清艾娅的话了，或者听到了，也顾不上回答，他抓紧时间忙自己的，别的，在这个时候都不重要。

艾娅揣上五千块钱，不去镇街的任何商铺，而是去了趟县城，买回两瓶"茅台"酒、两条"中华"烟。镇街的批发部里没有这两样东西，有也卖不出去。然后，艾娅在镇街的服装市场转了几个来回，花了二百八十块钱，给父亲买了件"鸭鸭"羽绒服，这牌子、款式她在县城问过，得三百五十块钱，足足省下了七十块。嫁过来才几天，艾娅就像镇街上的人一样精明了。在西街的银匠铺打算给母亲买手镯时，艾娅迟迟拿不定主意，想回去听听男人的意见，想想这几天他有点阴阳怪气，找他等于触霉头，还是算了吧，反正主意是她出的，钱是她让借的，礼物也得她划算着买，就索性一人担当到底。艾娅比画来比画去，选中了一副比小婶子腕上戴的要宽要厚的银手镯，价钱也高出两百多块钱。往出掏钱时，艾娅的心跟虫子咬了一口似的，疼得抽搐了一下，但很快就妥帖起来，好像被挠了一下痒痒，不过是开头挠得重了些，快了些。母亲早就念叨小婶子有副银手镯，总怕人不知道，喜欢撸袖子不说，动不动还跟人抱怨戴镯子碍手碍脚的，真不知当时怎么就鬼迷心窍，买下这多余的物什。其实，小婶子是在炫耀呢。母亲从没说要买，说这话时脸上的表情也是对小婶子炫耀的不屑。可艾娅把母亲的念叨放在了心里，趁这次回门，得圆母亲的梦想。买下银手镯，路过一家时装店时，经不住诱惑，艾娅进去揣摸了半天，给还在上学的妹妹买了一双红色的高腰皮靴，一件低腰牛仔裤，韩版的，都是妹妹梦寐以求的东西。临了，她在心里掂量了好久，给自己男人买了一条"雪莲"烟，是当地最好的，回家交给男人说："这是给你的，男人嘛，身上有股烟味才像个男人。"

雷吉尔随手把烟扔到炕上，望着一大堆红红绿绿的礼物，没好气地说："可相亲时你说过，你不喜欢抽烟的男人，说身上臭烘烘的。"

艾娅推了男人一把："可我现在觉得，男人身上有烟味，才有味道。"

雷吉尔望着别处说："可我已经戒烟啦，不抽了！"

艾娅装作没看出男人的情绪，在他怪里怪气的眼神里，捏着剩下的两千块钱，叫男人和她一起去北街的摩托车市场。

雷吉尔心说女人到底是没当过家的，一点也不懂得持家之道，手里那几个钱可都是借来的，哪由得了性子这样胡花。当即拉长脸说："我不去，我可没闲钱买摩托车骑！"

"谁说要给你买摩托车啦？"艾娅笑道，"是给我爸买，叫你帮着推回来，我一个女人家推不动。"

雷吉尔脸色更不好看，耷拉着眼皮说："……我约好了待会儿去拿羊肉，你还是自己去吧。"

艾娅去摸男人的头，被他一拧身闪开了。艾娅依然笑着，不再勉强，一个人去了。

年前的摩托车市场比较冷清，人们都在忙着办年货，没时间闲逛，摩托车

不是过年必备用品，什么时候买都行，比不得那些年货，都是眼跟前的东西。艾娅在一排排锃亮的摩托车前走来转去，见她只身一人，卖车的以为她要买女式的，卖力地介绍各种牌子的轻骑。艾娅对轻骑不看一眼，专盯着高大结实的摩托车，看到喜欢的，上前摸两把，然后又盯上别的。甭看卖车的小伙年轻，但脑子灵活，有眼色，不再多费唾沫给艾娅陈述那些摩托车的功能了。他问清艾娅的意图，把她带到后面的小院子。

看到一排小摩托卡，艾娅的眼睛亮了。父亲是个骟匠，祖传下来的独门手艺，发不了大财，却能养家糊口。只是父亲常年骑辆老掉牙的自行车跑村串乡，落下一双罗圈腿，走起路来裆里能夹住大西瓜。随着父亲年龄越来越大，骑自行车已有些吃力，要是骑上三轮摩托卡，稳当，后面车厢又能装他的那些家什，再好不过。一问价格，要两千八百块，艾娅的心凉了，但她没放弃争取的机会。围着一辆红色的摩托卡，这儿摸摸那儿拍拍，她不是嫌车厢太高，就是嫌轮胎太低，挑剔来挑剔去，却不还价。小伙子急眼了，问她到底能出多少。艾娅笑笑，摇摇头，走了。小伙在后面追着把价压到两千五，又压到两千三、两千二，说不能再低了。艾娅还是只管走，什么也不说。她心想着还不到时候，知道还有往下压价的余地，但这个余地得自己来说，如果顺着人家的话茬还价，那价肯定还高高在上。小伙子好几天没做成一桩生意了，不想放过这个买主，问艾娅到底能出到多少，说出来，看他能不能接受。

艾娅这才站住，坚定地说道："一千八！"

小伙把头摇得像钟摆，连说赔大了赔大了。艾娅笑了一下，继续走，走得也很坚定。小伙撑不住了，牙疼似的叫道："妹子，别折磨我啦，看在你为父亲尽孝的分上，你推走吧。"

大年初一，祭天祭地。初二，晚辈开始给长辈拜年。

初二一大早，雷吉尔骑着三轮摩托卡，艾娅坐在装满礼物的车厢里，小两口体体面面地回门来了。

村里村外，吸引了一大堆看新媳妇回门的人。小婶子站在人堆后面，远远地望着艾娅娘家门口，不停地撇嘴。

女儿第一次回门是大事，早饭也在娘家吃，父母准备妥饭菜，早早在门外眺望，远远地见一辆摩托卡骑过来，以为是过路的，伸长脖子仍往后面望。摩托卡在他们跟前停住，看到骑在上面的女婿，还有坐在花花绿绿礼物堆里的女儿，父亲脸上还算平静，母亲却大张着嘴，半天说不出话来。

艾娅跳下车，面带微笑，礼貌地一一叫过人堆里的叔伯、婶嫂。艾娅装作看不懂小婶子脸上的不屑，上去拉住她的手，要她一起进家门。父亲母亲也喊这个叫那个，礼让了一番，但没一人跟进来。一家人推着摩托卡进到院子，一件件往下搬礼物时，当着女婿的面，母亲已忍不住，把女儿拉进厨房，悄悄地问怎么回事，这是回门，不是搬家。刚结婚，手头紧，摆这么排场干什么？

艾娅微笑着，不正面回答，掏出一个纸袋塞进母亲手里："妈，放心吧，我是回门，不会长住不走的。"

母亲打开纸袋一看，叫了声"天啦"，见女儿没回应，又叫了声："天啦，你这是干啥，败家啊？"

艾娅说："妈，这是我和你女婿的一点孝心，你戴上试试，这副银手镯比我小婶子的要宽要厚很多呢。"

母亲疑惑地望着女儿，把手镯重收回纸袋，扭头望了望院子的红色摩托卡，还有正在搬礼物的女婿，心里豁然亮堂了，摇着头对女儿说："这么说，摩托卡是给你爸的了？"

艾娅点头道："我爸该丢掉那辆破自行车啦，都多大年纪了，看他的腿骑得成啥啦。"

母亲点起头来，却缓缓地说道："孩子，你给你爸出难题啦，你女婿姓雷不姓艾！祖宗有规矩，艾家的手艺传儿不传女啊。"

艾娅拉下脸，搂住母亲的肩头，说："小婶子的儿子姓艾，你就眼睁睁看着我爸把手艺传给他？"

　　小婶子以前老说艾娅父亲的闲话，说什么生不出儿子，是因为他当骗匠得了报应。现在，小婶子的儿子虽然念到了高中，学习成绩却很一般，考虑到儿子今后的出路，一直盘算着等儿子毕业后跟他大伯学艺，靠手艺混口饭吃，这两年才不乱说闲话了。

　　母亲听女儿这么一说，心里不畅快，脸上写得明明白白。艾娅也不好再说啥，拉着母亲来到正屋。

　　礼物花花绿绿堆了一炕，妹妹高兴地拿着属于她的靴子、牛仔裤边比画，边辨真伪。父亲看了一眼"茅台"酒和"中华"烟，怕烫似的躲开目光，点上一支"雪莲"烟，在桌子、炕上却找不到打火机，手微微发抖。母亲看到老头的样子，心里跟明镜似的，把装银手镯的纸袋扔到炕上，耷拉下脸，不说话，也不理女儿女婿。

　　艾娅不管父母的态度，对自个男人说："还不赶快给咱爸点烟。你也陪爸抽支烟顺口气，我和妹妹去端菜，等会儿你跟爸喝两杯吧。"

　　雷吉尔掏出打火机，双手给丈人点上火，愣了愣，自己也点上一支烟，慢慢地抽了起来。订婚前戒了烟，这几天恢复得有点突然，雷吉尔抽得很别扭，一口气吸进去半截，呛了，咳嗽起来。

　　艾娅把饭菜、碗筷摆放好，拿过一瓶"茅台"就拧瓶盖。父亲叫声"别开"，丢掉手里的烟头，跳起来拦，艾娅已经把酒瓶盖"嚓"的一声拧开了。

　　父亲像被那个开瓶声击中了，叹口气，道："好几百块钱一瓶，喝它糟蹋了。"

　　艾娅把母亲拉过来坐下，说："看我爸说的，女儿女婿孝敬他的，一辈子没喝过，不喝才糟蹋了呢。"边说边给父亲母亲倒酒。

　　母亲捂着酒杯说："我不会喝，从来没喝过，别给我倒。"

　　"这酒得喝，是女儿的回门酒。"艾娅拨开母亲的手，倒了满满一杯，"没喝过不等于不会喝，这是世上最好的酒，喝口尝尝，别活了一辈子，连酒是啥滋味都不知道。"

　　父亲还算给面子，给母亲扬了扬下巴，自个儿端起酒杯一饮而尽。母亲这才端起来小小地抿了一口，辣得直吐气，边吐边说："哎呀，早知这么辣，打死也不喝了，酒都是辣的吗？"

　　父亲脸上的惋惜没了，一脸的平静，好像几百块钱的酒瞬间让他过渡到一种从未有过的状态。这几年，父亲的话越来越少，却喜欢上喝闷酒。他又喝下一杯，才轻轻地说道："对，酒都是辣的，不辣就不是酒了。"

　　见父亲开口了，艾娅给男人使了个眼色。雷吉尔起身去拿炕上的"中华"烟，这下，被父亲及时拦住了："少造点孽吧，'雪莲'就很好啦，平时也难得抽呢。"

　　艾娅笑笑，给男人摆摆手，过来给父亲双手递上一支"雪莲"，又给丈夫递了一支，等他们点上火，她给妹妹夹了片肉，却对自个男人说："雷吉尔，你也喝呀，陪爸多喝几杯，咱爸辛苦了大半辈子，跑村串乡，也没养下陪他喝酒的儿子，这下，你这个女婿可派上用场了啊。"

　　早晨的屋子里寒气比较重，妹妹吃了几口菜，放下筷子跳到炕上暖和去了。不一会儿，母亲推说脚冻，撩了些饭菜，坐到炕上去吃。艾娅也感觉到冷，她站在桌旁却没离开，看着父亲的脸已微微泛红，叫父亲把菜搬到炕上去再喝。父亲不肯："上了炕就想睡觉，人老了，好多事由不得自己，今天是你回门，这种日子，大清早睡着了多不好。"又对艾娅说你去炕上暖暖吧。

　　见父亲不愿上炕，艾娅也不勉强，从礼物堆里拿出"鸭鸭"羽绒服，给父亲披上。羽绒服又轻又暖和，没有老棉衣的厚重，又柔软舒适，只是披在身上，还没穿整齐，那份温暖就像吞进肚里的酒，瞬间散发开来，把父亲有些寒凉的身子烘烤得炙热起来。父亲愣怔了一下，又默默地喝掉一杯酒，也不吃菜。雷吉尔很尽心，老丈人杯子刚刚落下，就给他满上，满上了，父亲端起就喝。

　　母亲捧着碗在炕上吆喝起来："别叫你爸喝啦，醉了可辣心啊。"

　　父亲扯住羽绒服两边把自己裹住，歪过头，大着舌头对母亲说："不懂就别瞎说，酒在胃里，怎么会辣到心？喝你的稀饭吧，今儿个大丫头回门，高兴，

你就别吆喝啦。”说完，仰头又喝下一杯。

雷吉尔没啥酒量，在艾娅的示意和监视下，硬着头皮陪老丈人一杯一杯地喝着。过了一会儿，他就撑不住了，头歪在桌子上要睡。艾娅把男人扶到炕上躺下。炕上热乎，不一会儿，雷吉尔打起了呼噜。

父亲一人又喝下几杯，手抖得连杯子都捏不住，但他不听劝，一个人默默地喝着。到后来，父亲把头缩进羽绒服里，歪在椅背上睡着了。

半下午时，雷吉尔被艾娅叫醒，喝了些茶，渐渐清醒过来。他们该回去了。母亲觉得女儿女婿这样走掉不好，非要喊醒老头说一声。

父亲被叫醒第一句就说：“真是好酒，头一点都不晕，也不疼。”

母亲没好气地回敬道：“真没出息，大丫头要回去了，还不起来送送。”

送到门外，见女儿女婿没骑摩托卡，父亲喊他们回来。艾娅说不骑了，就是送给你的。

父亲喊道：“还是骑上吧，天快黑了。”

艾娅和雷吉尔站在远处，互相看看都不说话。母亲拉了老头一把，小声说道：“孩子们的心思你不明白？”

父亲甩开母亲的手：“我又不是瞎子，这不，叫他们骑摩托卡回去，过完初五再骑回来，我老了，骑不稳当，还指望女婿这半个儿，骑着它和我一起走村串乡哩。”

# 蚊 帐

阿盲将洗净的绷带抱到院子，搜出个头，往那根已经绷不直的铁丝上缠挂。绷带像松懈了的白色弹簧，松松垮垮地绕出一个一个的圈向前伸延，直到铁丝的另一端。铁丝分别缠在两棵碗口粗的槐树上，有些年头了，铁丝勒进树身里，看不见铁丝，留下一道深深的缝隙。树像戴上了刑具，被一把不利索的手术刀拉开粗糙的口子，似两瓣肥嘟嘟的嘴唇大张着口，要是有人愿意倾听，便要诉说它的痛苦。好多次，阿盲都想将铁丝解开，给槐树松松绑，他甚至都寻了老虎钳来，下手要剪时却终没敢动手，他只不过是卫生院一个可有可无的帮手，卫生院里的一切，其实跟他没实际关系。卫生院真正的主人是麦医生，麦医生不开口，阿盲有什么权力？再说，剪断这根铁丝，到哪儿晾晒绷带？这个院子像谢顶的秃子，能拴铁丝的就这两棵槐树，它们逃不脱这个命运。

随它去吧。

这是个多雨的季节，刚刚过去的一场暴雨，将燥热的天空清洗得一尘不染，天蓝得像画片上的一样美丽，看上去遥远又空旷，缺乏了真实感。雨后的阳光清澈透亮，似金色的瀑布从天而降，喷溅到有些发黄的绷带上，晃得眼目酸胀。每次，阿盲晾晒完绷带，都会在槐树下发呆，槐树是静默的，在阳光下闪着

墨绿的光泽。但爬在枝头嚎叫的知了，却是不甘寂寞，跟谁叫板似的拼上了老命，那撕心裂肺的叫声吵得人也绷不住要撕心裂肺了。阿盲把知了声抛在脑后，抚摸着被铁丝勒得变形的树身，觉得这道铁丝并没影响树的正常生长，它依然枝繁叶茂，阴凉满地，只是偶有轻风过往时，从枝叶缝隙掉落的细碎阳光，会摇晃一下，斑驳闪烁。他的心里便也能做到像树荫外的阳光一样坦然。

卫生院不是经常有绷带洗的，没断胳膊断腿的病人，用不着绷带。阿盲中学没毕业，身体单薄干不动农活，寡居的母亲费了很大劲，不知通过什么关系把他弄进卫生院，给麦医生当帮手。平时，阿盲清闲的时候比较多，有病人时，麦医生也很少叫他帮忙。在空荡荡的说一句话都会听到回声的卫生院里，阿盲更像游手好闲的浪荡子。可是，只要阿盲坐在回廊的长椅上翻看《医药手册》，麦医生准会瞅到，立马喊他去关紧滴水的龙头，或者叫他去赶走垃圾堆里翻找吃食的游狗。水龙头在回廊的另一头，里边的皮垫磨损久了，滴滴答答漏水，不用劲拧，就关不紧，只要是阿盲用过，都会使劲拧紧。往往是麦医生用过之后，每看过一个病人、取过一片药，或者摸过医疗器材，他都得洗一遍手，可是，他总是忘记水龙头漏水这一着，如果不是阿盲看医书，就算水漏得都要成线状，麦医生也不会提醒阿盲去关紧，更不管游狗从垃圾堆里叼出带血的棉纱。麦医生原是县医院外科的主治大夫，传说县长的老婆下楼时一脚踩空，把股骨摔裂了，找麦医生治疗。县长嫌他摸了自己老婆的屁股，找碴儿把他下放到小镇卫生院。麦医生的性格稀奇古怪，从没说过阿盲是他的帮手，也没传授医术的打算，平时像半个哑巴，话非常少，连叫阿盲的名字，也只叫一个"阿"字。不到万不得已，他从不多说一个字，对病人也是能省就省，听完病人的陈述就搭脉观舌，很少主动提问，除非是哪个病人实在表述不清自己的症状。对于住院的病人，就更不用啦，麦医生全用眼神和动作与病人交流，碰到病人提问，不得不答时，也只回答简短的几个字词，言语吝啬得不像医生，倒像政府里的机要员，严谨得每时每刻都怕泄密。

阿盲算是看清楚了，麦医生根本无心传授他一点医术。所谓助理，不过是他的一种自我感觉罢了。可是，为了母亲，阿盲只能待在卫生院忍受。

夏末了，阳光还盛夏一样，没有章法，刚晾上去不久的绷带转眼间蒸腾过一片雾气，瞬间就干了，阿盲从回廊连椅上爬起，头顶着热辣辣的太阳，顺着铁丝从这头摸到那头，绷带在他手下像飞动的鸽子，扑棱棱飞起又落下。绷带洗的次数多了，晒干了就变得粗粝，不似在水里那般温软细腻，但阿盲还是喜欢干透的绷带，洁净，没有病菌，在阳光下晒过，散发出清新的阳光味道，一点也不像沾过血迹或浸过药的味儿。

除了洗绷带，望着槐树发呆，阿盲的这一天就没多少事做了。在知了的吵闹声中，他很无聊。一般情况，下午病人会多些，上午凉快，很多人便把这相对较凉快的时光留在田里干农活，下午闷热时，他们才顾得上病痛。可这个下午没一个病人来，卫生院冷清得像深山里的寺庙。麦医生躲在药房里，半下午都没出来，阿盲不知道他在那间狭小的药房里干什么，又不敢随便进去，他便寻了几块不大不小的石子，朝槐树的顶冠上扔，听到一两只知了歇息下来，不一会儿，发现没危险了，它们又拼命嘶叫起来。阿盲无聊得很，从阳光下又回到连椅躺下发呆。连椅已被沾满泥土的各种屁股磨得没了漆皮，分不清是蓝是绿，木条上的纹路被污秽描绘得清晰可辨。阿盲头枕在这样的木条上，感觉比躺在床上凉爽，回廊偶尔会刮些穿堂风。整个夏天的午后，阿盲大多躺在这个连椅上打盹，如果不是晚上蚊子多，他晚上都愿意睡在这儿。没办法，卫生院后边是条不大的河流，叫叶儿河，名字好听，却是条排污河，水肥草厚，是蚊子最好的藏身处，全是些长腿大个的花肚蚊子，一个赛一个地彪悍能干。

有天傍晚，给供销社食堂做饭的陈老伯来卫生院拿几片感冒药，取药拿药几分钟时间，被蚊子咬得急了，顺手拍死一只凑到灯下照看，惊叫这蚊子够大的，三只准能炒盘菜。

好久没吃肉的阿盲兴奋了，这容易，不用凭票供应，我这去抓几只蚊子回来，陈伯给咱炒盘肉菜解馋。

卫生院太小没自己的食堂，与供销社搭伙，做饭的陈老伯再有能耐，没肉

票，也炒不出肉味道的菜来。阿盲经常催问肉票什么时候发下来，他快忘记肉是什么味儿了。

陈老伯看眼在昏黄灯光下一言不发只管分药的麦医生，拍了一把阿盲的头说，话是这么说，蚊子怎么能吃，太脏啦。

阿盲呆头呆脑地说，蚊子怎么脏了，它吸的是人血，吃它等于把自己的血收回……

这时，麦医生突然抬起头，指着外面院子晾绷带的铁丝说，阿——去——收！

阿盲没动，他本想说，他听过天气预报，今晚天晴，不会有雨，收不收都没关系。这时，陈老伯取过药，谢过麦医生，拉了阿盲一把。阿盲跟着陈老伯一起出来。

到院子里，陈老伯趴在阿盲耳边神秘地说，过两天我让你吃狗肉。没等阿盲反应过来，陈老伯已颠着步走了。

夏末秋初的夜晚，天空清澄高远，没有银盘似的月亮，却满天的星斗，闪耀着洁净明亮的光芒。阿盲望着天空，星星在冲他眨巴着眼，似在提醒他不要与麦医生犟，收晾绷带应该是他这个帮手料理的事情，何况绷带他本该下午就收起的，干透的绷带晚上不收，不光会浸了露水，还会有一些小虫子在上面落脚、产卵。以往晾晒绷带，阿盲都会及时收起，今儿个下午在连椅上睡得过了头，犯迷糊了。

他默默地一圈一圈往怀里扯绷带，从屋里射出的灯光里，他看到无数蚊虫在灯光中翻飞，发出嗡嗡嘤嘤一片吼叫声。阿盲真想把把怀里的绷带做成一面网，像小时候网鱼一样把蚊虫网到里面，然后把它们送到陈老伯那儿，让他做顿蚊虫宴，偏要叫麦医生看看，卫生院的蚊子有多大。收完绷带，阿盲抱着绷带冲进灯光中的蚊群中，把这场蚊虫盛会冲散。可这没用，不一会儿，阿盲回头看时，门口的灯影里，它们又在群魔乱舞。

对阿盲来说，每晚睡觉就像吃不到肉一样痛苦。蚊虫太多，别说咬人吸血了，单那裹在一起的嗡嗡声，能把人搅得烦躁不安。每晚天快黑时，阿盲到叶儿河边拔来艾蒿，给自己住的屋子点堆火，用艾蒿熏蚊子。这招是当地人惯用的方法，自然灵验。麦医生坚决不用艾蒿熏蚊子，他不是本地人，闻不惯艾蒿的臭味，他只撑自己带来的那顶厚纱蚊帐。在桑那镇这种偏僻的小地方，蚊帐是个稀罕物，供销社的货架上从不摆这种奢侈品。当然，摆着也没人买，没那闲钱。蚊帐的确是个好东西，搭挂在四根细竹竿上，就能撑起一个小空间，蚊子被隔离在外，除了在蚊帐外面哼叫几声，嘴长莫及。以前，麦医生在他的蚊帐里能安稳地一觉睡到天大亮。不像艾蒿熏过的屋子，只能上半夜睡个安稳觉，下半夜艾蒿的味道慢慢淡了，散失后，灵敏的蚊子便伺机从门窗缝隙钻进来，终于找到报仇机会似的，会把人咬醒。所以，阿盲每天被蚊子逼得早起，将病房、回廊、院子打扫一遍，天还没大亮，他就在清凉的晨曦中去镇街上跑几圈，消耗身上多余的力气。要不，他实在想不出还有什么办法，能使他熬过清晨的这段时光。

在这个蚊子猖獗的夏天，阿盲却再没见到麦医生撑起蚊帐。刚开春那阵，有个农妇逆产，眼看婴儿的一条腿都伸出来了，找来的接生婆费尽力气也没把婴儿拽出来，反而致使产妇大出血，怎么也止不住，大人孩子的命眼看都难保住，接生婆这下才害怕了，催促产妇的家人赶紧往卫生院送。男女老少一大帮，呼啦啦跑了十几里山路，将产妇抬到卫生院。麦医生把产妇家人轰出病房，他们对这个男医生独自接生不大愿意，挤在门窗口，瞪大眼要看医生怎么操作。卫生院条件简陋，门窗连个帘子都没有，众目睽睽之下，没法给产妇接生。麦医生不想费口舌耗时间，情急之下喊阿盲拿来他的蚊帐给产妇撑在床上，隔开众人的目光，他一人钻进蚊帐，打开裹着产妇的被子，发现产妇早已咽气，婴儿伸出的那条腿，像产妇的尾巴，往下滴着血水。麦医生闭上眼睛给产妇重新盖上被子，钻出蚊帐，轻轻向那些瞪圆的眼睛，无奈地摇了摇头，自始至终没说一句话。在一片号哭声中，麦医生默默走出病房，去叶儿河边一人闷头坐到了天黑。

产妇的尸体被拉走后，阿盲从病床上取下麦医生的蚊帐去洗，被麦医生强硬地喝住。阿盲不管，依然抱起蚊帐去回廊尽头的水龙头下，刚拧开水，麦医

生在身后断喝一声，放下！冲过来指着阿盲怀里的蚊帐，很粗暴地又叫道，叫你放下！

阿盲看惯了麦医生的冷漠，却是第一次见他如此粗鲁，心里很不高兴，又不是我的蚊帐，真是好心没好报！他犹豫一下，看着麦医生僵在脸上的烦躁和厌恶，他果断地将蚊帐狠狠扔在脚下，也不看麦医生，转身走了。后来，也不知麦医生洗没洗蚊帐，反正，夏天来临后，蚊子猖獗，却没见麦医生挂那顶蚊帐，也没见他到河边拔艾蒿熏蚊子，真不知他这个夏天是怎么熬的，他不说，阿盲绝不去问。

反正，蚊帐的用途自那次之后，被彻底改变了用途。

卫生院原来有条黄狗，是麦医生从镇街边捡回来的流浪狗，当时有三四个月大，背上有一道被铁锹之类的利器砍下的伤口，因为感染化脓，隔好几步远就能闻到狗身上的臭味。麦医生费很大劲才把这条小狗逮住抱回卫生院，给它的伤口清洗、消炎、上药，还打了几针。被治好的小狗不愿离开麦医生，从此就留在了卫生院。可这只慢慢长大的小黄狗很奇怪，能分辨来卫生院的人，哪些是病人，哪些不是病人。对真正来看病的人，它从不吠叫，还像个保镖似的，跟在病人后面到麦医生的诊疗室。但对陪同病人一起来的亲属，冲着他们一顿狂吠，跟前世有仇似的，疯狂得有时候连麦医生都喝不住。这样，病人都有意见，说卫生院是看病的地方，又不是银行怕人抢劫，养条狗算什么事。麦医生经不住人们的闲话，把黄狗送了人，可是黄狗不愿易主，三番五次从新主人那儿跑回卫生院，每次都叫麦医生给赶走。那条黄狗可能知道麦医生真的不愿留它，以后不再进卫生院，只是有时蹲在叶儿河对面，远远地看着卫生院，见麦医生出来，便呜咽几声。麦医生置之不理，它便耷拉下尾巴，失望而去。慢慢地，再没人见过黄狗在卫生院附近转悠了。

陈老伯盯上了这条黄狗，他在镇街上经常发现这条黄狗时常卧在路边，冲一个方向痴痴地望着，有人走近，瞬间跑得不见影儿。阿盲听陈老伯一说，心动了，莫非这条黄狗是在等麦医生？麦医生是在镇街上把它给捡回来的，它大概是等他再次把它捡回来吧。这么一想，阿盲心里有些犹豫，这么痴情的狗，能打了它吃吗？陈老伯拍拍阿盲的脑袋说，看这孩子，心底倒善，可如今人都顾不上啦，哪还顾得了狗？咱不去打它，迟早会叫别人下手的。你看看，现在镇街上很少见到狗影子，还不是被别人打死吃啦。

阿盲一想也是，肉要凭票买，就算是攥着肉票，不一定买得上，没见供销社肉铺的那扇门，都被蜘蛛网罩严实了。可是，这条黄狗跟麦医生有瓜葛，阿盲不敢轻易下手，趁陈老伯再来卫生院时，与他一起去问麦医生。

麦医生不让打这条狗。

好久没闻到肉腥味儿了。有陈老伯撑腰，阿盲鼓足勇气辩了一句。

狗身上携带有病菌，尤其是野外游狗。麦医生淡淡地说，你要是吃了狗肉，以后就不要再踏进卫生院的门！

阿盲像撒了气的车胎，瞬间瘪了。陈老伯是个胆小的人，他二话不说，扯起阿盲到院子的槐树下，眯了眼往高处的天空看。天空白得晃眼，倒是槐树叶子，簇在一起浓绿着，没心没肺的样子，只是细了眼神再看，发现在白晃晃的阳光下，那片绿没了神气，蔫不拉叽，不如以前绿得那般彻底，很多叶片泛了黄，浅浅淡淡，是绿色遮都遮不住的。没变的倒是那块树荫，只要太阳在天上晃动，它们就在槐树周围变幻着位置。

没说任何话，陈老伯只是很长辈地拍拍阿盲的肩膀，叹口气，走了。

又是一个寂寞的午后。


夏末的暴雨一场接一场，雷电非常厉害，有次击中了一个壮年男子，烧得像截黑炭，被人们抬到卫生院时，他还有知觉，疼得大喊大叫。麦医生可能没见过这么惨的病人，往他的嘴里塞进去几粒止痛片，又打了镇定针，却不知怎么下手治疗。卫生院也没有治疗烧伤的药，阿盲抱来一大堆洗得干干净净的绷带，随时准备往那截黑炭上缠绕。麦医生看上去有些束手无策，在大家七嘴八舌的建议

下，勉强同意他们采些马齿苋，捣烂给伤者涂上疗伤。

地头坡坎上到处都是马齿苋，大家分头去采。阿盲自告奋勇，正要往河边跑时，却被麦医生叫住了，阿，你——别去啦。

阿盲站住，回身望着麦医生，他没问为什么，也不需要问。麦医生不说，问也白问。阿盲来卫生院这么久，已经摸清他的德性，只要他开口，没有为什么，照做就行。

阿盲按照麦医生的吩咐，将冷落在病房角落的那顶蚊帐，用四根竹竿撑挂在烧伤的病人床上。这样做时，阿盲心里很温暖，有伤的病人怕蚊蝇飞虫之类落到伤处引起痒痛，痛还能忍，痒就无法忍受了。甭看麦医生外表冷漠，对待病人还是想得很细致的。

可是，谁也没想到，等大伙采来马齿苋，用石窝捣烂，还没将黑炭似的男人用马齿苋涂成绿色，病人就咽气了。麦医生从蚊帐里钻出来，脸阴得要下雨似的，看都不看蚊帐外眼巴巴瞅着他的那些人。阿盲一屁股坐到地上，望着那顶四四方方的蚊帐心里发颤。看来，麦医生早就预料到这个结果，他的束手无策，就是知道用什么方法也救不下这条命了。

又是在蚊帐里送走了一个生命。在阿盲眼里，这顶蚊帐成为不祥之兆，他本想将它偷偷抱到叶儿河边点把火烧掉，又怕麦医生怪罪，便趁他不注意时，将它塞进堆杂物的屋子角落，不想叫它再见天日。

麦医生却没忘记他的那顶蚊帐，而且似乎也默认蚊帐的不祥之意，只要有人病危，他准能把它翻找出来，像举行临终仪式似的，给即将离世的人罩在床上。

只要见到麦医生往病床上罩蚊帐，阿盲心里很恐惧，他恨死了这顶蚊帐，它不再是抵挡蚊虫叮咬的工具，而是一个生命与人世隔离的一道屏障。阿盲不希望有人被罩进蚊帐里，但他又不敢私自把它烧毁，只好东藏西放，想法儿把它扔到麦医生找不到的地方。可是，麦医生像条嗅觉灵敏的猎犬，每次需要时，准能找寻得到。

蚊帐本来已经很旧了，在阿盲塞来藏去的过程中，变得越发肮脏不堪，但阿盲早没了洗净它的想法。麦医生似乎看不到蚊帐的脏，或者，脏就脏了，是极其无奈地送走一个生命，不是多么喜庆的事，用不着洗净。麦医生不说，阿盲绝不主动去洗，这个与死亡紧紧联系在一起的不祥之物，阿盲想躲得越远越好。

麦医生顶这蚊帐的用途，没多久就传开了。小镇之小，就像井底之蛙眼里的那块天，再大也不过巴掌一般。一顶蚊帐的说法，一阵风足以传遍全镇。

立秋后不久，上河湾阿西家的媳妇喝农药寻死，因为她一直生不出男娃，生下四个丫头，每生一个丫头，就得挨男人的一顿毒打。阿西家的这次生出的第五个又是丫头，她挨打后看不到一丝希望，便喝农药自尽。家人发现后看还有救，便背到卫生院抢救。麦医生当即给阿西家的灌肠洗胃，折腾了一夜，总算把她救下。可是，人救活了，她却不肯睁眼，怕是一睁眼再看到的还是她的末日吧。麦医生也不多说，把阿西家人赶到病房外边，说是要再观察观察。没多会儿，麦医生阴着脸，大声唤阿盲去拿蚊帐。

这次，阿盲出乎意料地没听麦医生的话，说声"我不拿"，拒绝去拿那个不祥之物。麦医生看了阿盲一眼，没责怪他，自己寻来蚊帐，往阿西家的病床上撑。阿盲冲上去紧紧抓住蚊帐说，你不能这么做，她还有救！

麦医生瞪圆眼睛示意阿盲放手。

这次，阿盲犟到底了，坚决不放手。

麦医生大吼一声，放手！从阿盲手中抽出蚊帐，像撒渔网似的，将蚊帐罩在阿西家的头顶。阿盲再也不管自己是不是帮手，麦医生要是不叫他在卫生院干，他就不干了，反正，这个地方再待下去也没实际意义，一点医术也学不会。他呼哧呼哧喘着粗气，冲上去要把蚊帐扯下来，一副拼命的架势。

麦医生像是看透了阿盲，也不拦他，把手搭在阿盲肩上，被他轻易甩开了。麦医生苦笑一下，却没恼怒，把阿盲扯落的蚊帐一角重新挂好，然后粗暴地推开阿盲。没容阿盲反应过来，麦医生已将外面的阿西家人喊进来，让他们自己看。

一见老婆头顶撑起的蚊帐，阿西当场腿就软了，哆嗦道，不是刚……还有口气吗……

麦医生这时的话比平时多了，他说，那是刚才。病人没有求生的愿望，一口气能撑多久？何况，她连眼睛都没睁开，现在，你自己去看吧！

阿西不敢看。他父母大着胆子，惊恐地上前想掀开蚊帐看个究竟，被麦医生严厉地拦住，他说还是先别急，保护好现场，等公安来取过证后你们才能动，谁要乱动破坏了现场，谁负责任！

麦医生明显是在胡诌，人都送到医院，哪里还有什么现场？可阿西的父母不懂这些，听麦医生说得这么严重，吓得不敢动蚊帐。麦医生又要阿盲去派出所喊人。阿西的父母扑通一声跪在麦医生面前，哭成一团，边哭边诉说，人命关天，千万不能说是阿西逼得媳妇自杀，他们就阿西一根独苗，要是阿西被抓走，他们可怎么活啊……

麦医生说，这可不是你们说了算，怪只怪你们平时把阿西家的不当人看。

阿西的母亲哭道，麦医生求求你，救救她吧，只要能把人救活，我们保证以后好好待她。

麦医生不说话，只望着一旁的阿西。阿西赶紧叩起头来，麦医生你行行好，只要能救活人，我不要儿子，不要啦，以后再不打她啦……

一旁的阿盲这才明白麦医生的心机，怨气顿时消散了。


中秋过后，日子慢慢变得短了，过得也快了。转眼就到了深秋，树叶飘落，剩下两棵光秃秃的树干，苍凉地立在卫生院里边。卫生院像是被人遗忘似的，好几天没来一个病人。这种季节气候很凉爽，蚊子的疯狂劲已过，很少见到它们的影子了。没有蚊虫的侵扰，阿盲不起那么早了，起了床，能干什么呢。

麦医生在这种清闲的日子里也没显出几分清闲来，他整天都待在药房里，阿盲不明白在那间充满浓浓药味的小屋子里，能有什么事可做，他懒得去想，实在闲得无聊，就把那些旧绷带翻出来搓洗，照他这种洗法，再洗几次，就烂了。

麦医生还是很少说话，也不管他，他有时候抱着医药书看，麦医生看见了，也不叫他去关水龙头或驱赶野狗了，阿盲知道，那是因为他把水龙头修好了，那些野狗也不见影子了。日子越来越寡淡了。

一场秋雨过后，天气由凉爽变得寒冷。再过几天就是立冬，也该冷了。

一天凌晨，阿盲被一阵杂乱的跑步声吵醒。他竖起耳朵听外面的动静，脚步很急促，绝不是麦医生制造出的跑步声。一大早跑得这么慌乱，一定来了急诊。阿盲不敢赖被窝，爬起来穿好衣服，听到病房那边有了动静。看来麦医生已经到了病房，他得去病房帮忙。

推开门，看到麦医生和一个满脸胡子的人手忙脚乱地往病床上撑蚊帐。阿盲的头嗡地一声大了，又是谁不行了，刚送来就罩蚊帐？从半撑起的蚊帐空隙里，阿盲看到病床上根本没人，他惊愕地问，又有人……

麦医生手上没停，侧过头说，阿，没你的事，回去睡觉！

阿盲愣怔在那儿，疑惑地看了满脸胡子的人一眼，慢慢退出病房。回到自己屋里钻进被窝，还在想到底是怎么回事，病人还没来就撑起蚊帐？阿盲越来越揣摸不透麦医生了。正揣测着，又听到一阵急促的脚步声冲进卫生院。这次有一伙人，他们又喊又叫，很粗暴，不是踢门，就是拍窗，好像在找什么人。阿盲侧耳听到麦医生的声音，说叫他们随便搜，就这么大地方，除过两个活的，还有一个患传染病的尸体……

咚地一声，阿盲的门被踢开，进来一个扎腰带的小伙，连瞎子都能看出阿盲狭窄的床上只躺着他一人，小伙子还是把被子掀到地下，在屋子里搜索。屋子摆设很简单，靠床摆着一张旧桌子，上面摆着两三本翘角的医药书，连个椅子都没有，除过这被窝，实在找不出能藏人的地方。小伙把桌上的书拂到地下，好像那书里面能夹住他需要的东西似的。见阿盲茫然地看着他，厉声喝道，看到马宏文没有？

马宏文是谁？阿盲怎么知道。他胆怯地摇摇头。那个小伙子骂骂咧咧地出去了。

　　阿盲从地下扯回被子，他的心咚咚跳着，心想千万别出啥事。他感觉身上发冷，把自己裹紧，偎在床上不敢动弹。

　　过不多久，那帮人吵闹着走了，声音越来越小，最后没音了。因为刚才的吵嚷，卫生院这会儿显得更加空荡寂静。阿盲这才壮着胆子跳下床，没穿鞋，奔过去咣一声关上敞开的屋门，再回到被窝把自己裹紧。

　　几天后的一个黄昏，红彤彤的夕阳把卫生院染得异常鲜红，温暖得也不像初冬了。阿盲站在院子的槐树下面，看着头顶光秃秃的树枝上，几只麻雀跳来跳去地吵闹，稍有点动静，它们便一哄而散，飞得没了踪影。阿盲回头望着被染红的西天，莫名的被冬天少有的温暖所打动。麦医生从药房出来，冲阿盲挥挥手里的碗，示意他该去供销社吃晚饭了。阿盲返身回屋，把自己的碗拿上，跟在麦医生身后。

　　这时，一帮年轻人突然喊叫着冲过来，不由分说，将麦医生和阿盲两人的胳膊拧到背后。两个被打掉的碗落到地上碎了，阿盲从这伙人推搡的声音中又听到"马宏文"这三个字，在他们的拳脚正要落下时，麦医生高声喊叫道，别打他，马宏文是我一人藏的，与阿盲无关，他根本不知道！

　　第一次，麦医生把阿盲的名字叫全了。

　　抓着麦医生的年轻人啪地抽了他一个响亮的嘴巴，血立马从嘴角流出来，比夕阳的颜色还要艳丽。

　　麦医生歇斯底里地叫道，打我吧，来，是我一人干的，确实不关这孩子的事！

　　又是叭的一声脆响。

　　阿盲哆嗦了。扭他胳膊的人，举起拳头吓唬道，你真的不知道？马宏文是他一人藏的？

　　阿盲不知自己摇头，还是点头了，他的脑子完全懵了。他被推倒在地，眼睁睁看着一伙人将麦医生连打带踢地押走了。阿盲惊恐得一夜没睡，睁眼闭眼全是落在麦医生身上的拳头和他嘴角流出来的血，恐惧占据着他的心头，使他彻夜难眠。

第二天早晨，麦医生被人用平板车送回来，倒在回廊前的地上。他的衣服被撕烂了，缩在地上冻得瑟瑟发抖，他的腿被踢折，嘴角裂了，一只眼睛肿得只剩条缝，另一只眼血红，看上去有气无力，已经爬不起来。煎熬了一夜的阿盲扶起麦医生，不知该说什么，想着还是把他扶回屋子。麦医生却不愿回屋，拖着伤残的身体叫阿盲扶他到病房。

病房一片狼藉，一张病床被掀翻，另一张砸断了一条腿，铺盖斜扔在地。那张撑挂着蚊帐的病床倒是完好无损，可蚊帐被撕成碎条，像撕碎了另一个世界。寒冷的西北风从关不严实的窗户钻进来，将肮脏的蚊帐布条吹起，经幡似的飘来荡去。

麦医生慢慢地挪到这张床前，示意阿盲将他扶进蚊帐里。阿盲迟疑着没动手，麦医生急了，气喘得很粗，阿盲怕他一口气上不来，便扶他上床，小心翼翼地将他放平躺下。

这下，麦医生像有了依靠似的，长长地吐出一口气，然后闭上眼睛。阿盲不知道接下来该做什么，看着麦医生死人一样，他鼻子酸酸地走出病房，想着去供销社找陈老伯弄些吃的来，眼下的麦医生这么虚弱，得想办法弄点有营养的吃食，不然，他很难撑持得住。

突然，一道黄色的影子箭一般射来，擦着阿盲腿边，冲进病房。

阿盲返身回到病房，见是麦医生以前救过的那条黄狗，它逃过不少劫数，毛肮脏不堪，背上还带着一道道未愈合的伤口，散发出叶儿河水一样的恶臭味。它警惕地望了阿盲一眼，敏捷地跳上床钻进蚊帐，倚在麦医生脚边。

麦医生闭着的眼睛忽然睁开，费劲地抬头望着黄狗。阿盲看到，麦医生裂着受伤的嘴角，冲着黄狗竟然笑了。

他的笑看上去清澈透明，像夏天雨后的天空。

# 回　家

　　他把卖羊的钱借给了镇街上开饭馆的黑白花。

　　那天，他喝的酒并不多，黑白花的三碗马奶子酒，还不至于把他灌醉。后来想，还是黑白花的眼神比马奶子酒厉害，马奶子酒最多叫他神智不清，可黑白花像个大奶牛似的站在饭馆门口，她盯着过往男人的那种眼神能勾魂摄魄，弄得他神魂颠倒，她丢过几个眼波就把他拽进了饭馆后面的炕上。天亮后，黑白花问他是否早就瞄上她，欺负她这个软弱无助的寡妇。他望着黑白花潮湿的眼神矢口否认，拍打着脑门怪自己喝多了马奶子酒，糊里糊涂地留在她的炕上过了一夜。不过，这一夜他并没把黑白花怎么着，抱是抱了，也摸了她那对奶牛似的大奶子。他很冲动，可到关键时候，黑白花抓住他的手，悄声告诉他，她心里早已有他，只是他不像个男人，一直不主动来找她。而眼下，她的身子不方便，如果他不信，可以脱去衣服给他看。他当然不知道，这是黑白花惯用的武器，但他信了她，罢了手，像得了大便宜，与黑白花度过了难熬的一夜。不管怎么说，抱着丰满滑溜的黑白花睡觉，感觉还是不一样的。

　　整个夜晚，黑白花像亏欠下他什么似的，让他的手和嘴一刻都没停止过，不知是真喝多了酒，还是双手游走在黑白花身上的感觉叫他太满足，晕晕乎乎地就答应黑白花，把刚从羊贩子那里要来的五百块卖羊款，借给了她。她急着要进一批烟酒，手头紧倒不过来，要不了几天货一出手，就还他钱。当时，黑白花很难为情地望着他，说要不是看在他们的情分上，她也不会开这个口。黑白花的话叫他心里热乎乎的，明知道这钱对他有多重要，可他还是抗拒不了躺在他怀里的这个女人。

第二天日上三竿，他一副劳碌不堪的样子回到家，圈里的羊叫声吼成一片，听着心就烦。女人等了他一夜没睡觉，用困倦的眼睛望着他。没等女人问他昨晚去了哪里，卖羊的钱要来没有，他噌地跳下马背，先发制人，冲女人吼道：羊怎么还没赶出去？离了我羊就不放了？万一哪天我死了，羊得饿死啊！

女人是个沉默寡言的木讷人，对丈夫唯命是从，除过丈夫和儿子，不知道她脑子里还装着什么，从来不火不怒，连笑声都很沉默，一看就是个容易知足的女人。她一夜没睡好觉的脸上有了惊恐，无所适从地看了男人一眼，不敢言语，捡起墙角的鞭子匆匆往羊圈走。他望着女人一扭一扭有些僵硬的背影，眼睛很别扭，他脑子里还装着黑白花丰满柔软的腰身，想着这些年自己就是搂着眼前僵硬的女人睡觉，心里很不舒服，想着要是自己的女人能是黑白花就好了。这样想着，他眼睛里长出刺来，扫在自己的女人身上，发出刺啦刺啦的响声，觉着自己的女人不大对劲，仔细一瞅，发现是女人换了身新衣服，怪不得看着不顺眼呢。他没好气地冲女人叫道，哎，你穿这身衣服，是去放羊呀，还是去找野男人！

女人停住步，慢慢回过身，拿蓄满泪水的双眼望着他，哽咽道，看来你真忘了，昨儿个我就说过，今天是儿子他外爷的好天（生日），我换身衣服去给他祝寿……

噢，昨晚叫他们多灌了几碗马尿，把这么大的事给忘了，这可咋办？昨儿个去要卖羊的钱，人家说死说活拿不出钱，我要不上钱，心里不舒服才去喝的酒。没钱，咋去给老人家祝寿呀？他拍拍脑门，赶紧给自己找了个理由，顺势寻个台阶下。

算了吧。女人抹着眼泪，一抽一抽地说，等把羊撒出去，找人捎话过去，就说忙得走不开，不去了。

这咋行，老人家的好天越来越少了，你还得去，羊留给我放，你赶紧去。

我咋去呀？女人的泪水又涌了出来，滴到她浅红色的新衣服上，胸口洇湿了两个黑圈，像新长出的一对眼睛似的，看着自己的男人，也看着他们艰难贫穷的日子。

他自知理亏，愧疚地垂下头，躲开女人的目光，低声说，好长一截子路呢，趁早去吧，还像去年那样，叫老人家垫个份子，日后再还……

女人哽咽着小声道，别提了，去年这样，我哥我姐我妹后来都知道了，他们嘲笑我把日子过的，老人祝寿，还得老人出钱买寿礼……我这张脸没处撂，叫我咋活人呢。

他走过去，从女人手里抓过羊鞭说，反正咱家从店铺里已经赊不来礼物了，你就硬着头皮去吧，去了总是份心意，比不去好，等我收回卖羊的钱，一并还儿子他外爷。

女人忍不住放声哭了起来，声音很细小，她还怕眼泪弄湿新衣服留下痕迹，略略弯下腰，埋了头，泪珠滚落下地，打湿了地上的几棵青草，草变得绿汪汪，泛出油似的。女人压抑的哭声刀子一样剜着他的心，他愣怔了一会，丢下哭声，过去把羊圈门打开，放出一大堆饥饿的羊叫声，把女人的哭声淹没得不见了踪影。

每次去找羊贩子要钱，比生个儿子还难。他心里发狠，再不卖羊给他们，可到了秋季，他们来收羊时，还得卖给他们，不然，没法处理那些老弱的羊只。冬天到了，它们不是冻死，也得病死，这样的结局，还不如给羊贩子，至少，还有个盼头，能得到一点微薄的收入补贴家用。

这次好不容易要来去年卖羊的欠款，却叫黑白花借走了。这事隐瞒不了多久，女人很快会知道他要到了钱，她到镇上去找羊贩子一问，那时他怎么向女人交代，他想过各种各样哄骗女人的理由，就是不能说借给了黑白花。他是啥人，穷得叮当响的放羊汉，把三口之家养得摇摇欲坠，连现在放的几十只羊，都是欠老丈人的，卖羊的钱不拿来还账，却借给黑白花那样远近闻名的骚寡妇，说出去都没人相信。

接下来的几天里，他尽量躲开和女人正面接触的机会。但是，学校已经开学了，儿子没交学费，老师叫儿子带了几次话，再不交钱就别去学校。女人为了儿子能正常上学，偷偷去镇上找羊贩了子要过钱，人家说钱早就给她男人了。女人不相信自己的男人拿到钱不给她说，儿子欠学费的事他是知道的，他把卖羊的钱干啥了？女人到镇街上一打听，才知道自己的男人最近常来黑白花的饭馆，他的钱使到黑白花身上了。全镇上的人，连瞎子都能看到黑白花明着是开饭馆，暗地里是专给男人设的享乐场所，骗取男人的钱。自己的男人怎么会上这个当呢？女人不知该怎么处理这事，她想了好久，又不敢直接给男人说，怕碍他面子下不了台。可男人这样下去，是很危险的，钱被骗去还是好的，要是哪天自己的男人被黑白花灌迷糊了，不再回家，跟黑白花去鬼混，那可怎么办？她带着个孩子，今后没法过呀。

越想，女人觉得问题越严重，镇子上被黑白花拆毁的家庭有三家了，她们可不能做第四家。女人这样想着，回到家里，她给儿子教了一番，叫他缠着爸爸要钱交学费，看男人有啥反应。

这天，男人放羊回来后，儿子提出要钱交学费，男人一听就火了，一把推开儿子，他用劲太大，把儿子推倒在地，吓得哭了，他也不管，一脚踢翻跟前的凳子，气呼呼地走了。

女人吓坏了，怕男人一去不回来，抱住儿子伤心地哭了。哭过，她告诫儿子不要再给爸爸提钱的事。但她忍受不了男人对儿子的态度，可又没办法，一个人默默地不知流了多少泪，她心里空荡荡的，一直担心男人去黑白花那里，不再回家。

男人大概自知理亏，半夜的时候回家了。女人心里这才踏实了，去厨房热了饭菜给男人端来，侍候男人吃了，生怕男人怪她。

男人看出了女人的心思，心里的火气消了不少。接连几天，他都用旧招，吊着脸，不给女人好脸色，故意找女人或者儿子的碴儿，几乎每天晚上都要喝酒，一副要不来账心烦意乱的样子。女人诚惶诚恐，心里反而担心男人想不开，喝多了伤身子，就给他的酒里多兑些熟牛奶，这样喝着就不容易喝醉。在男人喝酒时，女人默默地和面，给他做揪面片，汤里多放些女人自制的西红柿酱，又酸又烫。这是男人平时最爱吃的饭，尤其是喝了酒，既能醒酒，又能出汗，一天的疲乏劳累全随汗流走了。

但是，女人心里很郁闷，不知怎样解决眼前的这些烦心事。

有一天，男人在他喜爱的酸汤面片碗底里，看到了一根黄绿色的干草。干草在红色西红柿酱和白红色面片里，看上去很明显，但男人没当回事，捡出来扔了，照样吃饭。第二天的面片里，男人又发现了黄绿色的干草，这回不是一根，而是两根。这回，男人望着碗里的两根干草，吃不下去了，他撰起干草，仔细地看着，心想，自己的女人是个很细致的女人，不可能把草弄到饭里，这在以前从未有过。可这两根草怎么会在饭里？男人想了又想，突然间，他想到这草是女人故意放进去给他看的。草是牲畜吃的，他那样对待儿子和老婆，女人是用这种方式提醒他的。

男人怒火冲天，当即将碗摔碎在地，碗的碎裂声吓坏了女人，还有儿子。女人惊恐得像一头遇到老虎的小鹿，扑过去将同样惊恐的儿子抱在怀里，母子俩浑身发抖，埋着头不敢看男人。

看着颤抖的母子，男人抓过酒瓶，猛灌了几口，用酒压住了自己的火气。那天，他喝醉了。

酒不能天天喝，那样会中毒。这样的招数用了几天，看着女人和儿子的可怜相，他有点于心不忍，明明自己做错了事，却要女人来承受他的过错。没别的办法，他每天出去放羊，故意磨蹭到很晚才回来，一到家，趁女人去圈里给马添草，或者收拾锅灶时，他匆匆扒拉完饭上炕睡觉，装出一副疲惫不堪的样子迅速打响鼾声。

女人后悔死了，想着不该给男人碗里放干草刺激他，他要是一气之下真去找黑白花了，抛下他们母子可咋办呢？她虽然清楚黑白花那样的女人，不可能对自己的丈夫动真感情，但是，男人在女人面前，有时候会失去理智的。女人越想越后怕，心想着该怎么弥补。她在男人的鼾声中端来热水，轻轻为他擦脸洗脚，女人很小心细致，生怕弄醒他。他在女人擦洗后，心里愧疚得睡不着觉，失眠使他看上去憔悴了不少。女人以为他生病了，背着他祈祷胡大保佑自己的男人平安康复。

他不知道女人已经知道他要到了钱，他甚至还在想，一旦女人知道了钱的去处，他只好先发制人，编造谎言，说要到钱后，一高兴多喝了两碗酒，迷糊中叫坏人抢了钱。这个谎言显然不切合实际，整个牧区的治安非常好，从没出现过偷盗抢劫的事情，就是那几个羊贩子，也只是拖欠买羊款，滥压羊价，谁敢动强抢他人的歪心思，胡大睁眼看着呢。他掂量了好久，没敢用这个谎话欺骗女人。

揣着心思过日子很煎熬人，这样下去他会虚脱的，便抽空去镇上找黑白花要钱。还没开口呢，黑白花就热乎乎地贴上来，端两碗马奶酒给他灌下去，把晕乎乎的他拖进后面的小屋，她的嘴堵上他张开要说话的嘴，堵得他心慌意乱，头昏脑涨，气都喘不过来，想要说的话自然被黑白花厚实的嘴唇堵得严严实实。黑白花把他推倒在炕上，伏在他胸口说，想死我了，这么久你咋不来找我？

黑白花的这句话撩拨得他全身血液喷涌，他激动得忘记了自己是来要钱的，翻身把黑白花压在身下，急不可待地去解她的衣服。黑白花很配合，主动抚摸他。可是，最关键时，黑白花抓住他的手，告诉他，她身上的那个玩意又来了。

这回，他不相信，怎么会这么巧？顺着黑白花的指引，他摸到了那个讨厌的东西。那个讨厌的东西像一块冰，丢进他心里熊熊燃烧的火中，听到"刺啦"一声响，他泄气了。

黑白花轻抚着他安慰道，别把这事看得太重，只要我们心里有对方，这个事算啥呀，感情才是最重要的。没有感情，这人活得还有啥意思，你说是不是？

他没回答，心头有一丝不快闪过。话说得再好，也是空的。他是男人，男人喜欢实打实，不喜欢说的比唱的好听。但在黑白花温暖柔软的怀抱里，他开不了要钱的口。人家女人实心实意地待你，你怎么能在这种时候提出要钱，像什么话！黑白花仿佛看出了他的心思，突然推开他，变脸道，你是不是有啥事瞒着我？是不是看上别的女人不喜欢我了？还是你的女人怀疑我？

他摇摇头。

黑白花瞅着他，突然像只刚下完蛋的老母鸡咯咯大笑起来。笑毕，她的嘴像拧得过紧的弹簧突然松了劲，大哭起来，边哭边怨道，我就知道你心里没我，枉我一直撕心裂肺地惦着你，念着你。我知道，你今天来是想着你那五百块钱吧！好啊，我这就给你拿去，钱算什么东西，你等着，拿上你的臭钱，滚出去，别再上这来！我这里不要这种无情无义的男人。

他跳起来扑过去拦住黑白花，将她抱在怀里，嘴贴在她的耳朵上，轻轻说道，我啥时说过要钱了？就是想来看看你，瞧你都瞎想些啥！

说这些话时，他直打哆嗦，整个冬天像是冲着他一个人来的，他都不会说人话了。马奶酒又烧得他头昏脑涨，他想吃碗酸汤揪面片解解酒，给黑白花说了。她从饭馆的大锅里舀来一碗泡得肿胀的面片，他吃了一口，差点吐出来。不烫，不酸，面片泡得软不拉叽，实在难以下咽。他叫黑白花给他重做一碗。黑白花很不情愿，说他太挑剔，那么多来吃饭的客人都能吃，就他毛病多，但她还是去做了端来，他尝了一口，汤是烫了，面片却不筋道，更重要的是没放西红柿酱，他嫌不酸要放西红柿酱。黑白花说她从不做西红柿酱，要酸是吧？她抓起醋壶给碗里倒了不少醋，酸得倒牙，他在黑白花的注视下，皱着眉头勉强喝下这碗汤面片。

临走时，他心里很不舒服，从饭馆的柜台上抓了一瓶酒，是烈性白酒，比马奶子酒的劲来要猛烈得多。跨上马背，他咯嘣一声咬开瓶盖，仰头就往嘴里灌，喝水似的一口气灌下去，把空酒瓶摔碎在镇街的柏油路上前，他的意识实际上还是清醒的，明白自己是为啥而来，又为啥而去。空酒瓶碎裂在镇街上的柏油路上，他的意识也碎成了粉末。

他像一摊烂泥伏在马背上，被驮回了家。女人担了一天心，怕男人一去不再回来，见男人回来了，女人的泪水涌满了眼窝，她激动地冲上去把男人扶下马，连抱带拖地弄进屋子放到炕上。

男人连骂带吐地折腾了一夜，女人做好酸汤揪面片，想着让他醒来后能吃上一碗烫的，过一会儿就热一次，她这次没有给男人的饭碗里放干草，因为男人还是回来了。女人一夜没合眼，侍候在男人身边。

天亮时，他酒劲散去，醒过来，看到女人拖着疲惫的身子在清理他吐的秽物，闷在他心里的失落与无奈汇成一股无名火蹿起，他几乎是下意识地从炕上跳起来，冲女人吼道：别扫了，就这么脏着。

他脸上的酒色还没褪尽，又添了火气，一片红紫。女人被吓着了，手里的扫帚掉在地上，她手足无措，又不敢问，眼神呆呆地看着男人。他望着女人的傻样子，心里的火气更大，跳下炕把女人推倒在地上的秽物里。觉得还不解气，又一把抓住女人的头发，拖住她，举手要打，却听到女人喉咙里发出咕噜咕噜的吼声，像一群烈马从远处越来越近的奔跑声。这声音使他产生了恐惧感，同时，他还看到女人半张半闭的褐色眼仁里被泪水包裹得严严实实。

他举起的手慢慢地放下了。


再次去镇上找黑白花时，他要钱的目的很明确，不想再被黑白花用各种招式哄骗他。

黑白花这次也很直接，她没有端来马奶子酒，却把五百块钱往他跟前的桌子上一拍。同时拍在桌子上的，还有一个包装完好的避孕套。黑白花两眼一瞪，咬着牙对他一字一句地说道，算我瞎了眼，把你当男人看，心里还挂念着你，以为你对我真的有情有义呢，连你需要用的东西都准备下盼着你来，没成想，你是这么个东西，我也是有过男人的女人，真要和你有了一腿，还对不住他呢。你这个狼心狗肺的东西，能看进眼里的也就这几张纸，只知道我欠下你的这点，却不

管欠下我的。拿上，滚！

他像个男人似的跑走了，没拿桌子上的那两样东西：钱和避孕套。

一出门，他就后悔了，但管不住自己的脚，脚像是吃进了黑白花的话，跟她贴了心，义无反顾地要离开。回家的路上，前前后后的事在脑子里过滤了一遍又一遍，懊丧的情绪把他整个人淹没了，这肯定又是黑白花的伎俩。他抽了自己几个嘴巴，想返回去把钱拿上，又怕黑白花耍新花招，要是她叫来别的野男人，把他打上一顿，那亏可就吃大了。已经吃了亏，不能再吃这种眼前亏，可要不来钱，他没法面对自己的女人。想到女人那双沉默、哀怨的眼神，他茫然了。

骑着马在收割完青草的荒野上走着，几次，识途的老马要往回家的方向走，都被他拉住，掉转马头。他不想回家，不想理亏地面对自己的女人，还要女人来承受他的无理取闹。他跳下马背，牵着马在原地停下。

深秋了，割光了草的地上弥漫着一股枯草的腐烂气息，刺激得马鼻子痒痒，它不停地打着响鼻，四蹄不安分地踢踏着。马呼出的热气使他心里的烦躁像这无边的旷野，荒凉又无助，他无处发泄心里的憋闷，恨不得狠狠打一顿马。马看透他的心思似的，不踢踏了，两只无辜的大眼睛静静地看着主人，像是要看透他心里的每一寸荒芜。他下不去手，悄悄松开已经握紧的拳头。他像在闷锅里蒸着烤着，身上的每寸肌肤都捂着熊熊的火，这些火出不来，他觉得自己快要被焚烧起来了。他扔掉马缰绳，冲着荒野狂吼了一阵，撒开腿在腐烂的草地上狂奔几圈，用缀有马刺的靴子踹着泥土，那股狠劲，好像要从泥土中踹出真理。

夜幕降临了，他还在荒野里奔跑。他都想好了，把自己折磨得疲惫不堪再回家，到家倒头就睡，不然，女人要问起他怎么办？她肯定知道他去要钱了，这是个聪明的女人，看上去胆小怕事，可她心里有数。他几次三番的去镇上，不是要钱去干什么？

夜很深了，黑夜有了很重的寒意，周围全是寒冷和宁静，这宁静被一层更加宁静的黑暗包围着，就有了分量，沉甸甸的。寒意也是有分量的，他感到了寒冷的锥心和宁静的可怕，这才跨上马背慢慢地回家。

　　远远地，他看到自家的窗户上依然亮着灯光，他知道女人还在一如既往地等着他。他一夜不回家，女人就会亮着灯坐等他一夜。她要让灯光招回自己的男人，这里是他的家，什么时候都为他照着回家的路。

　　他轻手轻脚推开门，还是把打盹的女人惊醒了，或许她根本没有打盹，只是眯了会儿眼睛。她看到自己的男人再次回家了，她当即哭了，是那种兴奋的哭，看上去却很委屈。男人不知该怎么劝说自己的女人。干脆不劝说吧，自己理亏，心里没底，说什么呢。他越来越搞不懂这个女人。

　　女人突然破啼而笑，上来接过男人的马鞭挂到墙上，哽咽着说了句，面早就和好了饧着，菜都炒好了，我这就去给你揪面片。

　　似乎闻到了揪面片酸热的香味，男人咽了口唾液，趁女人去热饭的工夫，他甩掉鞋，跳上炕，慌忙扯掉身上的衣服，在摇曳不定的灯影里，蒙上被子装睡。

　　女人端来热气腾腾的揪面片，男人已经打起了鼾。她在炕前站了一阵，轻轻说道，起来趁热吃点吧，天冷，一会儿就凉了。夜长，不吃点东西不好熬。

　　他闻到了西红柿酱特殊的酸味，他忍着继续打鼾，为表现真实性，还装模作样地磨了磨牙。

　　女人把碗放到炕头，腾出手放到男人的额头，颤着声音道，钱没要回来没啥，咱不要了，谁都知道那个女人不好对付。只要你还能回家，就够了。

　　鼾声像被什么东西拽住了，戛然而止。

# 他们的B城

从派出所出来，罗家英一脸的沮丧。他仰着头，看到天空灰蒙蒙的，如同一块抹布，摊开在他的视线里，看得他心更加烦乱起来，不由得脱口恶狠狠地骂了句脏话。

罗家英调到A城一年多，有了一间单身宿舍，老婆孩子从B城跟了过来，单位好不容易给他争取到落户指标，他想趁现在把老婆孩子的户口转过来，眼看孩子到了入学年龄，九月份就要上学了，本市户口可免收一万元的借读费。一万元，那得省吃俭用多长时间才能攒下的一笔数目啊。罗家英把转户口的手续全办齐了，就差落户这一关，原想着万里长征就最后一步了，简简单单就能跨过去，可偏偏就卡在这最后一步上，户籍警告诉他要把老婆的工作调过来，有了接收单位，才能落户。

罗家英的老婆曾是B城一家化工厂的工人，因为污染问题一直得不到治理，几年前被国家有关部门强行停产。工厂关闭，所有工人一次性买断工龄，属无业人员。罗家英有天大的本事，也不可能把无业的老婆调到A城的哪家单位。放眼A城，又何尝不是满眼的下岗工人、无业人员？不过，户籍警在听了他的陈述后，也给他留下余地，说是让他老婆在B城开个没有工作的证明，也可以把户口落下。

工厂都没了,上哪儿开证明?开上证明也盖不上章呀,盖不上章还不是白搭。罗家英很恼火,B城没有一个亲戚,他和老婆全是外来户,为这破户口,他已经回过B城三次,最后,还是被老婆的工作单位卡住了。他后悔当初不应该听老婆的话,在户籍登记表上填写老婆原来单位的名称。罗家英返回派出所征求户籍警的意见,想重新填份表。户籍警耐心地说,没有工作单位,也得有个证明,不然,还是没法受理。我给你出个主意,你干脆去B城找原户口所在地街道办事处,开个没工作的证明得了。

这个应该不是难事,罗家英想着,这次叫老婆回B城去办,他不能再跑了,这么点事再给领导请假,他自己都张不开口了。

老婆去了B城,很快给罗家英打电话说,街道办事处不给开证明,说是得有她原单位的证明才行。

这不废话嘛,原单位已经注销,谁还有本事能拿上原单位证明?再说了,要真拿上那个章,还用得着上街道办事处开证明?

罗家英一听就来气,在电话上对老婆吼道,一个小小的街道办事处都摆不平,你真是白在B城待了……没吼完,想起自己和老婆一样也在B城白待这么多年,赶紧住口,说,你去找一下大庞……算了,你回来带孩子,还是我去!

交接完孩子,罗家英硬着头皮请了假,第四次返回B城。

一到B城,罗家英没有先去找街道办事处,他给老战友大庞打了个电话。大庞从部队转业后,在B城梁山区宣传部当副部长,一听罗家英把事情前前后后一说,当即表态,这算啥破事,你在哪儿呢,我派车把你接过来,喊上那几个战友,晚上咱先醉一场再说。

大庞今非昔比,甫看只是个区宣传部的副部长,派来的车却是奥迪600,去的是B城最豪华的海德酒店,喝的是茅台酒。一看大庞摆开的架势,罗家英心里没了负担,果然喝得酩酊大醉,被大庞手下的王秘书扶回宾馆。

第二天酒醒后,已经到中午,罗家英爬起来,想起正事,给大庞打电话。

大庞在电话里小声说，上面来人，正在开会，已经叫王秘书去办，你听小王安排就是了。罗家英心里踏实下来，洗漱完毕，到宾馆外面去吃了碗面条，回到房间一边看电视，一边给B城的老朋友打电话问好。凡是能打通电话的朋友，一听是罗家英，都显得很热情，说是要请罗家英吃饭，叫他安排时间。罗家英心里热乎乎的，谢绝了他们的盛情，说这次来是办一件急事，时间太紧，办完事就得赶回去，下次吧，下次你们去了A城，咱们喝个烂醉。朋友们商量好了似的，一个个很遗憾的口气，说有什么需要帮忙的事，一定开口，千万别客气之类的客气话说了一大堆。

天快黑时，小王来了，他一脸愁苦地对罗家英说，这事还麻烦着呢，你找的万世街道办事处不在梁山区，属于万家河区，庞部长的话不好使。

罗家英一听头就大了，立马感觉眼前一片茫然，他紧张地盯着小王。

不过，小王说，你也别急，我已经给庞部长汇报过，他给万家河区宣传部的高部长打了个电话，这事高部长会出面协调的。我已经给高部长说好，今晚请他们吃顿饭，把这事摆平。

罗家英悬着的心落下来，眼前的茫然消散了，说，是该请吃顿饭，这饭就由我来安排吧，B城我还是有几个朋友的。

小王的愁眉这才舒展开，说，这样也行，就不麻烦我们庞部长了，他这几天要陪上面来的人，不然，这顿饭他就直接安排了。

我来我来，哪能光给大庞添麻烦呢。罗家英心想，人家大庞够仗义，自己怎么能站在一旁袖着手观看呢。罗家英心明如镜，如今要办事，不吃请喝酒是不行的，天下没有免费的午餐，不付出哪能让事情顺顺当当。

小王留下手机号，说是安排好后通知他，由他来召集。

罗家英掂量掂量一下自己身上的钱，赶紧给中午打过电话的那几个朋友打电话，想他们谁方便能把这顿饭给安排了。谁知，他们又像商量好似的，每个人都说晚上有安排，个个都抽不开身，一个劲地向罗家英道歉。放下电话，罗家英心里冰凉，他连抽两支烟，才把胸口暖热。计算了又计算，他才给小王打手机，叫他联系高部长，地点定在瑞祥。瑞祥他熟悉，价格相对要便宜些。他个人请这顿饭，首先得考虑这个重要问题。

小王却说，地点和人选得叫高部长定，咱要定了，对人家不尊重，既然是办事，咱把事就做得全面些，别花了钱还把人家弄个心里不舒服。这样吧，待会儿我请示完高部长再给你回话。

罗家英没来得及说明自己的情况，电话里已是忙音。握着话筒，罗家英愣在那里，他的脑子里塞满了小王的话，有种不妙的感觉在他脑子里盘旋。

按小王电话上说的，罗家英提前赶到"新世界"的幽香包间。小王已经等在那里，见罗家英来了，神秘地对他说，高部长本来想定在"海德"，我游说了一下，改在了这儿，"海德"多贵呀，随随便便下来，可不得咱几个月的工资。

罗家英拉着小王的手，一边感激地道谢，一边想和小王把菜先点了。罗家英的想法是，酒店人家选定好了，他总可以选点菜吧。他掏钱请客，由他点菜能拿捏得住菜钱，不会挨宰太狠。

小王却说，还是由高部长来后再点吧，你们A城的规矩是领导不点菜吧。

罗家英尴尬地说，不是不是，我是想着不麻烦领导，也方便些，他一来，就可以上菜……

还是让领导点好，啥事都听领导的，他心里舒服，也好办事。小王依旧笑模笑样地说。

罗家英只好放下菜单，点上一支烟狠狠地抽起来。

客人陆陆续续来了，小王这个长那个长的，一一给罗家英介绍。握手、寒暄，罗家英脸上持着谦恭的笑容，就像这些人个个都是他的上司似的，可听了半天，好像没有街道办事处的人，罗家英对这些人一个都没记住。

小王不愧是当秘书的，他把每个人按职务大小，安排好座位，自己谦虚地坐在下首，弄得罗家英倒过意不去，非要和小王换座位，两人争了半天，最后，罗家英挨着小王坐下，才算完事。

高部长还没到，主座空着。大家等待着，抽烟、喝茶，各自与身边的人聊

天扯淡。罗家英与在座的人都不认识，也没记住谁是谁，和小王也没啥聊的，说了几句关于天气的话，小王心不在焉，不停看手机上的时间，起身去门口张望。罗家英不好再说天气这样无聊的话题，一个人坐在那里闷声不响地抽烟。

好不容易等高部长来了，小王叫了一声，大家纷纷站起，迎高部长大驾。高部长胖得像头即将开宰的肥猪，满面红光地捧着大肚子一个劲地向大家道歉，路上堵车，堵得我心里焦急，恨不得调架直升飞机，可咱不够档次，没这个能耐啊。

小王勾着腰，脸上堆满笑，恰到好处地把菜单递到高部长肥硕的手里。高部长眼睛瞄着别的地方，笑呵呵地说，你们点就是了，现在吃饭成了负担，随便一点吧。

还是部长您点吧。大家都呵呵地陪着笑脸说，部长说吃啥就吃啥。

高部长扔下菜单，依旧笑呵呵地说，既然大家信任，我就不客气了，大家知道的，我这样子，严重超标，医生说了不能吃好的，尤其不能吃海参鱼翅，那咱就吃这里的特色，水席吧。老规矩，按人头上套餐，经济又实惠。

大家拍手叫好。罗家英心里的石头落了地，也拍起手来。

高部长对小王说，你下去安排一下我的司机，老规矩，工作餐，不能超标啊。

这个长那个长，也给小王说自己司机的名字。小王点着头，退到罗家英跟前，使个眼色，扯上罗家英到过道上小声说，先拿五百吧，下面五个司机呢。

罗家英愣怔一下，还是掏出钱来，数了五张给小王。这个规矩他听说过，以前自己没张罗过请客吃饭，一下子还不大熟悉。

小王很快就上来了，他招呼上菜。一排服务员端着水席进来，往每个人面前摆带汤的小碗，黄的、绿的、红的，摆了不下十碗，每碗量不大，但很精致。大家对面前的汤赞不绝口，却没有人动筷子。罗家英看了小王一眼，意思叫他说开场白。

小王点了下头，站起来对高部长说，部长，还没点酒水呢，您看，喝点什么？

高部长说，随便，随便上吧，白酒不喝了，最近太忙，喝白酒容易晕乎，咱就喝这里的特色酒。

特色酒是酒店自己泡的药酒，每人一大杯。服务员端上来，一一给大家介绍这酒里泡的东西，都是可怕的动物，还有壮阳的物件。

没有开场白，高部长一声招呼，大家开吃，边吃边说B城最近又发生了一起无头女尸案，还有某个局长包养了几个情妇。吃得开心，谈得也都尽兴，一个个眉飞色舞，红光满面，桌子上空尽是口沫横飞。

罗家英满耳聒噪，心里很不舒服，正经事没说一句，尽扯淡了。这些所谓的这个长那个长，把精力都放在畅谈这些无聊的事上，没人提一句开证明的事。他扭头看看身边的小王，小声问道，咋没见万世街道的人呢？

小王附到罗家英耳朵上说，街道办事处算个屁，高部长一句话，他们孙子一样，你放心吧，啥大不了的，有高部长，啥事都能摆平。

罗家英心里更不舒服，面前的汤没喝几口，倒把那杯药酒一饮而尽。高部长看见了，直称赞这个朋友酒量好，还用他那只肥手指着罗家英点了半天，也没有叫上罗家英的名字来，别人也都笑眯眯地看着，没人能说出罗家英的名字来。小王倒是知道，可他只是一脸谄媚的笑容光顾看高部长的肥手，根本想不起来还没有把罗家英介绍给高部长。

吃完饭，大家手里捏着牙签在嘴里乱捣，小王示意罗家英去埋单。罗家英到吧台还没开口，小姐已经笑眯眯地报了声"幽香埋单"，递上账单。

罗家英扫一眼单子，两眼直了，上面总价是两千八百八。他瞪着眼问小姐搞错了吧。

小姐张着猩红的大嘴哎哟叫了一声，说，看我这记性，那几个司机的还差点忘了，他们还有五百呢。一共是三千三百八，先生，谢谢您的提醒，发票写什么单位。

罗家英恼透了，咬着牙说，要什么发票，我私人掏。我说小姐你没搞错吧，我们只要了一些汤汤水水，就这么贵？是不是你们把斧头都搬出来了呀？

小姐十分惊讶地看着罗家英说，先生，您这是说笑吧，我们这可是正规饭店，都是明码标价的。就这顿饭，您还嫌贵呀？看在高部长的面子上，已经打过折了。您看，这水席每套二百八十八，你们八个人，是两千三；每杯药酒一百，八杯就八百块，加一起是三千一百，已经给您打折少了二百多，先生您……

小王过来拍着罗家英的肩膀说，算了算了，高部长快下来了，赶紧埋单走人，叫他看见了不好。大哥，您不是带的钱不足吧？

罗家英看了小王一眼，掏出一叠钱数了两千九，扔到吧台上。

把高部长等人送上各自的车，罗家英转身要走时，小王凑到跟前对他说，你和我一起上梁局长的车吧，他只有一个人。

罗家英说，算了，我打的回去。

回哪儿呀？小王拉住罗家英，奇怪地看着他说，还没完呢，高部长提出去辉煌娱乐城唱歌，我能说不去吗。走吧，车在那边。

罗家英甩掉胳膊，对小王说，我——喝多了，得回去睡觉。说完，自顾走了。


回到宾馆，罗家英哪里睡得着觉，躺在床上，几乎抽了一夜的烟。第二天，他自己去找万世街道办事处开证明，和上次他老婆说的一样，人家还是要工厂的证明。罗家英不急不缓地说出高部长的名字，上到办事处主任，下到居委会老太太，没一个人买账。罗家英急眼了，要给高部长打电话。办事处主任说，甭说是高部长，就是高市长打来电话，这个证明我也不敢给你开，我当这么多年办事处主任，违法乱纪的事绝对不干。别的话不说，你只要能开来工厂证明，我十个无业证明都可以给你开！

罗家英简直气晕了，他不要十个，只要一个能实实在在证明他老婆没工作的证明！他从街道办事处主任手里一把抓过老婆的户口本，不办了！

罗家英气呼呼地来到火车站，买了一张当晚返回A城的车票。

就这样空手回去吗？怎么给老婆交代，证明没开上，户口落不下，九月份孩子上学，每年交上一万块钱赞助费？一想到钱，罗家英心里压抑了一个晚上的怒火呼啦一下又猛蹿起来，他把老婆骂了一顿，可是自己一样什么事都没办成，反而莫明其妙地花了近三千块钱请了一群莫名其妙的人吃饭！

罗家英越想越气，攥着火车票在车站广场上徘徊。

这时，一个小伙子慢慢转到他身边，小声问他要不要文凭、发票，什么样的都有。

此时的罗家英脑子里还充塞着昨晚的怨愤，没理小伙子，转身就走。走了几步，突然一个念头在他脑子一闪，他停住脚步，回头喊住小伙子，问他刻不刻章子，公章。街道办事处的公章。

小伙子愣了一下，套了罗家英半天话，才说可以刻，与罗家英讲起价钱。

最后，他们以二百块钱成交。

罗家英跟着小伙子来到火车站后面的一个小胡同里，半个小时后，他揣着刻好的公章出来了。

做了一回不法公民，罗家英心里很虚，回宾馆办了手续，离晚上发车时间还早，他不想再找任何人，人情冷暖啊。而且，他也怕人家问起他此行的目的，不知该怎么回答。在一家小饭馆吃过午饭，没地方可去，他到就近的商场转悠着消磨时间。逛商场不是罗家英的强项，况且看着那些商品的价格，他就来气。想起昨晚的那顿冤枉饭，他更窝火，恨得牙根痒痒，摸着包里的假公章，心里沉甸甸的。

罗家英在拥挤吵闹的商场转悠时，看到几个保安在人群中一脸警惕地走来走去。突然间，他想起该干点什么，便给小王拨通电话，说了很多道歉的话，并且，与小王约定，为弥补昨晚的过失，今晚去辉煌娱乐城唱歌，还是昨晚的那帮人。小王一扫昨晚的不快，高兴地说这样最好，还是由他来组织协调，保证让高部长高兴，把罗家英的事办成。

到了晚上约定时间，罗家英故意拖延半个小时，打车来到辉煌娱乐城。人

来得很齐，一见埋单的人到了，大家的情绪都很高昂，开始在包间里一边喝酒，一边扯着喉咙尽情吼歌。

小王这秘书是当到家了，他出去一会儿带进来几个小姐，一一安排给每个人。罗家英也有份，他和小姐频频举杯，喝到高兴处，扯过话筒，也吼了几嗓子，逗得高部长他们哈哈大笑。

闹了一阵，慢慢地有人拥着小姐出了包间，不知到那里去调情了。罗家英推说上洗手间，拍屁股走人。

打车到火车站，还有半个小时火车就开。罗家英用手机打了个电话，上火车走了。


这一天，罗家英突然接到B城大庞的电话，一开口就问他没什么事吧。

罗家英莫名其妙，不知大庞在说什么。

大庞说，那天晚上小王和高部长一帮人去找小姐，不知被谁报了110，弄得很不好。不过，到处都有我们的人，费了点周折，大家都没啥事。过后，小王说你也去了，后来没找到你的人，怕你吃亏，你没事就好，你人现在在哪儿呢？

罗家英没有回答，挂断了电话。

# 后 来

从镇政府办公楼出来，女人的心像被谁一直用手攥着，紧得她喘不过气来，头晕乎乎的，脚下光滑的水泥路变成凹凸不平的山路，被她一脚浅一脚深地蹚过。她硬撑着不使自己窒息，低下头盯着脚尖，急急穿过政府院子，逃也似的跑出大门。不过，她还是忍不住回头瞅了一眼，政府院子里安静得很，懒洋洋的阳光散淡地泼在地上，几张碎纸片在失去凌寒的春风中舞动，招魂似的飘来荡去外，连个鬼影子都没有。女人这才舒出口气，深呼吸。天气还很寒凉，居然出了一身的汗，她抹去额头的汗，把攥紧的心缓缓放开。

难为死人了。女人抚着还在狂跳不止的胸口，暗下决心，再不听男人的鬼话，来干这种事了。过后想想，女人都觉得后怕，刘大真不像以前那个镇长，口若悬河，逮谁都要说个没完。刘大真一见是她，说了声"是你"，表情略有些惊讶，却再无话，仿佛他多说一个字，就要多花掉他一分钱似的。但刘大真没一点镇长的架子。女人想象中的镇长就像是被这个春天轻柔的风带走了，留下的只有树梢上细细的绿芽，嫩嫩的，柔柔的，让人心里充满了温暖。当时，刘大真从宽大的办公桌后绕过来，站在她面前，温和地看着他，等待她开口。女人不敢看刘大真的目光，低了头，看到他的裤线熨得像刀砍过一样，他腰里是不是别着一把砍刀，随时都准备修理裤线似的。真有点楚河汉界，泾渭分明！女人的脑子里顿时闪出这两个词，使得她越发窘迫，手脚不知该如何摆放。正不知怎么开口时，幸亏有个电话来得及时，刘大真过去接电话，注意力不再集中在女人身上，否则，女人真不知怎么说才好。为免于难堪，女人早就做好了准备，把要第二胎指标的意思写成信，趁镇长没来得及问，把攥得汗湿的信纸往他的桌子边上一丢，扭身跑了。

走出好远了，女人还是不敢看周围的一切，她怕碰到熟人，一旦问起她干啥来，她不知怎么回答。因为大家都知道，从部队转业回来的刘镇长，曾经和女人有过一段往事，这个时候碰上她从镇政府出来，难免会乱猜测的。所以，女人仍低着头，步子越迈越快，几乎是小跑着穿过镇街。眼瞅着刚上过油的皮鞋蒙上了一层灰尘，她的心里敲起了鼓：刘大真会把她的信当回事吗？给个二胎指标对镇长来说不算个难事，可对她，刘大真会给她这个面子吗？

丈夫掇弄女人来找镇长时，她是不愿意的。别的事倒也罢了，可面对刘大真要第二胎指标，她怎么说得出口？

男人不高兴了，吊下脸说，正因为是生第二胎，关系延续香火的大事，才找他刘大真呢，有啥说不出口的？要是别的事还不找他呢！

要说你去说，我去了也不一定能顶事。一提延续香火，女人就蔫了，语气上先败下阵来。谁让她生不出儿子呢！女人虽然上过初中，学过生理卫生，知道生男生女不是女人一人的事，可她没生出儿子，再能耐也拧不过这个事实。在事实面前，她强硬不起来。

你明知道我去找他不顶用，还说这种话？男人立马换上一副笑脸，对女人用上了软刀子，再说了，咱有这种关系不用，过期作废。

咱有啥关系？啥关系都没有！你一个卖菜的男人，我就是菜贩子的媳妇。丈夫的话像块糯米团软软地堵在女人心口，化不开，咽不下，她急眼了，扭过身，又丢下一句，你再这样说，我连这个念头都不动了，免得你日后说三道四！

女人和刘大真是初中同学，初中一毕业，没考上高中的女人回家种地，刘大真勉强上了高中，看不到希望，两年后当兵走了。不久，媒人把刘大真介绍给女人，说句实话，女人从心眼里真没看上过刘大真，论长相，刘大真最多也只能是个五官端正。但端正的五官组合起来的脸差别还是很大的，刘大真的脸平淡无奇，如果非要说有些特点，那就是眼睛，不大不小，还算安静温和。主要是刘大真的家境，当时比女人家差远了。这样背景的刘大真，没入过女人的眼，猛然有媒人上门提亲，女人从记忆库里搜索刘大真的资料，大多都对不上眼，最后翻出初中毕业时的集体照，从一堆稚嫩的脸庞中搜寻，才把刘大真对上号。女人犹豫了，一拖就是两月时间，差不多快忘了这事，媒人却像蚯蚓似的把原本结实的土地又拱动起来，说男方家里找人推算了一下，她与刘大真生辰八字不合，这事不再提了。可是，女人却把刘大真记住了，要记住一个平常的人，得有特别的事。这事在女人心里并没起多大涟漪，原本无心，此时亦无意。女人也清楚，所谓生辰八字不合不过是个借口，是她近两月未答复伤了人家的自尊，但她不觉得懊悔，在桑那镇这种小地方，除过考上大学跳出农门外，别的路几乎行不通。当兵去寻出路的，三年前怎么走的，三年后还怎么回来。唯一不同的是，当兵出去会给家里人一种期待，往前走，说不定会有好运气和机遇呢。不过在女人眼里，那些出去当兵的小伙子，在当兵的三年期间，借着一身军装的威力，赶紧在老家找个好点的对象，是怕回来后没有军装罩着失去光泽，不好找了。

女人把刘大真也当成了那类人。

的确，刘大真的家人当时是这么想的，至于这是不是刘大真自己的意思，谁知道呢，过去这么多年，很多事很多记忆都会淡没的。谁知，世事总有变化的时候，女人没想到，刘大真却出息了，三年后没退伍回来，竟然提干留在了部队。第四年春节时，他穿着四个兜的干部服回家探亲。

那时，女人已经与男人结婚两年，并且生下一个丫头，过上了不富裕也不拮据的小日子。关键是男人一表人才，头脑又灵活，比其他人起步早，在镇街上摆了个菜摊，不愁吃穿。两年的时光不长，但足以让女人忘却更多的事和更多的人，何况刘大真和女人一点也扯不上。即使看到刘大真衣锦还乡，女人和所有乡

里人一样，不过抱着对新生事物的好奇，心里却一丝波纹也没起，没有遗憾，也没有艳羡。

有什么好遗憾的呢，一场风淡云轻的往事而已，生辰八字不合，勉强算得上理由，也是最温和的处理方法，谁也伤不着谁。就是刘大真见了女人，微微一笑，一脸坦然，没有要在女人跟前显摆的意思，就好像两人之间只是识而不熟的乡邻。女人也一样，那年提亲的事只是流星似的在脑海中闪烁了一下，然后不着痕迹地淡去。

世上值得用心的事很多，那时候的女人已陷入头胎没生出儿子的困顿之中，着实也没心思顾及其他不着边际的事情，连男人的好外表在女人的眼里也像一朵蔫了的花，没什么新鲜感了。但生活由不得心境，女人也由不得自己，紧接着又生下二胎，依然是个丫头。这下，女人的位置不但倾斜，而且颠倒了。婆婆的好脸色像一场倒春寒，冷到了极点。丈夫是独子，身上背负着传宗接代的大任，可一个接一个的女孩，破碎了他家的梦想，所谓男女平等，不过是城里人的自我安慰罢了。生下第二个丫头后，为省下二胎指标，婆婆瞒着人把丫头连夜送给别人，为再生一胎，女人连月子都不敢坐，第二天就坐到菜摊子后面强作笑颜。

女人不敢抱怨，这是女人的命，生来注定的。可是，女人没有对怀孕生孩子害怕，却对生女孩有了恐惧心理。

不久，女人又怀上了第三胎，担心又是丫头，会占用第二胎指标，偷偷跑到县城医院做B超，那些医生从不告诉你是男孩女孩，就怕你知道是女孩要打掉。男人生气，骂那些医生黑心，只顾赚钱，不管他们农民活的多难，不就是拿仪器看一下嘛，说说男女会死人啊？女人吸取了第二胎的经验，尽量躲着藏着肚子，到了实在藏不住时，住到了娘家。这种事原本就藏不住的，何况为躲罚款在桑那镇也不是一家两家，没人去举报的。女人躲来躲去为生个男孩的遭遇，让刘大真知道了，那时他已在部队驻地结婚生子，回家探亲时听说此事，家人当茶余饭后的闲话，却入了刘大真的心，他当时不知出于什么心理，竟然去女人娘家找她。

女人挺着大肚子窝在娘家根本不敢出门，就算出门，也是房门，在院落里走走。那是个冬天的傍晚，天欲黑未黑时，娘家人粗心，没关院门，女人在院子里抱着一捆玉米秸秆正要去烧炕，刘大真一身军装冷不丁地出现，默不作声地站在门口。女人没看清是刘大真，但本能的防备使她把玉米秸秆抱紧掩盖住肚子，转身就跑，却被刘大真叫住了。

女人永远忘不了那个炊烟缭绕的傍晚，她是怎么被那个叫声打败的。当她立定看清是刘大真后，呆傻了，惊恐地望着面前略显陌生的刘大真，她"啊"地惊叫了一声，脑子迅速闪过已被她遗忘的那段往事，第一反应竟然是刘大真会不会举报她。女人慌乱得像猛然间被抽去了筋，软了，抱着的玉米秸秆哗啦一声掉在地上，大肚子显山露水地横陈在刘大真眼前。女人想再把玉米秸秆抱起来遮挡肚子，可她浑身都在莫名地颤抖，没那个劲儿了。

女人的妈听到声音从厨房冲出来，扑到女儿跟前，一边抓起地上的玉米秸秆欲盖弥彰，一边仇视着刘大真。

刘大真稳稳地站在门口，既没有因为女人的慌乱退出去，也没有再往里踏进一步。当着女人妈的面，刘大真对女人说道，不知我能帮你啥忙？

女人的心忽然间不再慌张，而是羞愧自己这副模样，鼓凸难看的肚子，被肚子撑得毫无章法的衣服，凌乱不堪的头发，还有——苍黄的脸。女人心里难过得很，垂下头什么都说不出来。

笑话，生不出儿子，你能帮上这个忙？女人的妈没好气地说，你要当没来过，就算是帮大忙喽！

刘大真还算知趣，没再多话，转身悄悄地走了。女人仍像傻子一样低头站在院子，她妈抱起秸秆扯了她一把，说，还不回屋，站这儿展览不成？

遭遇了这样一场突兀的造访，刘大真在女人的心里才真正烙下了印迹。有时候静下来，瞅着自己的肚子，女人有种隐隐地想给谁诉说的欲望，经常会想起刘大真的那句"不知我能帮你啥忙"，她心里不免有丝温暖升腾起来，同时，也有一些酸酸的东西泛上来，使她无限惆怅。这种若有若无的惆怅一点也改变不了她的生活。很快，她又产下一个丫头，容不得她有别的心思。

在婆家人眼里，女人是个会下蛋却下不出高质量蛋的母鸡，从冷脸到冷言冷语，婆婆对她的态度已降到零下几度。说到底，还是男人有良心，比较心疼老婆，私下里让女人尽量避开点母亲，她心里不痛快，就叫她说吧，等咱争口气生下儿子，她不就高兴啦！

女人自从生下第二个丫头后，就不跟男人使性子了。她有什么资格使性子？一句生不出儿子的话就能把她打得趴下。生儿子是她在婆家的本分，连续送走了两个丫头，她最担心的，下一个会不会还是丫头！

刚过完年，刘大真从部队转业回来，当上了镇长，女人没往心里去，人家是镇长了。镇长是什么，是桑那镇所有事务的总管，她不过是人家小小的一个子民，距离太大了。女人没有动过要去找刘大真的想法，凭什么呀？就凭她曾经与刘大真有过生辰八字不合？趁早拉倒吧。

男人却不这么想，他表现得可不像女人这么轻描淡写，相反，他兴奋得在炕上躺不住，蹲着说这是天赐良机。他的理由很简单：生辰八字是天定的，不能怪女人。可那年刘大真亲自找上门给女人说过，要帮她的啥忙。这么好的条件浪费了，实在是可惜。

女人不肯，生辰八字不合不过是人家维护自尊的一个借口，难道现在她就不能维护一下自己的自尊了？

男人说他是镇长你是普通百姓，百姓跟镇长谈什么自尊啊，矫情不矫情！这要换了别人，谁会放过这个机会？你傻啊！又说女人还没给咱家生下个延续香火的传人，这个重任她怎么也得完成，是儿子重要还是面子重要，你自己掂量吧。男人的话不软不硬，却压得女人喘气不匀。在男人的说服——实则是逼迫下，女人涎着脸去找的刘大真。

当面虽没说什么话，但把信送给了他，要说的全在信里，写得清清楚楚，剩下的就是耐心等待了。

在等待的过程中，女人心里琢磨，她那天去见刘大真太匆忙，心里只装着怎么给人家说事，也没穿件像样的衣服，还是平时那身烧锅做饭的平常装扮，在家里地里常年穿的那双布鞋，要不是临出门时觉得不雅才换双刚打过油的黑皮鞋，女人真不敢想象自己成啥样儿了。那年冬天刘大真上门是猝不及防，她怀着孕，邋里邋遢倒也情有可原，可这次呢，琢磨了好几天，居然没琢磨到形象问题。她会给刘大真留下什么印象，一个不修边幅的村妇？还是邋遢的家庭妇女？抛开生辰八字的事不说，她和镇长的关系与其他村人与镇长的关系有啥不一样？本来是冲着不一样去的，结果还是让自己给轻视了。女人越想越沮丧，越想越后悔，恨不得把去找刘大真的那一幕抹去，让她重新开始新的设想。不管怎样，她要注意形象，一个注意细枝末节的女人才是可爱的女人。想到"可爱"这个词，女人脸红了一下，是去跟镇长谈第二胎指标问题，又不是约会，要可爱干啥？三十多岁的老女人了。她暗暗笑话自己。

这样想着，女人还是翻出过年时穿的衣裳，全是冬天的，这个季节穿着显然不合适。她翻箱倒柜，找出一大堆适合时下穿的衣裳，大都是刚结婚那阵子买的，这几年顾着东躲西藏生孩子，压根儿顾不上穿衣打扮，随便抓起一件衣服，都是些旧衣服，不说样式老套，能合体上身的没几件了。女人从中挑了几件六七成新的，对着镜子比画来比画去，比画出一丝心酸来。女人真经不住折腾，结婚六七年，生下三胎丫头，她的身材已经变得不敢照镜子了，再没几件像样的衣服，走出去真是难见人啊。她抚摸着一堆花花绿绿的衣裳，怅然若失。男人蹬着三轮车去菜市场，见天有些阴沉怕过会儿刮风下雨，返回来添加衣服，见女人抱着衣裳失神，心里明白了几分，半开玩笑地说，你这是干啥，翻箱倒柜地折腾，要去会你的旧情人啊？

女人拿衣裳去打丈夫，男人闪身躲开，捡起落在地上的衣服，忍不住又酸溜溜说，人家如今是镇长，未必就认你！信都送过去一天一夜啦，连个屁都不放，八成人家没把咱当回事！

女人心里本就酸酸的，被丈夫这么一说，更没底了，心里空得像个黑洞，自己都听到里面呼呼啦啦的寒风了，一想自己这几天怎样的千思百转，漾荡了多

少心思，到头来却不过是一场空洞茫然，眼泪不由自主地滚落下来，好像看到刘大真把信扔进垃圾筒，把她的自尊踩烟头一样用鞋底踩拧着，她的心揪成一疙瘩，抽搭起来道，那你还逼着我去找他，真像你说的，今后我的脸可往哪儿搁呀？

男人本是随口一说，没想触到女人的痛处，从送完信回来，女人就跟没魂似的，在炕上一坐就是大半天，问她一句话回一句，没多余的一个字，情绪很低落。他于心不忍，凑过来揽住妻子肩头，安慰她说，我只是这么一说，你怎么就当真呢，你也不想想，人家堂堂一个镇长，又是刚上任，有多少大事要抓，就咱这事对人家来说太小了，你得容人家理清头绪才给回音吧。你递一封信他就给你音了，那以后桑那镇的人都给他递信得了。别伤心啦，这次要能办下二胎指标，你也不用东躲西藏，咱堂堂正正地怀孕，挺着大肚子见人……

可是。女人得到一丝安慰，擦一把泪歪进男人怀里，小声说道，万一又是丫……

男人迅速将妻子的嘴捂上，把那两个敏感的字堵了回去，哪来的可是，你可不能瞎想，把心放宽，老天不会这么不通情理，只给我丫头不给儿子。我妈和我姐这次找到一个真人，给算过了，这次肯定是个男孩。有个再一再二，不会有再三再四了，咱都是再四啦。

女人闭着眼睛，默默地点了点头。说句心里话，男人对女人还是不错的，尽管不如最初，可也没刻意嫌弃过她，已经很难得了。

等待是煎熬人的。女人在这几天的等待中，坐卧不宁，心如猫抓，她开始对刘大真产生了怀疑，他如今可是镇长啊。虽说他们之间不曾有过什么关系，可那年他上门来说的那句话难道不是真心实意的？就算他忘了他说过的话，可怎么说他们也曾同学过一场，就真的视若陌路？按说给个二胎指标，对镇长来说，不算什么，可是他……女人越想心里越慌，越慌还要装得越加平静，使内心的焦灼不显山露水。她怕影响到男人的情绪。

男人早已没了耐心，他没心思卖菜，干脆收了摊子，偷偷躲在镇政府外面的杨树林里，观察院子里的动静。政府大院不是菜场，没有人来人往，只是偶尔有人进出。他没敢进去找刘大真，没那个胆。男人心有怯意，在杨树林里胡乱想了半晌，也没想出个所以然，只好回家猜疑来猜疑去，说刘大真是耍弄人呢，当年主动找上门要帮忙，是明知帮不上忙随口一说，现在真正能帮上了，却拖着连个屁都不放，还不如干脆点，要钱要礼公平交易也爽快些。

丈夫情绪一变，女人心里更是一点底都没了。说实话，她对刘大真一点都不了解，就算初中同学，那时男生女生界线分明，没有什么交往，何况那时的刘大真实在不起眼，学习一般，又不活跃，在四五十人的班里，根本留不下印象。要不是他当年上她娘家门来那么一出，给她留下一丝希望，这次说死说活，就是与男人闹翻，女人也不会去求他的。女人哀叹一声，想不明白刘大真葫芦里到底卖的啥药，她有些怨恨刘大真，那点存在心里的温暖在一点点消失，尔后殆尽。她恨自己怎么会为刘大真感动过，也许，那年他不是想帮她的忙，而是来看她的狼狈，当年她对他的轻慢伤害了他，他要回敬她一个轻慢？丈夫的话刺激得女人像脆弱的沙雕，稍一跺脚就会坍塌。她刹那间泪水潸然，让她后悔的事做都做了，脸也丢过了，除了悄无声息的等待，还能怎样？

不行！男人的耐心是有限的，他要女人再去找刘大真，非得问个明白。

要去你去！女人一抹眼泪，断然拒绝道，他真要耍弄咱们，你就是跪在他面前也没用，再去找只能自取其辱，我不能再去丢人了！

话是这么说，女人还是不甘心，刘大真怎么会是那种小肚鸡肠的人，真要恨她，几年前或许连那句让人倍觉温暖的话都不用说了吧。她自欺欺人地安慰自己，同时也安慰着男人，说不定，人家正在想法子呢，你不也说镇长的事多嘛，啥事都得有个过程，别人什么事都能等，咱为啥不能等？你就是出去买个东西还得有个先来后到，咱们的事难道就可以不排队？

男人被女人的话说得有了笑意，仅仅是有笑意，过了几秒钟，脸上依旧焦虑和烦躁。他是个急性子，不会拐弯，看出女人的良苦用心，却难抑制心里的焦

躁，气恨恨地说，他是镇长，一个二胎指标对他算个屁事，还排队呢，桑那镇多大的地方啊！

男人也不顾女人的感受了，胡说八道起来，你以为你是人家的啥人，旧日情人啊？死了你那份心吧。那年上门唬你的话也信，人家根本没把你当回事，不然，就不会煎熬人了。唉，早知刘大真是这样的人，还不如托曹公公再去找一下计生办的庞主任，给她再送点礼啥的，说不定早拿上指标了。

曹公公是镇政府的秘书，在领导跟前点头哈腰，在百姓面前谱摆得比领导还大，拿腔拿调，像个十足的太监，大家背地里都叫他曹公公。

女人听不得男人的风凉话，没好气地说，那你咋不趁早找去，害我丢那脸做啥！

这不是看你有这层关系，想省点钱呗。男人耷拉下脑袋，有气无力地说，你又不是不知道，经过曹公公的手，就得拔毛，咱那点家底这几年都快折腾光了，今后的日子可咋过呢。

男人一泄气，女人心里更空落，可她还是硬撑着说，都到这时候了，就再等等吧，说不定，那个姓刘的会对咱动了恻隐之心呢。

男人从鼻子里挤出一声不屑，从一堆衣服里抽出自己的衬衫，换下身上的夹克，蹬上三轮车，又去卖菜了。剩下女人一人在屋里发愣，心里胀胀的，像被什么东西撑着，一点一点撑大，就要撑破心脏似的。忍不住，她又泪水涟涟。


天气转热，地里的庄稼和蔬菜能看到大片蓬勃的绿色了，大棚里的菜价开始跌落，本来不太大的桑那镇，开春后各家地里有了新鲜蔬菜，买菜的人越来越少，卖菜的小摊贩却越来越多。卖菜的淡季到了。

男人的心情一点也不适应这蓬勃的春天，菜不好卖，一车菜摆到中午还是那么多，气温上升太快，他的情绪像菜叶一样打着蔫，卷起了边。没人来买菜，几个菜摊贩子一起玩争上游，吵吵嚷嚷的。男人无心玩，才熬过晌午，他竟然困得睁不开眼，干脆收摊驮着大半车菜回家。

　　女人见丈夫蔫头耷脑地回来，一头扎到炕上睡了过去，再看大半车蔫不拉叽的菜，心里极不舒服。卖菜是小本买卖，也就赚个家用，丈夫这段时间无精打采，出去得晚回来又早，赚不上钱不说，菜卖不出去拿回来自己又吃不完，烂在家里，不亏本才怪呢，要这么亏下去，这个家可咋办呀？她拿丈夫没办法，自己又不会骑三轮车，也曾用心学过，三轮车三个轱辘看似比自行车稳当，可骑上去硬是拐不过龙头来，几次冲进了沟渠里。丈夫不让她骑，反正有他在，她也不用拿骑三轮当门技术。可看着大半车菜摆在院子里，女人心疼，本想推着车子自己去菜市场，哪怕按批发价卖掉，也比烂掉强。可这么一大车，推起来吃力，说不定到菜市场都天黑该收摊了。于是，她赌气不管，一屁股坐在门槛上，望着大半车菜默默流起泪来。

　　以前，女人不是这样的，她勤快、能干，且很知足。虽然这几年为生个儿子，她吃了不少苦，心里很委屈，可那种委屈如天上过往的云，一眨眼工夫，便淡了轻了，最后了无踪迹。现在，她已经接受了得生个儿子的现实，这也是她的宿命，再怎样也逃不开躲不掉的，她也坚信自己一定能生出儿子，完成伟大的使命。可是，日子却在这里拐了个弯，出现了刘大真这个人，像他们生活中突然间闪出的一道瑰丽彩虹，闪着炫目的颜色，虽然这道彩虹在瞬间就消失了，但在女人的心里却留下了一道影像，一时半会儿无法完全淡没。


　　初春的暖阳比较短暂，很快收起了西天上的余晖，天欲黑未黑，一副拿不定主意到底是多留一些白，还是多铺一些黑的时候，邻居家已开始烧晚饭了，青蓝色的炊烟在浅灰色的夜幕上升起来，像极了水墨画，很忧伤，也很压抑。

　　女人闻着炊烟味，坐着没动，她不想起身做晚饭。婆婆半下午就去学校接丫头了，可每次不到天黑透了回不来。丫头放了学，总要和一帮孩子疯够了才回家，但婆婆不按时去接，学校老师就交不了差。婆婆不愿看老师的脸色，每次都早早地守候在校门外。婆婆并不知道发生在女人、男人和镇长之间的事，她一如既往地不给女人好脸色，却一如既往地关心着孙女。

女人长长地叹口气，似要把胸中的憋闷一口气吐出来。她抹了把眼角的泪痕，望着几缕炊烟往空中缠绕，然后慢慢散开，消失得无影无踪。她的目光变得迷离起来，为那缕消散的炊烟，心里有种说不清的惆怅。

男人从炕上爬起来，他在恢复往常的情绪，当他确认希望不会再有的时候，他的状态也就迅速还原，心想着自己得振作起来，不经意受伤的日子总要复原，日子又会开始新一轮的期盼。儿子，就像天边一颗璀璨夺目的星星，映亮他们接下来的生活。

这时，院外突然响起汽车的刹车声，把女人的目光拉回来，投到院门口。她的心思还没回到现实之中，不会把汽车与自己家联系起来，可她看到一个脑袋探进大门，那个脑袋带动半个身子进来，朝她招了招手。女人这下看清楚了，朝他招手的是镇政府的曹公公。

女人还没站起身，就看到曹公公身后又冒出一个人来。女人分明看到，那人衣着齐整，裤线分明，不是刘大真镇长是谁！

女人慌得惊叫一声，赶紧起身，头拧向屋内慌乱地喊道，快，快，镇长——来了！

屋里响起慌乱的声音。

女人不知怎么办才好，猛然间发现自己身上还是件家常旧衣服，说不定屁股上还沾着门槛上的尘土呢，再就是脚上的塑料拖鞋，太不雅了。

女人又惊叫一声，扭身往屋内跑，一头撞上迎出来的男人，她晕了。

# 斜眼的吉利

吉利第一次去喀什，是十一岁那年夏天。在那个鲜花盛开的闷热季节，她一下子就喜欢上了这个热闹繁华的城市。也是从这个时候起，喀什就在吉利的心里埋下了种子。至于这颗种子会不会发芽，甚至成长，吉利没想那么多。她当时的年龄还想不了那么远。

吉利的眼睛有点斜视，上课时她分明是目不转睛望着老师认真听讲，黑板上的字一个也没从她眼里溜过，可落在老师眼里，却是她心不在焉，经常瞅着别处的样子。老师很生气，经常批评她不认真听讲，老喜欢看着别处发呆。逢到考试，她明明是在看自己的考卷，可自己的眼神由不得自己，偏像是盯着同桌的试卷，瞄着另一份试卷上的答案，谁与她同桌，都告她抄袭。为此，吉利偷偷哭过好多次，又不能给老师和同学说她的眼睛天生斜视，她的看跟平常人的看不是一个概念，她没有老师和同学眼里的那些恶劣行径。但这些话一旦说了，她知道，同学们肯定会笑话她的。班上曾有个同学就因为大拇指旁多了个小指头，一直受到同学的嘲笑，有些人一下课就喜欢围着多了个指头的同学，趁着人家不注意，使劲捏那个多余的软乎乎的"肉瘤"。他张开的手指比别人手掌面积要大，大家就给那个同学取了个"阴阳掌"的外号，后来，那个同学忍受不了这样的嘲笑，

终于退了学。若是叫同学们知道了她眼睛不正常，她的遭遇也只能和那个六指的遭遇一样，谁愿跟一个身体有缺陷的人在一起？谁又愿意放过打趣她的机会？她的外号一准会比“阴阳掌”更难听。不说，就只能把这份苦恼压在心底，默默地承受着老师的批评和同学的责怪。

可这样的负担是日积月累的，女孩子的承受能力又比较脆弱的。吉利再无法忍受老师的责备和同学的蔑视，给父母提出了辍学，理由是她受不了斜视给她带来的冤屈，她的自尊心是很强的，她的忍耐程度是有限的。其实，吉利的眼睛小时候斜视得并不严重，父母对女儿眼睛上的这点小毛病并没往心里去，谁家孩子能囫囵得没有一点缺憾？吉利身体一直很健康，人又长得周正端庄，眼睛又大又亮，像荒野里的水泡子，天气再热再燥也碧波荡漾，瞅着疼死个人呢，那小小的一点斜视，不认真看还瞅不出来，女孩子家家的，脸面上过得去就行了，一点小毛病，没啥。到了上学的年龄，吉利已经明白自己的眼睛有问题，她本来就是个文静羞涩的女孩子，这一来更是不愿意跟太多同学往来，一个人默默的，安静得就像不存在似的，要不是上课和考试时总给人错觉，她还真引不起他人的注意。父母不在意吉利的眼睛，反正怎么看，自家孩子都是最好的，就这么过了多年。可一旦上升到辍学的层次，父母这下才意识到问题的严重性，当回事了，带吉利去镇卫生院治疗。桑那镇是个小地方，卫生院就更小了，几间土平房，医务人员全是本土赤脚医生出身，只能看个头疼脑热，最大的能耐是接生，还得是顺产才行，否则不给弄个大出血才怪呢，他们平时连堕胎这样的小手术都做不了，哪能校正斜视？见都没见过。

他们直接找的是卫生院的院长。那个白发飘飘的老院长把吉利的一双大眼睛看了又看，又把吉利的父母看了又看，才说，没啥问题啊，一点点斜视，不影响视力，也不影响小姑娘的漂亮嘛，瞎折腾啥呀。

吉利噘着嘴摇头，大眼睛里涌出一泡水来，湿了眼眶，看上去惹人怜惜。

院长摸了摸吉利的圆脸，望着她的父母说，孩子心里疼着呢，那就去喀什的大医院看看吧，虽不是啥大毛病。

去喀什大医院肯定得花不少钱，吉利的母亲已经动摇了。吉利不行，不去校正斜视，她就不去上学，她不愿意老师站在她面前，一脸恨铁不成钢的样子，也不愿同桌一到考试，就拿胳膊环着自己的试卷，时不时还拿警惕的眼神瞅她，防贼防盗似的。

不上就不上吧，上到头也没啥用，不能顶饭吃，又是个女孩子家，不上学还能帮着做些家务，减轻一下大人的负担呢。吉利的母亲想得通透，女孩子嘛，学多学少最后都得嫁人，嫁人不是看你上了多长时间的学，得看你长得漂不漂亮，还得看你会不会做家务，再就是，凭运气喽。吉利的父亲却不同意老婆的这个意见，以后的事谁说得清，孩子的路还长，不能一时短见误孩子一辈子，学得上，眼得治。

父亲和吉利起了个大早，坐了五个多小时的班车，来到喀什市北大桥边上的人民医院。

对于天生的斜视，人民医院也没有能够校正的有效仪器，简单地查了查斜视的程度和视力，明知不管用，还是给配了副校正眼镜。大医院，总不能一点作为都没有吧，得给病人有所交代。

回桑那镇只有第二天早上的班车，这时离天黑还早，父亲决定带吉利在喀什转转，从桑那镇到喀什，好几个小时的车程，不是每个桑那镇的人都有机会到喀什走一遭的。吉利也是第一次来喀什这个大城市，父亲带着她从北大桥一路打听，沿着解放北路、大十字，来到人民广场，沿途的各色车辆、高大的楼群，都对吉利构不成诱惑。倒是路边洁净的树木、鲜艳的花儿，还有那些表情生动的人流，楼群之中开始闪烁迷离的霓虹灯吸引了她的目光。同样是树，同样是花，同样是人，在桑那镇，花朵和树叶上始终积有一层厚厚的尘土，人也土不拉叽，一点都不鲜亮。

吉利戴着人民医院刚配的校正镜，视力依然是斜的，她站在广场边上的一个冷饮摊前，汗水涔涔地望着花花绿绿的饮料发呆时，父亲忘记了女儿的斜视，以为戴上校正眼镜视力就正常了，赶紧掏钱要买饮料。这次来大城市医院没花多

少钱，就把女儿的斜视问题解决了（他认定解决了），完全出乎他的预料，心里当然很畅快，这么热的天，给女儿买瓶饮料不算什么。

吉利抓住父亲的手，把他拉到一边才说，我才不要吃无花果呢，能把人甜得腻死。父亲回头看了看饮料摊旁边那个卖无花果的摊子，一脸的迷茫。吉利指着自己的皮鞋，却看着别处又对父亲说，你看，走半天了，鞋子干干净净，没一点灰尘。

父亲看看吉利来喀什时才新买的皮鞋，再瞅瞅自己脚上，黑色皮鞋亮得能照出人影。他擦把额头的汗，叹息道，这是在城市，哪能像在桑那镇，到处是尘土、纸片，连空气都是变质的。

吉利走近旁边的花圃，蹲下身子去闻一朵红月季，眼睛却望着旁边的狗尾巴草，心想，自己还不如这个狗尾巴，好歹生长在喀什城里的花圃里。吉利说，爸爸，我为啥出生在桑那镇，而不是喀什？

父亲心里咯噔一下，他不是为女儿后面说的这句话，而是她的眼神。看来这个校正镜没起到作用。

为掩饰女儿的问题，父亲提出要去人民医院调换校正镜。吉利却说，不用换了，就这样吧，我的斜视能不能校正过来，还得等等看，关键是我的心已经校正过来了。

这哪是十一岁的孩子说的话，简直像个大人。从那一刻起，吉利认为自己长大了，也懂事了。回到桑那镇，吉利眼睛望着自己的出生地桑那镇，其实是望着喀什，虽然距离太遥远，斜眼的吉利望不到，但她心里能望到，这就够了。

回到桑那镇，吉利戴着校正镜去上学，她其实是带着一丝幻想的，说不定视力会校正过来呢。这一来，她戴上眼镜，明显是要向大家表明，她的眼睛真的有问题，可是她不在乎。同学们知道详情后，没放过这个机会，立马给吉利起了个外号，背地里叫她"斜眼"。刚开始，吉利听到这个外号后觉得刺耳，她很生气，慢慢地，她就不在乎了，爱叫不叫。吉利把这种鄙视当成了勉励。自从去了趟喀什，见识了外面的世界，她的心胸似乎一下子开阔了许多，已经能容下同学们的这种小儿科了。她也不再提辍学的事，一门心思扑在学习上，她要通过自己的努力，实现自己的梦想。有了目标，又放下了包袱，吉利通过艰苦奋斗，学习成绩一路飙升，到小学毕业时，她的学习成绩排在了全班第二。第一是个油头粉面的男生，他从一年级起，就一直占据着全班的首席位置。吉利把他当成了对手，她的目标是打败他，超越他，取代他的首席位置。

到初一下学期，吉利终于打败了那个对手，跃居第一。这时候的吉利没有一点骄傲的自得，而是暗下决心，一定要坚守住这个位置，她对自己有足够的信心。可是，谁也没想到，到初二的下学期，吉利竟然走神了。原因是突然来了一批喀什师范学院即将毕业的学生，他们是来桑那镇中学实习的。其中有个给初二代课的英语师范生，名叫马为民，长得英俊精干，讲课很有激情，英语说得很溜，因为长相顺眼，也有新鲜感，同学们对他动不动就冒出的英汉杂交的上课方式却不大反感。以前，大家最烦英语老师没个前提，讲这种英汉杂交的课了。

好像受到了鼓励，马为民一忽儿汉语，一忽儿英语，讲得神采飞扬，对下面一双双羡慕的眼神正暗自得意时，他眼角的余光捕捉到一个女同学居然望着别处，对他视而不见，这对马为民是个打击，心里极其不悦。当即，这位小马老师停住滔滔不绝的演讲，突然点这个女同学，要她重复他刚讲过的内容。

这个女同学就是吉利，她站起来，依然望着别处，正确无误地复述了小马老师刚讲过的内容，英汉混杂，顺溜得一点坎都没有。

小马老师很惊讶，也是刚实习代课不知道深浅，什么话都敢说，他想都没想就说，这位同学口语表达得不错，可是，你能解释一下，我在讲台看着你一直望着别处，不像是在认真听讲啊？

“哄”的一声，教室被怪笑声震得往下掉灰尘。有人趁机喊道，马老师，她是斜眼，要是上课看着你，才表明她没认真听讲哩。

当即，小马老师面红耳赤，连顺溜的汉语都说不出了，哧吭几声，示意吉利坐下，尴尬道，我不知道情况，不是故意的，实在对不起！

温亚军
成人礼

吉利却大大方方地说，没什么，马老师您不必自责。我的学习成绩已经证明，我的斜眼不是个缺陷。

有个调皮的男同学喊道，吉利现在是我们班的老大。

小马老师心里这才踏实下来，嘴里又顺溜了，亲切地问吉利，那你戴这眼镜，是为校正视力？

吉利点点头。

那你觉得校正得怎么样？

吉利想了想，坚定地摇了摇头。

小马老师故作聪明地说，据我所知，戴眼镜是校正不好的，就像近视镜，只能越戴视力越弱。吉利同学，你有一双这么漂亮的大眼睛，都叫这副镜子给掩盖住了。你最好不要再戴，回头等我回喀什打听一下，看哪个医院能治斜视。再说，斜视也不是什么大不了的，你能成为全班第一，说明斜视影响不到你的学习，你何必戴这个累赘呢。

小马老师说到吉利的心坎里了，她当即摘掉了校正镜。戴了两年多校正镜，吉利没觉着斜视有所校正，确实是个累赘，经常压得她鼻梁疼。这下，她不用受这罪了。是小马老师解脱了她。在吉利的心里，讲台上的小马老师不再是英语老师那么简单，他是从喀什来的，就代表着喀什那个城市。

吉利有了心思。那阵子，她每时每刻盼望着上课，每节课都上英语，都能看到，不，是斜视到小马老师。他的一颦一笑，他的英汉杂交的话语，对吉利来说，已将她的心牢牢地攥住，她的心里再容不下别的。

两个月的实习期满，小马老师要走了，他上的最后一课，是告别课。年轻的师范生动了真情，小马老师显然喉头发紧，一句完整的英汉杂交话都说不好。下课时，小马老师哽咽了，为了掩饰，没敢再说告别的话，匆匆出了教室，像逃跑似的。

吉利追了出去，在教室拐角处，追上了小马老师，她望着教室窗口探出的人头，其实是看着令她尊敬的小马老师，她两眼含泪，只叫了声"马老师"，就

197

说不下去了。

小马老师心照不宣地含泪点点头，将右脚蹬在墙上，把教案本架在腿上，重重地写下他的地址，撕下递给吉利。并且，还拍了拍吉利的肩膀，用动作对她进行了鼓励，这才转身走了。

吉利捏着这张教案纸，只扫了一眼，像是望着小马老师离去的背影，其实是看着教案纸，她在心里已牢牢记住了上面的每一个字。但她还是把这张教案纸紧紧攥在手里，生怕不小心丢掉似的。她看到在教案纸上，还有颗洇开的泪迹，不知是自己流的，还是小马老师的。不管是谁的，对吉利来说，这张教案纸是很珍贵的，她要珍藏一生。最关键的，小马老师是吉利在喀什的唯一依靠，因为有小马老师，吉利心里踏实不少。

没有一点悬念，吉利的学习成绩下降很快，几乎成直线。中考的时候，吉利的成绩竟然没够分数线。上不了高中，没有了考取大学的机会，就没了去喀什的希望。吉利傻眼了，心里没了主张，便给小马老师写信，向他讨主意。不久，小马老师给吉利回信，对她的成绩相当惋惜，说了一些不要气馁的话，叫她再复读一年，争取明年考上高中。吉利的母亲不想让她复读，一年过去又会增大一岁，女孩子家，越大心思越多，复读一年未必是好事。吉利向母亲保证，叫她再复读一年，她保证能考上。看到女儿望着别处，一双大眼睛却在自己眼前哗啦啦地流泪，母亲不忍心，放了女儿一马。

吉利起早贪黑，比以前更用功，除过上课，完成作业，她还听从小马老师的教诲，从别的老师那里讨来不少过去的试卷，一道挨着一道地反复做题。不知怎么搞的，原来的这些题一看就会，怎么现在那么陌生呢？慢慢地，试题变成了小马老师的影子，在吉利的脑子里晃来晃去，占据着她的思维。于是，吉利放下手头的题，给小马老师写信，诉说自己的困惑，悲伤，还有无穷无尽的恍惚。几乎每个星期，她都要给小马老师写三封信，平均两天一封，成了她的精神寄托。不知怎么搞的，每当写信时，她的头脑非常清晰，写得有条有理，可是，一旦回

到作业学习上，她的脑子里一片空白。这样下去怎么行？有一阵子，吉利有点害怕了，难道是自己对小马老师有那个意思了，可不像啊，她每次信上写的，全是学习上的事，抑或有一些自己的所思所想，都与学习有关呢。

小马老师的回信没那么勤，每个星期一封，对吉利说些鼓励的话，或者告诉一些自己的情况，都是吉利想知道的。比如，他毕业后没有去当教师，被分配到外事单位搞翻译，喀什的外事活动少到几乎没有，所以，他到了无所事事的地步，心里很郁闷。

吉利很想分担小马老师的郁闷，但又不知从何说起，她在脑子里想象小马老师整天坐在办公室里发呆的样子。想着想着，竟然记不起小马教师的模样，努力去想，有些模糊，但总能想起一些。她想对小马老师亲口说说这些感受，可没机会。要是自己早早地考到喀什去上学，就能天天见到他了，到时见了面说什么都行。

一年后的中考成绩出来，吉利离录取分数线居然只有一分之差。这下，吉利被打懵了，她不哭，也不说话，也无心给小马老师写信了，写什么呢？自己的无能，连个高中都考不上，还梦想考到喀什去上大学？是自己满脑子的怪想法在作祟？吉利以前写信时能理得很清的头绪，这下理不清了，她傻了一般，躺在炕上，热得一头大汗，不吃也不喝，呆呆地望着屋顶，其实，她是望着墙角的那几把锄头发呆。

不能用正常人的视角去理解吉利。吉利的父亲对女儿的这一点再熟悉不过，他担心女儿出事，会出毛病，于是，父亲买了两瓶好酒、两条好烟去找高中的校长，看能不能通融一下，让吉利去上高中。学校很严格，差一分没达到录取分数线，得交一万块钱。见吉利的父亲一脸愕然，校长出于好心，给他们提供了一个信息，交一万块钱上高中，还不如拿这钱直接去喀什上技校呢，两年出来后是中专学历，毕业后说不定还能找到工作。

毕业后面的虽然是"说不定"，吉利的父亲却像看到了希望，回来给吉利说了。吉利没有像预想的那么积极，她对上技校的事早有耳闻，半天没吭声。老两口眼看着吉利慢慢地爬起来，下炕拧了把凉毛巾，擦去头上脸上的汗，才缓缓地说道，待我给小马老师写信问一下，看他的意见再定。

对吉利来说，小马老师就代表着喀什，这个时候处于这种境地，她要不要去喀什上技校，想听听小马老师的意见。

父亲看着女儿的脸色说，这事急，写信恐怕会误了报名时间。要不，咱们去邮电所给小马老师挂个电话，咋样？

吉利脸上顿时有了喜色，赞成去打电话。

父女俩兴冲冲地来到镇街西头的邮电所，才想起没有小马老师单位的电话号码，吉利一直与小马老师通信，却没问过电话。打电话是她从未想过的事情。

营业员热情地告诉他们，这个不难，只要拨打到查号台，就能查出电话号码。吉利的父亲要她赶紧把小马老师的单位告诉营业员，吉利望着窗外，其实是望着营业员的脸，吉利突然间改变了主意，说，不用了，我不打电话了。

从邮电所出来，在父亲的一再追问下，吉利望着父亲，其实是望着远处的汽车站，看着那里来来往往的人流，平静地对父亲说，你不用管，我心里已经有了主意。

# 天香引

明天去清风寺。吃过晚饭，珠珠急匆匆来到丽娟家，把丽娟叫到院子的黑影处，嘴贴在她耳朵上急躁地说："我想好了，明早还是五点半走好些。"

丽娟手里还端着饭碗，往后退了一步，站到了窗口照出的灯影里，像手里的碗受到灯光的冲击，差点从手中滑跌。她瞪大眼睛说："不是说好了六点钟走吗？"

珠珠不满地往回扯了一把丽娟，把她又扯回黑影里："说好了就不能改啦？我想提前点走！"

"为什么？"

"你就不能小点声？"珠珠斜了一眼屋子那边，报怨丽娟嗓门太大，又把嘴贴到她耳朵根，压低声音说，"我妈又不让我去啦，还是不放心，怕我们出门碰到坏人。"

从她们开始提出去清风寺，珠珠她妈就不同意，后来软磨硬缠，她妈勉强答应下来，临到去时，又变了卦。丽娟很担心，高声叫道："那你要偷着去——"

珠珠打断丽娟："叫什么叫？还不是为了你，不然，哪会冒这个险。我告诉我妈，明天去我姑家，我姑早就叫我去帮她设计一下室内装修，这是个机会。"

丽娟放下心来，往嘴里扒拉一口饭，边嚼边说："真够姐们。"

珠珠走到灯影里，刚才的急躁不见了踪影，风平浪静地挥挥手，转身要走。丽娟突然想起什么，嘴里含着饭，呜呜啦啦道："还没通知笑笑吧，是你去找她，还是待会儿我去告诉她？"

珠珠返回身，坚定地说："别给她说了。实话对你说吧，我妈不叫我去，还有一个原因，就是不愿笑笑跟我们一起。她是个累赘，又胖又笨，就她那个体型，几十里山路，肯定走不到清风寺趴在了半路上，还会把我们的好运和福气拖住的。我不想和她一起去，怕她哪天再说我去了清风寺，挨我妈的骂。"

原来是这样，看来珠珠不光是为偷着走，还想摆脱笑笑。这倒也是，丽娟的妈也曾说过这话，只是没有阻止女儿和笑笑一起去清风寺。平时，笑笑对她们百依百顺，又不好落下她，现在，既然珠珠有这想法，丽娟有啥好说的？但她心里突然间很空落，剩下的饭吃得没滋没味。临睡觉前，丽娟将闹钟往前拨了半个钟点，望着嚓嚓走动的秒钟，笑笑的胖身影在她眼前晃动，丽娟心里有个念头突然闪动了一下：但愿笑笑明天能早点起来，赶上我们。笑笑也不容易，这几年越来越胖，她爸妈对她也另眼相看了，怕她将来嫁不上好人家，丢了他们的脸，笑笑看上去挺可怜的。丽娟不愿落下笑笑，没了笑笑，她觉得心里空荡荡的，因为说好三人一起去的，突然间不要笑笑，这不太好。可是，她又不能给笑笑通风报信，她可不想惹珠珠不高兴。

一夜没睡好，做了不少梦，被闹铃震醒后，丽娟一时却记不得做的是什么梦了，她爬起来赶紧洗漱，吃了几口昨夜的剩饭，往包里揣上早就准备好的午餐，轻手轻脚拉开门，一头钻进黑乎乎的凌晨。

到村西头大路边槐树下，她们商定的见面地点，还离得远隐隐看见一个人影静静地倚靠在槐树上，丽娟轻轻叫了声"珠珠姐"。

"是我呀，丽娟。"从槐树上挺起身子，是个胖胖的黑影。

"怎么是你？"丽娟心里咯噔一下，随即又注满了踏实感，"笑笑，你今儿个起得这么早啊？"

笑笑走过来，高兴地拉住丽娟的手说："有事当然要起得早呀，我怕你们等着急，就把闹铃定在四点半，出门时还不到五点呢，不是说好六点在这等吗，你也来这么早？"

丽娟不知怎么解释。这时，珠珠来了，她没理会笑笑的问候，对丽娟劈头盖脸一顿讽刺："哟嗬，丽娟，你来得挺早啊，真没想到。"

笑笑不失时机地说："还有我呢，我比丽娟来得更早！"

珠珠没好气地说："我看到了，眼睛又没瞎。"

黎明前的黑暗，夜色很浓重，要不，会看到珠珠阴沉沉的脸。丽娟觉得这时候没必要和珠珠计较，再说，当着笑笑的面，也不能解释，还是找机会给她说清吧。她保持沉默。

笑笑见她们不说话，催促道："珠珠姐，你来了，趁早走吧，要不，待会儿太阳出来，能把人晒死。"

珠珠没好气地说："晒死的也是你，我可不怕热。你说是不是呀，丽娟。"

丽娟还是没吭气。这个时候，她不能说话，说什么，都会惹珠珠更不高兴。

珠珠虽然心里有怨气，可还是走了，她一个人走在最前面，像竞走比赛似的，把丽娟和笑笑落下一大截。

去清风寺有两条路，一条是可以走车的大路，在半山腰缠来绕去，比较远；另一条是沟壑底山梁尖的小路，难走却近得多。为少走点路，她们选择了小路。天大亮后，她们已走到清风山跟前，能看见山上的绿树发着青幽幽的光，听见早起的鸟儿在树枝间啾叫。这下要正式爬山了，前面走的沟沟坎坎只是热身，面对高大的清风山，笑笑不甘落后，喘着粗气一路紧跟着丽娟，生怕拖了后腿。

望着头冒热气的笑笑，丽娟心里暗暗叫苦，珠珠果然说对了，笑笑真是走不了远路，才走几里地，还不算是山路，就累得喘不过气，马上要爬山了，可怎么办？笑笑虽然没喊一声累，丽娟的心还是软了，冲前面的珠珠喊叫，该歇息一下了。

珠珠心里不愿意，可还是一屁股坐在路边的石头上，望着旁边的树林子发呆。丽娟和笑笑赶上去，各自找块石头坐下，笑笑已急不可待地举起大可乐瓶，往嘴里哗哗倒饮料。丽娟斜了珠珠一眼，抓住笑笑的手说："少喝点，待会儿爬山才需要水呢。"

没想到珠珠却说："让她喝吧，水少了能轻点，有利于爬山。"

笑笑喉咙响着，边喝饮料边说："就是，就是，先解决眼前吧。"

丽娟只好不再说什么。

过了会儿，珠珠突然说道："笑笑，有个事得先给你打个招呼。本来我妈今天不叫我来啦，是我偷跑来的，你也知道我妈的脾气，丑话说在前头，希望你不要多嘴。"

"这个——"笑笑有点为难，"要是你妈问到我，是不是要我说假话呀？"

"你真笨——"珠珠不满地瞪了笑笑一眼，"这和说假话有啥关系？只要你替我守住秘密，不挨我妈的骂，你连这也搞不清楚吗！"

丽娟插嘴道："这点道理笑笑还是懂的。咱们起身走吧，越歇越没劲，路还长着呢。"

珠珠大概觉得自己的话说得过头了，爬起来一个人前面走了。丽娟怕笑笑心里有想法，要帮笑笑背包，笑笑不给，丽娟硬拽过来，挂到自己肩上。

没走多久，太阳就升起来了，上山的这面坡路朝东，早早地被太阳烘烤上了，尽管有高大的树木遮挡着阳光，接触不到多少直射的紫外线，但七月的热量不减。不一会儿，背上的衣服被汗水浸湿了，贴在身上。

最惨的是笑笑，她穿条绸黑色七分裤，上着一件白底绿点的半袖衬衣，基本全湿了，紧紧地贴在她肉乎乎的身上，像裹着一层透明的塑料布，把里面的内容暴露无遗。红色的乳罩兜不住肥大的乳房，快呼之欲出了，幸亏山里没人，不然，丽娟都要替笑笑难堪了。

　　这次，没人提议，走在前面的珠珠要方便，说声歇会儿吧，将自己的包扔到路边的草地上，扯起袖子擦去额头的汗，四周望了望，瞅准一个目标，钻进左边的树丛中。

　　笑笑刚才喝的水多，全变成汗流出了体外，她不想方便，也顾不得地上是否干净，选了个树荫下往后一倒，把自己摊开，闭上眼呼哧呼哧喘气。

　　丽娟本来没尿意，把肩上的两个包挂到树杈上，看正摊在地上的笑笑，想着方便一下也好，她不想打扰珠珠，便钻进右边的树林。在一丛矮树边，丽娟蹲下尿了，提裤子时，看到一根直溜的干树枝，像是谁砍树后丢下的。丽娟捡起来，想着能给笑笑搭把力，当拐棍用。

　　回到路上，丽娟用棍子捅捅快睡过去的笑笑，说：“睁眼看看，我给你拿啥好东西来啦。”

　　笑笑睁眼一看，呼地坐起，抓过棍子，乐了：“这下好了，我有倚靠啦，我咋没想到捡一根呢。”

　　珠珠方便完回来，说了句：“这倒是个好办法，在哪儿捡的，我也捡根去。”

　　丽娟带着珠珠又折回右边树林，却再找不到枯树枝，手头又没有工具，也没法砍伐棍子，珠珠望着四周说：“怎么再找不到一根干树枝呢？干脆折根树枝好啦。”边说边去抓一棵矮树。

　　突然，珠珠尖叫一声：“啊——长虫！”看到一条菜花长虫昂起头吐着红芯子，在她一步远草地上正盯着她。那一刻，珠珠的心跳到了嗓子眼，全身都麻木了，根本挪不动步。

　　丽娟在一旁吓傻眼了，不知怎么办才好。

　　这时，笑笑听到叫声，举起手中的树棍，抽打着树枝、草丛跑了过来：“在哪儿，在哪儿？”

　　长虫受到惊吓，哧的一声溜走了。

　　“哪有长虫，我咋没看见。”笑笑跑到两人跟前，长虫早没了踪影。丽娟扶住惊魂未定的珠珠，把她拉回路边，两人瘫坐在地上，还没从刚才的惊恐中缓过劲来。

笑笑没看到长虫，觉得没劲，回到路边从树杈取下自己的包，掏出饼子往珠珠和丽娟手里塞。她带的是烙油饼，放了葱花，香味弥漫开来。丽娟瞪着圆圆的双眼，摇摇头。

珠珠咽着口水，说："我自己有，各吃各的吧。"说着，抓过丢在草地上的包，掏出自己的饼子，只看了一眼，随手扔掉，叫道："妈呀！"

她的饼子上爬满了黑压压一层蚂蚁，刚才她没把包挂在树上，蚂蚁钻了进去。

笑笑递过自己的饼子："这下，该吃我的了吧。"见珠珠还在犹豫，又说，"放心吃吧，我烙的饼子多，够两人吃的。丽娟姐的包没招蚂蚁，她的饼子也能吃。"

再上路时，珠珠还惊魂未定，腿肚子发软，丽娟硬将她和笑笑的包一起背了，笑笑也没拄那根树棍，留给珠珠支撑身子。

三人走走停停，临近晌午时，才爬到山腰的大路与小路交汇处，离清风寺不太远了，剩下的路也平坦宽敞，不时出现一两个骑摩托车的香客，呼啸而过。

她们在路边的树荫下歇息了一会儿，珠珠已恢复正常，将棍子递给笑笑。笑笑早就撑不住了，已经不是在走，简直是挪，还摇摇晃晃，那身肉颤抖着，随时都有倒下去的危险，她没有推辞，接过棍子，把自己倚在上面，颤巍巍地跟在后面，一步一挪。

又有一辆摩托车开了过去，卷起的尘土还没散开，那辆摩托又掉头回来，在她们跟前停住，一个戴墨镜的男人用腿撑住摩托，扫了一眼她们三个，把目光定在肉乎乎的笑笑身上，一脸坏笑地说道："我说妹妹，是去清风寺呀，走不动了吧？"

珠珠和丽娟把头扭开没理他，笑笑没意识到男人的眼神，她望着人家的摩托车，两腿挪不动，连说话的劲都没有了，眼神里却充满了期待。男人盯着笑笑

几乎透明的胸口，向她打了声呼哨："这个胖妹妹动心了是吧？照你眼下这个样子，恐怕到天黑也别想赶到清风寺啦，就是赶到，人家寺里也关门了，白跑一趟。只要你叫声哥哥，我就驮你走，瞧你这身肉多……哥哥可没坏心思，只想帮你，保证叫你五分钟赶到清风寺，误不了你许愿烧香……"

笑笑还在愣怔间，珠珠气恼不过，冲过来一把抓过笑笑手中的树棍，向男子打去。那个男子拧大油门，向前冲出五六米远，停住车，回过头淫笑着骂珠珠："也不撒泡尿照照，就你那麻秆身材，要啥没啥，送我都不愿上呢，白费劲。这个胖妹妹就不一样了，她肉……"

珠珠使出吃奶的劲，把棍子扔向那个臭不要脸的。又没打着，棍子落在男人的摩托车上，叮当声中，男人加把油门，摩托车在怒吼中留下一股烟跑了。

珠珠大骂着"臭不要脸"，跑过去捡起棍子追了几步，停住骂个不停。丽娟也跟着骂，那男人这辈子是听不到了。她们觉得徒劳无功，才渐渐息去怒气。珠珠把棍子还给笑笑，又从自己包里抽出一件长袖衬衫，递给笑笑："给，拿着，到清风寺后，那里人多，把这个披上，遮挡一下身子吧。"

笑笑看看自己衬衣里的内容，已经热红的脸更红了，她从珠珠的眼睛里读出了简单的内容，接过衬衫，望着走远的珠珠，一句话也没说。

到了清风寺，果然有不少香客。笑笑披起珠珠的衬衫，她太胖，衬衫太小，两只袖子被丽娟帮着挽起，刚好能遮住她的大胸部。

在人群中，她们看到了骑摩托车的那个男人，珠珠一副要上去计较的劲头，被丽娟死死扯住了。看到她们三个，臭男人别开脸，悄悄地溜走了。

在寺庙大殿前，领上三根线香，进大殿进香。来之前，珠珠早就把听来的寺规讲了，进门不能踩门槛，先迈右腿，点香插入香炉用劲要匀，跪下磕头许愿须得闭眼等等。三姐妹早熟记于心，按年龄珠珠在前，丽娟第二，笑笑最后，依次烧香拜佛磕头许愿。她们都很虔诚，连傻头傻脑的笑笑，也不敢四处乱看，双手合十，闭着眼嘴里念念有词。

最后，往功德箱里每人投进去十块钱。完毕，退出大殿，三姐妹找个树荫坐下歇息，有寺院道人过来，一脸慈祥，轻轻地问她们吃不吃斋饭，免费的，灶房旁边还有眼自来泉，那里备有喝水的碗，水凉而甜。

三人起身，跟着道人来到泉边，喝了个痛快。笑笑还惦记着斋饭，珠珠和丽娟不想吃，受不得道人的好言相劝，便陪笑笑一起去灶房吃了碗面片，味道很清淡，几乎难以下咽，笑笑端着碗皱起了眉头，刚要张口说什么，被珠珠狠狠的一个眼神制止了，丽娟趁道人离开，小声说道："笑笑，斋饭就这味道，千万不敢说不敬的话，出门了将就点，吃吧，可不敢剩啊。"三人勉强吃完各自的面片。

涮过碗又在树荫下歇了一会儿，觉得体力恢复了一些，她们在寺院里转了一圈，见太阳已经偏西，别的香客已经在告别，她们不敢耽搁时间，便给道人打声招呼，下山回家。

下山比上山容易得多，腿脚有些酸疼，但还是比上山时强，汗也不那么多。只是刚许过愿，各自有了心思，谁都不愿多说话。在大路上走着，不时有摩托车从她们身边呼啸而过，笑笑用珠珠的衬衫紧紧包住胸部，不时往身后观望，生怕再碰上那个骑摩托车的臭男人，珠珠和丽娟似乎已忘记了晌午前的事，她俩贴着路边低头默默地走着，谁也没理会笑笑的担心，她们好像把什么都看轻淡了。

下到小山路，笑笑总算放下心来，扯下珠珠的长袖衬衫，她热坏了，也累坏了，脚步杂乱，在后面懒懒地走着。到半山腰，就是上山时碰到长虫的那个地方，珠珠不由自主停住，往上山时的右边，下山时的左边看。丽娟也站住，问珠珠怎么了，珠珠说她想方便，却不动。笑笑走不动，一直落在后边，这会儿赶上来站住，用棍子抽打着跟前树枝草叶，嘴里不停地说着："不会见到长虫啦，不会见到长虫啦！"

珠珠对笑笑说："就是有，也叫你吓走啦，要我说，天色不早了，你又走不动，拖得我们也走不快，你前面先走吧。"

笑笑倒也听话，拄着棍子先走了。

丽娟催珠珠快点方便，要赶路呢。珠珠望着远去的笑笑，给丽娟说："尿早叫长虫吓回去了。哎，丽娟，刚才在大殿你许的啥愿？"

丽娟明白了珠珠的意思，把笑笑打发走，她要说知己话，便说："这可不能说，说出来就不灵啦。"

"你不说我也知道，还不是那个啥——"珠珠哧哧笑道，"你难道就不想知道我许的愿？"

丽娟说："你不说，我怎么知道！不过，我猜得到，你还不是许的那事——"

"不要瞎猜，先说说你的。"

"凭什么我先说？你先说。"

"你先说。"

"你先说。"

两人在打打闹闹中还是追上了慢腾腾的笑笑，两人不再说了。笑笑也不问她俩刚才在说什么，走几步，就抽打一下路旁的树木荒草。

西斜的太阳被大山挡住，下山的路见不到阳光，也没早晨那么热了。她们很快下到山底，回家的几里平路，却走得没下山时快了。珠珠走得犹犹豫豫，丽娟走得也不快，倒是笑笑却走得快了，她说肚子饿，得快点回家吃饭，可见珠珠和丽娟都满腹心思，便忍不住说："我本来不想说，珠珠姐说过，许的愿说出来就不灵啦，可我见你俩这样，要不，你们猜猜我许的是什么愿，猜不出说出来算啦。"

珠珠看丽娟，丽娟也正在看她，其实每个人心里都想知道别人的秘密，她们都没想笑笑许的会是什么愿。

珠珠先猜道："你许的是找一个对象，人长得高大英俊，家庭条件好——"

笑笑摇摇头："不对！"

丽娟猜道："那么，笑笑许的是家人平安，父母和睦——"

笑笑依然摇摇头："你俩猜的都不对。其实，我许的愿与咱们三个人都有关。"

珠珠和丽娟又对望一眼，不明白笑笑说的是什么。

笑笑继续说道："我许的愿可多啦，第一个愿是两位姐姐在回来的路上别再碰见长虫；第二个是珠珠姐回家后别挨她妈的骂；第三个是我在下山的路上别再碰上那个骑摩托车的臭流氓。还有第四个，我们三姐妹能在天黑前回到家……"

# 麦　子

夏收前，大舅突然去世了。后来听说，大舅去世前，一直给邻居家盖房子当帮工，做些搬砖和灰浆的粗活。大舅虽然年近七十岁的人了，身体却很硬朗，干活能顶个小伙子。不然，邻居家也不会请他帮工。大舅去世的那天早晨，工匠们拉开架势准备房子的收尾工作，等了好久也没见灰浆到位，主要是和灰浆的大舅不见影子。他不可能睡过头的！邻居很不满地上大舅家去叫他，却见院门紧闭，敲喊了半天不见动静。邻居犹豫着，还是喊人搬来梯子翻墙进院，强行撬开屋门，发现大舅安静地躺在炕上，全身冰凉，不知什么时候已经离开了这个世界。

邻居慌忙打通表哥的手机，情况还没说完，表哥就打断了，情绪激动地说，看看，他死的都不是时候，眼看要割麦了，他死也不选个时间，尽给人添乱！邻居不知道怎么接表哥的话茬，捏着电话愣愣地听表哥发牢骚，好像死的人不是表哥的爸爸，而是邻居的爸。表哥前几年不知怎么与乡镇干部搭上了线，能包些修路挖下水道的小工程，虽然挣钱不是太多，比起别的人家，日子过得相当不错。所以，他说话的口气随着收入的增长逐渐上升，与村人邻居的关系也越来越疏远。

　　大舅是睡了一夜，悄没声息走的，可能是突发性急病，受了什么样的痛苦，没人能知道，至少，他死的时候没遭太多罪，也算是他在人世最后的造化了。可表哥不这样认为，在报丧的电话中，他还是抱怨的口气，最后总要问一声，你说他怎么尽给人添乱呢？表哥的意思我大舅不是因为死而死，死不是他生命的终结，而仅仅是他要给人添乱的一种方式。当时，我母亲什么话都没说，表情极其复杂地放下电话，默默地坐在电话旁边发呆，半天没说一个字。

　　要是放在以前，母亲肯定得说点啥的。可是眼下，人都不在了，还说啥呢？说啥也没用了。父亲对母亲默然的态度一点都不觉得奇怪，他也不安慰母亲，就让她一人安安静静地坐在那里发呆吧。

　　父亲悄声出了门，转悠到麦子地边，金灿灿的阳光铺满了麦地，即将成熟的麦子如阳光一样金灿，晃得人眼胀。父亲吸吸鼻子，寂静中，成熟的麦香味在四周摇晃。父亲想起以前挨饿的时候，得到大舅的援助，尽管援助的力量是那样微薄，可在那种艰辛的年月，援助也是需要勇气的。一阵热风吹来，麦香味在阳光中像爆米花似的，一缕一缕地饱胀、迸裂，忽然间浓烈起来，随着热浪裹住了父亲。父亲沉没在醉人的麦香味里，却被呛得连连咳嗽。风瞬时而来，又突然跑走，海潮似的麦浪在阳光里渐渐复归平静。父亲望着麦田，突然间泪流满面。或者是四周的安静给了父亲流泪的理由，他不由自主地哽咽起来，对着一大片待收的麦子。

　　待慢慢平静下来，父亲抹干脸上的泪水，一路咳着回到家，把早已磨好的镰刀挂到屋后檐墙上，才进到屋里，见母亲坐在那里的姿势没变，依然发着呆，眼神也不知落在什么地方。父亲又咳了几下，这次有点干，似假咳一般。父亲咽了口唾沫，说，我去看了，麦子看着是黄了，可下镰收割还得三五天。母亲像失了魂又慢慢还回魂似的，抬头斜了父亲一眼，跟没正眼看一样，又把目光投向别处。父亲试探着又说，要不，去他舅家先看看？见母亲没反对，也没有赞同，父亲转过身向门口边走边自言自语道，人都走了，还计较个啥呀！这回，母亲的身子往桌子边靠了靠，突然开口了，她先是轻轻叹了口气，才小声说道，我没和他

计较，只是——他走得这么突然，总好像啥事没个了断呢？你说，能是啥事？

快要走出门的父亲站住，双眼一热，忽地一下又模糊起来，转回身，声调都变了，道，还能是啥事？他大舅连今年的新麦都没吃上！

吃不上今年的新麦，这算个啥事？母亲这样说着，鼻子还是酸了，眼泪呼啦啦涌出来，再没能止住，她终于打开了心中的那道闸门，放声痛哭道，我就没想与他计较么，谁让他这些年不与我来往了？我又没说过什么，还是他不认得咱家的门？

母亲与大舅的矛盾来自于外婆去世那年。外婆一直跟着三舅过，按分家前的协议，大舅与二舅承担外婆的生活费用，外婆去世了，三兄弟得平摊丧葬的一切费用。这个没什么争议。大舅也没说过二话，该拿多少钱，他一分不差。问题出在他拿来的麦子上，是当年受雨水浸泡过的芽麦。那年夏收时雨水多，好多人家的麦子都被雨水浸泡过。其实，芽麦晒干了看不出来有问题，磨成粉后跟正常的小麦粉也没啥区别，只是一吃就露馅了。外婆葬礼那天，亲戚孝子来了一大堆。外婆活到了九十多岁，算是喜丧，所以大家也都没表现出多么悲哀，一副其乐融融的样子。到吃饭时，锅里的面条突然煮成了糊糊，这怎么吃？请来的厨子有经验，抓过一把面粉尝了尝，又呸呸吐掉，一脸不屑地说，这是芽麦！他拍拍手上沾染的面粉，表情倒比刚才轻松了许多，表明锅里的糊糊跟他的厨艺没有丝毫关系。芽麦与正常小麦的不同，就是做成面条煮熟时会碎。大家望着一锅用筷子捞不起来的面糊糊全傻眼了，总不能拿一锅糊糊去应付这一大堆人吧。不约而同地，大家把目光聚在三舅和三妗子身上，丧事是他们主办的，这吃喝的事自然也由他们打理，拿芽麦粉来待客，这不成搅局了嘛！三舅和三妗子也弄不明白好端端的面粉怎么成了芽麦粉，他们一时说不清楚，尤其是三妗子，外婆的去世没使她流多少泪，这会儿却急出两泡满满的眼泪。

顿时，屋子院里没人说话，居然都能听到一片呼吸声。大家把目光从三舅夫妇那里又挪移到大舅身上，他是老大，应该出面就这事说点什么或做些什么。大舅很镇定，见大家都看着他，竟然说，这个嘛，面糊糊也不是不能吃，要放在过去，这可是好东西啊……

才说这么一句，就被人打断了，打断大舅的不是别人，是他的小儿媳。大舅的小儿媳尖着嗓子很失控地喊了一声：那不就是你拿来的芽麦面么。就像冒烟的油锅里猛然溅进一滴水珠，凝滞的气氛一下被打破，大家望着小儿媳，脸上全是一副不可置信的表情。过后我们想，大舅的小儿媳可能一时没忍住才冒失地喊了那么一嗓子，喊过就后悔了，在大家的目光中她满脸通红地跑走了。可是，小儿媳的揭发却使大家把矛头对准了大舅，纷纷指责他。如果当时大舅强辩一下，抵死不承认，或者软下语气认个错，这事也就过去了，又不是什么大不了的事，充其量也就是让大家不愉快一顿饭而已。但大舅偏不，他居然毫不隐瞒地承认了，并且还有点理直气壮。他说芽麦怎么啦，芽麦也是麦！国家又没下文件规定芽麦不是麦。大舅很早的时候曾当过生产队的保管，懂得国家文件规定过的才算数。可这不是跟谁算什么账，这是外婆的丧事，来的可都是自家亲戚，糊弄了大家也就罢了，怎么还能心安理得、理直气壮呢，搁谁也受不了。

母亲也没想到自己的大哥在这种时候居然做出这种事来，成心要把本来的喜丧变成悲剧似的。母亲心里一阵寒凉，忍不住大声痛哭起来。哭声是能感染人的，当即，在场的女孝子们个个眼圈发红，有几人跟着母亲一起嘤嘤哭出了声。母亲排行第二，她的哭声就像号令，虽然她没对谁说一个字，但她的侄子们从她的悲恸声中已听出了意图，一拥而上，将大舅轰出了三舅家的院门。

大舅万万没想到会弄成这样，他被轰出门后估计还没反应过来，愣愣地站在门外看着他的几个侄子。但这只是片刻的愣怔，突然间，大舅清醒过来，像疯了一般往院里冲。他的侄子们反应比他快多了，没等他冲进门就把他死死拦住。大舅扒住三舅家的门框，号叫着，别拦我，拦我干啥，让我进去，我又没杀人放火……

大舅双手青筋暴露，身子几乎被他的侄们子抱离地面，但他一点都不妥协，死死抓住被摇晃得有些松动的门框。院里院外站了好多人，却没人出面替大舅说点什么。能替他说什么呢，他搅了自己母亲的葬礼。大舅那时也顾不得外人笑话，一边抓着门框，一边声嘶力竭呼这个唤那个，企图唤来人替他解围。大舅还断断续续地解释着他拿芽麦的原因，他不是成心要坏事，他只是掺了一点点芽麦，那么多的芽麦，怎么办呢，想着掺和着吃吧，谁知道会弄成一锅糊糊呢。他要知道会弄成这样，把那些芽麦扔到沟里也不往里掺呀。大舅就这么诉说着，涕泪横流。但没人听他的解释。这时，大舅看到自己的大儿子站在门外冷眼看着这一幕，情急之下，大舅挣脱侄子们，冲到自己大儿子跟前扑通一声跪了下去。当时，大舅只想在自己老娘的葬礼上不被轰走，却没想到跪在自己儿子面前也一样被人嘲笑，可是，能参加老娘葬礼成了大舅当时唯一的目的。众目睽睽之下，大舅的大儿子窘迫至极，他没想到自己的父亲会来这一招。大舅可怜巴巴仰望着的模样令他十分恼火，拿芽麦来办奶奶的丧事已经很让人不屑，他居然还当众跪在自己面前，这颜面往哪儿搁？大表哥不想参与到父亲的这件丢人事里，也不愿把自己置于那么多的目光之下，干脆一拔腿跑走了，把自己的父亲丢在那里孤苦伶仃地跪着，像犯了祸国殃民的千古罪人似的。

大舅两眼含泪看着自己的大儿子跑开，他没再喊叫，或者他已经反应过来这一跪破灭了自己的最后一线希望。他一屁股跌坐在地，浑浊的目光落在三舅家的院门口，门被轰他出来的侄子们关上了。其实，门只是虚掩着，宽大的门缝让院里来回走动的人影变得扑朔迷离，大舅第一次觉出一扇门能把人与人的距离拉得那样遥远，遥远到他竟然无法跨越的地步。大舅在外面呆坐了很长时间，风刮起大片尘土将他兜头罩住，他也没动一动，沾着尘土的泪痕十分鲜明地挂在大舅干枯、褶皱纵横的脸上，他眼神呆滞，枯白稀少的头发似冬天的乱草一般，大舅这种悲怆的形象让从门缝里看到的母亲心生悲哀。但母亲到底还是没有跨出院门，把她的大哥搀进三舅家里去。

没有人注意大舅是什么时候离开的。或者没有人能顾得上去关注他。最后，大舅没能参加埋葬外婆。他没法去。但有人看到，外婆出殡那天，大舅躲在一个山坡上大哭了一场，哭得无比酣畅，无比悲凉。仅仅是因为一些芽麦，大舅被众叛亲离，这个结局大舅自己没想到，任是谁也想不到的。

　　从此，大舅沉默寡言，不与庄子的任何人搭话，与小儿子也分家单过，关起院门自己过活。和小儿子分家后没过几年，大妗子病逝，大舅只身一人不知是怎么过日子的，没人知道，也没人问，就算亲戚间谈话一般也不谈及大舅，连后来的婚丧嫁娶，也把他忽略不计。大舅似乎就这样被他的兄弟姊妹们给遗忘了。

　　眼下，大舅突然走了，就不能不管不顾了。

　　这么多年，母亲其实早就想通了，不就是一点芽麦嘛，至于把一个血肉相连的人生生从心中剔除出去？但母亲又抹不下脸主动跟大舅示好，毕竟是大舅做的不对，就是要示好也该他主动才对。是大舅刻意让大家把他忘了，他真的就被人遗忘了。

　　母亲抹干脸上的泪，给表哥打通电话，开始张罗大舅的丧事。又叫父亲联系收割机，说今年的麦子交给收割机了。这么多年，母亲一直坚持自己收割麦子，嫌收割机拾掇得不完全，浪费太厉害，再就是麦衣不干净，磨的面吃起来不香。其实，这些都是借口，母亲的记忆总是停留在过去闹饥荒的年月，那种缺粮挨饿的痛苦日子把她过怕了，自己种的麦子自己收割，是为了享受那个收获的过程，虽然劳累点，但实实在在的把麦子攥在手里的感觉是踏实的。在母亲看来，家里有储备的粮食，这日子过起来就安心了。

　　可大舅不是这样，即便不愁吃穿，不用再为粮食四处奔波了，他心里还是不敢踏实下来，万一再闹饥荒呢？谁敢保证今后不会再有饥荒？大舅每每跟人谈起粮食时总要这么问人家。大舅是被饥饿吓出了恐惧症，那种差点吃人的年代使他心有余悸，每每提及没粮食吃的那种日子，他像中风病人似的越激动越说不出话，脸憋得乌青。后来日子好过了，别人攒钱，大舅攒粮，而且乐此不疲。谁要是敢动了大舅攒的麦子，他敢要了你的命。他甚至积攒着三四年以前的麦子，每年新麦打下后，大舅一粒不落地收进粮仓，依年度编序囤放，一点都不含糊，这是他当过生产队多年保管的延续。按大舅的说法，国家没有规定过麦子的存放期是多久，他想放多久都成。可是，陈年的麦子因为储存时间太长不是受潮，就是变质，为了不造成浪费，自从粮食充足后，大舅一家从来就没吃过当年的新麦，他不让动。他家蒸的馒头没有麦子的清香味，煮的面条吃着软沓沓的一点都不筋道。这也是大表哥不愿与大舅一起过日子的直接原因。大表哥干净利落，一结婚就跟大舅分了家，过起自己的小日子。小表哥是没办法，总得有人做出牺牲，与老人一起过日子呀。小表哥又改变不了大舅的生活习性，为了少吃或者不吃变质的陈麦，宁愿扔下媳妇常年在外打工不回家或少回家。小表哥的离家根本触动不了大舅，他照样守着他的那些陈麦，沿袭自己的习惯把日子过下去。这就苦了小表嫂，她又不能跟小表哥一样出门去打工，得守着这个家，整天在锅灶上摆弄那些陈麦她又受不了，便隔三岔五地回娘家吃些新鲜的面食，但毕竟是出嫁的人了，老混在娘家也不是个事，小表嫂很为难。有时想到公公堆满粮仓的陈麦，她连放把火烧掉的心都有了，跟公公一起过日子，她简直是度日如年。

小表嫂那年在外婆的葬礼上，把大舅揭露出来纯属一时冲动，她就是看不惯大舅，在家吃陈麦也就罢了，怎么你自己亲娘的葬礼上也拿芽麦糊弄人？她也没料到事情会发展到那种地步。后来，大舅和大妗要分家单独过，小表嫂心里愧疚，也没跟大舅他们要求什么。还能要求什么呢，如果大舅有身份的话，他就是身败名裂了。

大妗子去世后，就剩大舅一人孤独地生活着，他守着存储了四五年的陈麦，日子过得平静而安详。大舅没什么念想，他的日子简单到只剩下粮食——只要仓里囤满粮食，他的心里就是满足的，咋样的日子都能过下去。只要没人动大舅家粮仓的念头，他对谁脸上都挂着笑容。大舅并不是一个刁钻刻薄的人，他只是把粮食看得过重，这可能是经历自然灾害那个特殊年代留下的后遗症吧。那年外婆去世，对大舅而言属于计划外动用存粮，他也没有要制造一场闹剧的想法，只是很自然地延续了他惯常的做派，才导致了那场憾事。确实，芽麦对大舅而言与普通小麦没啥区别，再说了，这芽麦还是新麦呢！只能说在那场特殊的事件上没有人能理解大舅罢了。埋葬外婆后过了阵子，父亲背着母亲偷偷去宽慰过大舅，说你在过去那个年月救过大家的性命，大家心里都记着呢。上次的事不过是大家一时之气，慢慢地就会忘记的。让大舅有时间多走动走动，别整天不出门，又不是犯下什么罪。父亲大概是几个月来第一个跟大舅搭话的亲戚吧，大舅拉着父亲的手失声痛哭。父亲继续安慰他说，他外婆在地下有知，不会怪罪你的。大舅泣不成声，这才断断续续地说，没人还记得过去那一茬苦日子啦，就算记得又怎样呢？只怪我掺了芽麦，搅了我娘的丧事，我娘在地下也要生气的，我这个做儿子的怎能在她的葬礼上做这样的事？我被驱除出门，没能参加娘的出殡，背了个不孝的恶名……大舅越说越伤心，眼泪怎么也止不住，最后几近号啕，整个人都瘫软在父亲身上。

父亲知道，再怎么安慰也弥补不了大舅未能参加外婆葬礼的遗憾，这是大舅心里的痛，一碰就痛不欲生。当时为了挽回那个局面，大舅给他大儿子都下了跪，他无计可施到直接给自己断了后路，可见他想扭转局面的急迫心情。父亲也在心里暗暗责备大表哥，自己的父亲跪在面前，他居然一走了之，这不是推波助澜，把自己的父亲逼上绝路嘛！但说到底，当时又有几个人是清清醒醒的，什么事不能等外婆的葬礼结束了再说呢？！

大舅爱麦如命是有根由的，一个人，一种习性的延续不可能无缘无故。父亲老对我们兄妹说，没有你大舅，我们这些与大舅有血缘关系的人，不知道能不能活到现在。这话当然有点夸张，但闹饥荒最严重那年，大舅是生产队仓库的保管员，他每天去粮库这儿翻翻那儿弄弄，名义上怕麦子发霉变质，其实是往鞋子里灌些麦粒，带回来救济家人的。那时候，大舅很渴望能有一双高腰球鞋，部队发的那种，队长就有一双，牛逼得不得了。大舅不是为了牛逼，他主要想着高腰球鞋能多装些麦子，也不易被发现。可大舅只有布鞋。布鞋的容量很小，每次往鞋子里灌的麦粒不敢太多。大舅穿着装有麦粒的老布鞋，得像正常人一样走路，麦粒硌脚不说，还得担心被人看出端倪，踮着脚走回家够难为他的。就这样，大舅踮着脚用鞋子运送麦子，走过了一个又一个饥荒的日子。回家倒出两只鞋子里的麦子，也就一小把麦粒，还沾有浓浓的脚臭味，可就是每天的这一小把没有麦子香味的麦粒，外婆关上门偷偷地用捣辣椒的石窝捣碎，拌上野菜或者树叶煮成菜糊糊，才使家人度过了饥荒。当然，我们家也沾了大舅的光，外婆背过妗子每次藏下几颗麦粒，积攒够两三把，外婆乘妗子上工时，偷偷在石窝里捣碎，然后，不是外婆迈着小脚走七八里地送到我家，就是母亲过去取回来，晚上给我们煮一小锅伴随着脚臭味的面菜糊糊，我们兄妹几个从来没嫌弃过带有脚臭味的面菜糊糊，还抢着喝呢。尽管外婆小心，后来大妗子还是知道了这事，她也不敢明目张胆地跟外婆吵，大舅偷偷摸摸弄回来麦粒，大张旗鼓跟外婆吵不是将大舅的行径告知天下么！大妗子时不时地找碴儿跟外婆闹别扭，后来我母亲再去外婆家，大妗子的眼神盯得很紧，防贼似的，弄得我母亲心里惴惴的，手脚都不知怎么放。手心手背都是肉，大舅也不能眼睁睁看着我们兄妹饿死，为化解外婆与大妗子之间的矛盾，他专门去河里挑了块大石头，亲自给我家凿了一个石窝，名义上是给我家捣辣椒，其实是为了捣麦粒——那些麦粒，当然还是大舅偷弄回家，再由外婆偷送到我们家的。说句实话，大舅凿石窝的手艺不是太好，他给我家凿的石窝很粗糙，但足以捣碎那些沾有脚臭味的麦粒。

也正因为那个可怕的岁月大舅无私的援助，父亲母亲对大舅充满了感激。如果不是大舅在外婆的丧事上拿芽麦那茬，父母与大舅一直相处得很亲近。就是发生了那事，父亲对大舅还是充满了同情，他不止一次试图劝服母亲不要耿耿于怀，说他大舅这人，是被那个年月的饥饿给吓怕了，把麦子看得太重，那事真不是他有意的……

往往是，父亲替大舅辩解的话还没说完，就被母亲强硬打断。母亲说，现在谁家也不缺麦子，犯得着在老娘的丧事上拿芽麦吗？再看重麦子，也得看是啥事情。我看这事他就是有意的。

也不是母亲非要拿这事来说事，从外婆的丧事之后，大舅断绝了和所有亲戚的往来，决绝得让人不得不以为他这是生亲戚们的气，好像他受了多大的冤枉，说是亲戚不愿理他，其实是大舅自己割了袍断了义的。这让母亲心里怎么也解不开这个疙瘩。

大舅突然间一走，母亲再撑不下去了，如果当年心里还有一份恨意的话，这些年过去，该冰释的其实早已冰释，只不过她是不愿主动去消除她和大舅之间的那份距离，她一直在等待大舅来拉近。现在大舅走了，她还等什么呢？

母亲在电话里，对大表哥说，别怪你爹了，他把麦子看得比命都重，要是能选择，他肯定是要新麦下来才走的……咳，就是新麦下来，他啥时候吃过新鲜的！他这辈子活的是啥人呀？母亲说着，心里一阵一阵泛酸，眼泪拦也拦不住，冲出眼眶，流得满脸都是。母亲想到自己和大舅隔阂了这么多年，仅仅为了那点芽麦，值得吗？她对着电话哭泣道，人都走了，还有什么可计较的？这回你们得听我的，把你爹的丧事办得体面点，让他在那边别再一路寒酸了……

表哥还能说什么，收起刚得知大舅去世时的那种情绪，有鼻子有眼地张罗起大舅的丧事。可是，给大舅选墓地时，出了岔子。地分到各户后，原来埋葬人的坟地周边的土地分给了李玉虎，再要埋人，得给李玉虎商量，给他家兑换土地，还是出钱买地埋人，视协商的情况而定。眼下正是麦黄待收的时候，埋一个人不光是挖个墓坑那么简单，孝子贤孙，加上响器班子，得上百人在坟墓周围折腾，大半亩金黄的麦子还不得给糟践了。表哥和李玉虎商量，看能不能先把墓地那块的麦子先收割了，人工费或者收割机的钱加在买墓地的里面，由他一次付清。李玉虎不干，说那块地的麦子还不太黄，割早了麦粒不饱满，影响产量，非要表哥先赔了小麦的产量才能动工。坟地那里的麦子的确不是太黄，割早了是有些可惜，表哥答应了李玉虎的赔产要求，但他说既然掏钱了，就要把那片麦子割走。谁知李玉虎又不干，说交了钱也不能把麦子收走，得让麦子继续长到成熟。依李玉虎的意思，就是即将成熟的麦子哪怕让一群人踩在脚下，也不能归谁！这怎么行！表哥是大舅的儿子，尽管他这几年混得跟土地有点远了，但他骨子里还是秉承了大舅对麦子的敬畏，他不能糟践那些麦子，尤其是为埋葬爱麦如命的大舅，这让他的灵魂如何能安宁？万万不能！表哥和李玉虎谈不拢，双方僵持起来，一时半会儿定不下来。麦收时节，气温越来越高，大舅的遗体不能存放太久。母亲这边急了，以为表哥不专心操办他父亲的丧事，耍什么花招，嚷嚷着要找表哥算账。还是父亲冷静，劝住母亲，亲自去打问。得知是这种情况，父亲在没有征求母亲意见的情况下，当机立断，叫表哥放弃与李玉虎纠缠下去，就在自家地里选一块地做坟地。表哥面有难色，说这事还得村上批准才行，不能随便在耕地里乱建坟墓的。父亲不悦，翻了表哥一眼，摆起长辈的架子说，那让你爹在这么热的天气下放着？别以为我眼瞎耳聋，你和乡镇那些人鬼混了这么久，还搞不定这点小事。

表哥出面，没费什么周折，很快得到了村上的同意。在给大舅选坟地时，母亲拒绝请风水先生，非要她自己来选。父亲对表哥说，听你姑的，她最知道你爹的脾气。除过麦子，大舅能有什么脾气？母亲在表哥家的地里，选了一块长势极好的麦子地，给表哥说，就是这里了，只要是在麦子里，你爹肯定喜欢！

表哥要叫收割机来割掉选中的这片麦子，母亲提议，还是自己动手割吧，给你爹割个安息的地方，别要那么大动静。父亲很赞同，回去拿来早已磨好的镰刀，轻车熟路，没费多少时间就割掉了一片麦子，给大舅在麦子地中间腾出了永久的长眠之地。

大舅下葬那天，酷夏的热风一大早就刮了起来，且一阵紧似一阵，将巨大的麦田吹出金黄色的波浪。一行身着白孝的人们似点点白帆，簇拥着大舅的黑色棺材，在金色的麦浪里缓缓行进，孝子们的哭声被风裹挟着在麦浪里翻滚，一会儿在送葬队伍的前面，一会儿在队伍的后面，始终围绕着大舅的灵柩，一直伴随到他的归宿地。

棺材下到墓穴里，要掩埋时，孝子们在表哥的引领下，哭声来了个大转折，比刚才提高了一倍，达到了顶峰。父亲是大舅丧事的主事人，始终站在送葬队伍的最前面，一切得听他的安排。几个拿着铁锹的小伙围在墓坑四周，眼望着父亲，等待他的指令。是时候了，父亲抹把泪，举起了右手。只要父亲的右手挥下，大舅就永远被泥土隔离在地下。父亲的手颤抖着，似乎经受不住夏风。他看了看周围，大家都看着他呢。父亲却突然间收回手，转身走出人群，到麦田里揪了一把金灿灿的麦穗，回来轻轻放到大舅的棺盖上。然后，父亲重新举起右手，大喊一声，他大舅，你爱麦子，就让这把麦子陪你去吧！父亲的右手果断地挥了下去。小伙子们挥舞起铁锹，往墓坑里扬泥土。

　　这时候，母亲似受到父亲的启发，她也去揪了把麦穗，凑到一堆燃烧的麻纸上烘烤掉了麦芒、麦衣，火很快烤到了麦粒，瞬时，麦子的香味混合着火纸、香烛的味道，在墓地弥漫开，悄悄地钻进每个人的鼻孔。先是母亲愣怔了一下，接着是表哥、父亲，还有大舅至亲的孝子，他们停住哭泣，表情诧异地相互看了一眼。母亲哽咽道，你们闻到了吧？这烤熟的麦粒中，有股脚臭味！

　　父亲老泪纵横，从母亲手中接过烤熟的麦穗，两只布满青筋的大手，揉搓出焦黄的麦粒，缓缓撒向墓坑。父亲把这种带有脚臭的味道也撒进了大舅的墓坑里。

# 掩　护

怎么说呢，搞我们这一行的，想出人头地，就得参与重大项目设计小组，才能在这个领域占一个茅坑。对了，差点忘记介绍我们是哪一行了，我们是搞建筑设计的。怎么样，够气派吧，再牛逼的高楼大厦，都得我们在图纸上横线来竖线去，把那些立体的东西在平面上立起来，最后才能成为事实，就是说，我们个个都是总设计师。不过，只是城市某个建筑的总设计师，也够叫人敬仰的吧。

敬仰个鬼，搞建筑的设计员就像电视剧编剧，成功了，演员和导演们出尽风头，搞砸了，声讨的全是编剧。我的师妹庄莎在我有自豪感的时候，经常这样打击我。当然，庄莎这样说，不无道理，谁把我们设计人员真正当回事啊，别说旁人了，就我们设计院内部，那些参与过重大工程设计的高工、副高工们，从来不把设计员当回事，每次有重大工程上马，项目小组的名单上只写着他们的大名，而我们这些具体动手绘图的，却连一个名字都上不去，临了，施建单位敬仰的全是那些只动嘴不干活的，我们连个感谢话都听不上，够悲哀的。

师妹同样是设计员，她却一点都不悲哀，相反，她自信，被各种化妆品掩没了本色的脸上，是天下舍我其谁、唯我独尊的傲慢。我和师妹师出同门，又一起被分到建筑设计院工作，开始时关系比较密切的，师兄妹嘛，有点骨肉相亲的味道，我是真把她当成我的妹妹，她把我看成兄长的分上。可后来工作时间长了，这种亲近感一点一点地淡了，由兄妹淡成朋友，由朋友淡成同事。究其缘由，还是我这个人不行，为人过于呆板，不懂得见风使舵、看人说话，以至于在单位上一点儿受重视的可能性也没有，甚至还被人认为是软弱可欺。师妹庄莎就比我聪明，她那描得漆黑的熊猫眼一瞟，什么人情世故看不出来呀，所以，不动声色地把与我之间的距离拉开了。

我没有庄莎那么自信，也做不出那种傲慢与偏见来，怎么办呢，小人物也得生存呀，只能给自己打擦边球似的擦上点自豪感自慰自慰，不然压抑时间太长对身体不利。我还想有个好身体找机会出息出息呢。

在我们这种单位，如果没有机会，就要想尽办法创造机会，不然，只能慢慢熬，熬到老天偶尔开一下眼，闪出一线光明就算你的福祉，否则你就是熬到骨头变成汤也是白搭。

师妹庄莎虽说不像以前那样跟我无话不谈，可偶尔还会赏赐似的点我一下，比如她开导我别老窝在办公室里等上面给机会，要学会主动出击，套住哪怕只露出一星半点的机会。你以为你是谁呀，你不去套机会难道让机会来套你？做梦去吧。庄莎不屑的眼神从她眼角边上射过来，我的紧迫感越发强烈。可我到哪儿找谁去创造机会啊？设计室主任说了不算，院领导们有权，可他们一个个连正眼都不看我一下，我敢说，他们中肯定有人连我的名字都叫不上来。

有时候，我不得不羡慕庄莎，用她的话来说，她不是没机会，而是机会多得顾不过来，满世界的人都拱手给她机会，只要她吱一声，相信这个世界都会被她颠覆的，但她就是不想要，不想累着自己。女人嘛，爱自己才是爱生活。

天上也有掉馅饼的时候，竟然砸中了。我们设计院的黄副院长突然召见我，要我参与电视台的一个集演艺、晚会等多功能厅的工程设计。这次的项目不同以往办公或居住建筑设计，得体现出艺术，专设了项目小组，不论资排辈，不讲职称，只选具备艺术才能的设计人员，把电视台的这个多功能厅设计成国内一流。之所以选中我，大概是我平时爱画些狗屁都不是的画，又留一头长发，有点艺术家气质吧。黄副院长还看中了师妹庄莎，她不是画家，平时在设计图纸上也很少画线条，就连大学毕业的设计图纸都是我和另外几个同学帮她做的呢。唯一能看出师妹心灵手巧的地方，是她在自己的脸上化妆，色彩斑斓，前卫得让人目瞪口呆，当年师妹年轻，她把脸画成什么样能说得过去，如今三十好几的人了，那颜色缤纷的脸就如同一张正在老化的画，总让人提心吊胆，往下掉颜色是小事，生怕不小心整个画碎了，这才叫痛心呢。我想，师妹在她那张已经不算年轻的脸上，每天涂抹三到四遍，能不断变幻出新花样，这可能是黄副院长相中她的原因吧。

不管怎么说，黄副院长能在一百多名设计员中，让我参与这次设计，我深感受宠若惊，不像庄莎一副见惯风云无所谓的样子。从黄副院长办公室回来，我高兴得手舞足蹈，有点得意忘形。

见我一副没见过世面的傻样，庄莎把刚换成两瓣蓝色的嘴唇一撇，冲我道，别那么没出息好不好？有什么可高兴的，不就盖个房嘛。我说这跟普通的住宅楼可不一样，人家电视台要的是演艺厅，专门提出要有艺术品位的人设计。庄莎说，一个演艺厅要带个"艺"字就要懂艺术的人设计，建个饭店还不得要群饭桶设计？当年市综治委的那个三棱楼，也没见得就是懂武艺的人设计呀。

市综治委的那幢三角楼酷似三棱剑，占地面积大，楼内曲里拐弯，像个迷宫，而且每个办公室都不规整，一点都不实用，是建筑上的一个败笔。建筑学院把它当作反面教材，每年都组织新生来品头论足，写下不少批判性论文。那幢楼是我们设计院前任院长的杰作，听说当时还获过全国的一个什么进步奖，现在却成了我们设计院的一大耻辱。

生活就像今天的手机款式，日新月异，一天一个样，我们设计的是建筑物，一旦成为事实，永远别想跟上时代的步伐。黄副院长经常这样开导我们。想当年，老院长给市综治委设计的那幢三棱楼，也是独领一时风骚，许多国内权威专家都称赞是建筑上的一次革命。那幢楼就像一把利剑，插在市中心，似镇城神针，对社会稳定起着不小的震慑作用。可是眼下，不要因为建筑学院的那帮小屁孩的过激行为，就否定老院长，这未免有点偏颇。建筑也是要讲时代背景的嘛，不同年代当然会有不同的审美观念。

当时，就是那幢三棱楼，让黄副院长看到了一条隐隐通往某个方向的路途，他到处为老院长开脱，把老院长当年的创作完全艺术化，一座垃圾楼在他的口中变成了圣殿，使老院长有高山流水终觅得知音的感动和感慨，退休前，把他从设计室主任提成了副院长。


给电视台多功能厅设计，由黄副院长牵头，成员就我和庄莎两名设计员，这在我们设计院是前所未有的。黄副院长郑重地把我和庄莎叫到一起开了个正式会议。第一次面临这样的任务，我心里挺神圣的，连黄副院长单调的开场白都认真谛听，将他说的每一句话都记录下来。庄莎比我随意得多，嘴里嚼着口香糖，眼神一会儿东一会儿西，还不停地打哈欠，像舞厅里旋转的彩球灯，只要通上电就停不下来。我很想提醒庄莎不要在黄副院长面前这么不庄重，可黄副院长一点也没觉得庄莎有什么不妥，反而不时把眼神落到庄莎的脸上，目光温暖而柔情。庄莎感觉到了，对黄副院长温婉一笑，那一笑可谓风情万种。多少年了，我这个当师兄的，从没见过庄莎也会有这种笑容。看来，她是因人而异，也挺不容易的。

具体分工时，黄副院长叫我和庄莎分别先起草方案，然后再结合电视台的要求，综合我们的方案，进行修改。当然，起草方案前，得先听取电视台方面的设想，领会他们的意图。

我们去电视台，与分管的副台长谈设想。到了电视台，黄副院长介绍我们时，特别强调我和庄莎曾是师兄妹，是我们院目前最得力的、具有艺术品位的设计员。以前哪听过这话呀，猛然听起来有点扎耳，可心里还是很安慰。紧接着，黄副院长又着重介绍庄莎，说庄莎很具有艺术细胞，大学毕业的设计图纸当时在全国建筑设计大赛上得过最具艺术想象力奖呢。庄莎大学毕业的设计图是我们几个同学帮她做的，纯粹是为了应付毕业，没听说学校拿去参赛过，更没听说还得

过全国的什么大奖呀。我斜眼瞅庄莎，她稳稳地坐在黄副院长旁边，脸上一派迷
人的微笑，眼睛睁得极大地注视着副台长，没有一点不自然的表情。我可能记忆
有问题，毕业那年我们都忙着找工作，联系单位，哪里关注谁的作品得奖不得
奖，可能庄莎真得过国家大奖呢。

　　黄副院长接着介绍说，庄莎同志在我们设计院可是挑大梁的，院里很多作
品没有她的参与，就很难出效果，她参与了，还极其谦虚，不争功，功劳苦劳都
留给别人。有很多其他省市的建筑设计单位都知道她的大名，要挖走她，是我们
千方百计才留住这个人才的……黄副院长往下还说什么，我一点也没听清，只是
震惊庄莎在设计院的丰功伟绩，我的师妹，原来是这样一位才华横溢、颇具盛名
的人物，而我居然以为她只会在脸上写写画画，成天只知道东颠西跑，没事就搂
着电话煨电话粥的普通女人呢。一下子，师妹在我心里的形象高大起来。

　　经过黄副院长的介绍，副台长对我们很有信心，尤其是对庄莎有信心，他
迎合着庄莎脉脉含情的目光，讲了他个人大致的想法，就全权委托，叫我们拿出
最佳设计方案。黄副院长定过调子，因为都是纸上谈兵，一般要等绘出方案，再
谈不同意见。可那天，黄副院长没说多少，庄莎却妙语连珠，说要把这个多功能
厅设计成能升降、能旋转，又能随意拆卸的新舞台。她的大胆设想，引起副台长
的大力赞赏。中午吃饭时，副台长不断表扬庄莎，说她果然思维敏捷，有想象
力，电视台的多功能厅设计交给她这种设计人员，他一百个放心。

　　庄莎平时和我们设计院的同事在一起吃饭是从不喝酒的，怎么劝都不喝，
只说她不会。不会可以学呀。她说不想学，也不值得学。她不知什么时候又认为
值得学了，并且学得还不错呢，那天她主动和副台长喝了七八个交杯酒，脸红得
像猪肝，与副台长搂搂抱抱唱了好几遍《夫妻双双把家还》。副台长夸庄莎酒
好，歌唱得更好，声称这个多功能厅建成后，一定免费给她办个人演唱会。庄莎
倒在副台长的怀里，嗲声道，嗯，你说的话可一定要兑现噢，不兑现我可不依！
副台长端着酒杯看着庄莎身上吸引他眼球的地方，说，兑现，兑……现。

　　他们俩说着醉话，唱着醉歌时，黄副院长一直静静地微笑着，看上去他对

庄莎的表现挺满意的。

果然，过后黄副院长表扬庄莎，说她果敢敬业，工作认真努力，虽然图纸还没有设计出来，但她独具匠心的创造性思维就已经征服了目标单位。同时，他对我也点拨了几句，叫我向庄莎学习，多替领导着想，给领导分忧，在许多场合一定要见机行事，比如代领导喝酒什么的，总不能老让庄莎一个女同志挺身而出，那……不太合适。说到最后一句时，黄副院长表情很含混，带着隐隐的不快。

讨论具体的设计方案时，为落实黄副院长要我多替领导分忧的指示，我卖力地把我的设想倾囊而出，可结果是我的每一个设想都遭到黄副院长的否认。黄副院长看我的眼神都是不满的，我惶恐起来，我很珍惜这次机会，每一条意见都在心里酝酿了好多遍，直到自己感觉可以才说出来。黄副院长却不以为然，他转头看庄莎。庄莎耷拉着眼皮，打着呵欠，突然说，我怎么一下子想吃榴梿？她的话一出，我头皮一麻，这种时候，她怎么可以说这话？再说，榴梿臭烘烘的味道，黄副院长当设计室主任时，大家都知道他最讨厌榴梿。庄莎真是太妄为了。可是，黄副院长却笑眯眯地看着庄莎说，这还不简单，叫小秦去买回来给你吃就是。他是你师兄，跑这个腿是应该的，你说是不是呀小秦？

我能说什么，乖乖上街寻水果摊买榴梿。

买了榴梿回来，黄副院长说，才女就是才女，庄莎就是不一般，她的设计方案高人一筹。黄副院长把庄莎的几种设计方案一一说出来，我一听，浑身电击了一般，什么高人一筹呀，不就是我刚才说的那几条意见嘛，只不过语气上略有变化，顺序不一样而已。但这些意见从庄莎嘴里说出来和从我嘴里说出来，给黄副院长的感觉完全不一样了，所以，我不能不说，庄莎比我可不止高上一筹。

设计方案没费一点周折，顺利通过。这得感谢庄莎，她陪那个副台长喝酒唱歌，功不可没。签过协议，我们的设计经费很快到位，下一步的重点就是绘制蓝图。黄副院长为脱离单位的俗事，全身心投入到蓝图设计上来，在滨江宾馆开了两个套房，他和我住一套，庄莎一人住一套。按理说黄副院长应单独住一套，

可我不够住套间的条件，庄莎是女同志，黄副院长说要照顾，又不可能叫我和庄莎同住一室，黄副院长说给我多开个标准间又是个浪费。他开玩笑说，我和他住一起，既享受上局级待遇，还能帮他撇清一些闲言碎语，免得有人借机生出一些事端来。

我们吃住全在宾馆，这样方便集中讨论修改草图，又能躲避那些欲承揽工程的包工头。可是这些人是躲不掉的，他们就像苍蝇找臭肉似的，嗅觉异常灵敏，我们刚到宾馆住下，他们就找上门来，想从我们这里了解一些图纸情况，为他们预算标底打基础。按说，这是商业秘密，设计单位不得泄露图纸设计细节。我对这些人很警惕，把资料全收起来，可黄副院长一副见多不怪的样子，照样吃他们的饭，喝他们的酒。庄莎对我的警惕还骂过神经病呢。她骂的倒也在理，现在只是些草图资料，还没具体定下来，他们看了也没多大用处。我想着还是拒绝他们的吃请，少惹麻烦的好，以往设计单位与工程单位因泄密发生的纠纷不少，我们最好能把这次的项目做得干净利落，不留一点后遗症，给我和庄莎的今后打个好基础。

可事与愿违，黄副院长和庄莎像是商量好似的，对那些包工头的饭局每请必到。尤其是庄莎，她对这种应酬非常热心，每次都能恰到好处地应付不同的包工头，还能讨得黄副院长的开心。我就惨了，不会像庄莎那么说话，只埋头替领导喝酒，每次都喝得烂醉，像头死猪被他们弄回房间，一觉睡到天亮。有次，我半夜酒醒后口渴，爬起来喝水，发现黄副院长的床空着。第二天早上他回来后，见我早醒了，说我喝酒后打呼噜，他睡不着，干脆打出租回家去睡了。我给黄副院长道歉，他却开玩笑说，是我给了他回家和老婆亲热的机会。

他的话提醒了我，我也找机会隔三岔五回家一趟，离得又不算远，一个星期不回去一趟，老婆会怀疑我在宾馆干过对不起她的事。黄副院长是个体贴下属的好领导，他对我很照顾，时不时还催我回家住一晚上呢。

有天晚上，我的小孩突然发烧，老婆打电话叫我回去，我回去带孩子到门诊打针，孩子哭闹得心烦，我埋怨几句，老婆与我吵嘴，我生气半夜离家回到宾馆，却发现黄副院长也不在房间，想着黄副院长肯定回家和老婆亲热去了。我一个人睡到半夜，突然被一阵电话铃声吵醒，这种时候，除那种小姐，还有谁会打电话呢。我气呼呼地抓起听筒，正要骂句粗话，却听到一个女人说，她是黄副院长的老婆，要他接电话。我没多想，随口说，黄副院长不是回家了吗？没想到我的话，惹得黄副院长老婆大怒，破口大骂她老公，骂的话很难听，刺得我耳朵疼，可又不便撂下电话，只好耐心听。黄副院长老婆骂够了，非得叫我说出黄副院长去了哪里。我又不是黄副院长肚里的蛔虫，怎么知道他去哪呢？她就改口骂我，还说今晚不把她老公从那个骚货床上抓住，就把宾馆弄个底朝天。

我被骂昏了头，放下电话，一遍又一遍给黄副院长打手机，最后急出一头汗，也没打通，只好冒着挨庄莎骂的危险，拨她房间的电话，想和她商量对策。电话响了好久，庄莎才接听，她正要破口大骂，一听我说的事情很严重，马上改口，叫我不要慌，就在屋里等，她会想法联络到黄副院长。

挂掉电话我才想到，庄莎要找黄副院长，也只能通过手机联系，黄副院长的手机一直关机，她怎么能联系得上？可我的担心实属多余，黄副院长的老婆来到宾馆之前，他衣着整齐地回来了，待他老婆进门瞪着两个大眼珠子要发作时，他倒先发制人，对老婆说，我和张副市长的秘书在一起喝酒，你瞎闹个什么劲，我的事你又不是不知道，怎么，怕我当上院长，你心里不舒服？我们是夫妻，你就这样拆我的台，啊？！

他老婆张大嘴，半天才蹦出一句，那你……他（指我）咋不知道你在哪里呢？

黄副院长生气地说，你蠢呀，你是不是还要给市长秘书打个电话证实一下？也不看看这是什么时候，四个副院长都盯着这个位置呢，我还见人就得说，我和市长的秘书喝酒套磁呀？

黄副院长的话着实有理，他老婆半天回不过神来。动静闹得够大，却没捉成奸，又拿不出证据，灰溜溜地走了。我早就听说黄副院长一直在活动，不光他，其他几个副院长都在活动想当正院长呢。

　　过后，我心里有一个疑问：庄莎为什么能及时联系上黄副院长，制止一场捉奸戏呢？但我没问庄莎。


　　电视台演播厅的蓝图仍在绘制之中，黄副院长迈向正院长的行动也在同步进行，他动不动就请这个市长那个部长吃饭，每次都会叫上庄莎和我。说句实话，我帮不上黄副院长，嘴笨，又不会逢迎人，想帮着拍一下市长部长们的马屁都不知怎么拍。而庄莎不一样，她一见那些有官衔的人，像上足发条的闹钟，嚓嚓有声。庄莎使出浑身解数，风情万种，每一个眼神都柔媚得要滴出蜜来，身子恨不得能挂到人家身上，跟平时在办公室刁蛮傲然的那个庄莎判若两人。她这样做，是不是为了黄副院长的前程，我不敢说，但她在酒桌上左右逢源，说素道荤哄那些领导开心，还真有一套，酒后又陪领导跳舞唱歌，竭尽了一个三十多岁女人所有的手段，甚至卖弄风骚，这种玩命卖力的精神着实叫我感动。每次在酒宴开场时，黄副院长都要隆重推出庄莎，那时，庄莎大睁着眼睛，像个十七八岁的女孩，很清纯地笑着。介绍完庄莎，黄副院长捎带一声介绍我时，总会说，噢，这个是庄莎的师兄，多悲哀！我在黄副院长组织的酒宴上甚至连个服务生都不如，庄莎喝多酒后，会在年轻英俊的服务生脸上摸捏几把，还说为什么男人能占女人便宜，女人就不能占男人的便宜呢。我呢，连这个机会都没有。可黄副院长经常告诫我，叫我不要妄自菲薄，他说其实我担当着一个很重要的角色，没有我，很多事情他无法进行，或者是不方便进行，因为那样会引发风起云涌，引起风声鹤唳。有次我喝多了酒，问黄副院长，我到底担当什么重要角色？他颇为神秘地一笑，这个呀，你就不要问了，你是庄莎的师兄嘛！

　　这就是我担当的重要角色？

　　不管怎么说，黄副院长的话还是安慰了我，我打心眼里觉得他是个好领导，他能让我这个小人物参与这么大的设计项目，就是个英明的领导。既然他说我担当着很重要的角色，那肯定是个秘密的角色，我深深感到为领导能出一分力而自豪。

那阵子，我们歌舞升平，夜夜笙歌，都赶上神仙过的日子了。可是好景不长，黄副院长突然间像从梦中醒来似的，有点心神不定地说，我们这样下去会堕落，不定哪天会误入歧途，成为金钱和欲望的俘虏。

黄副院长这样说，是有所指的，我知道他针对的是庄莎。这段时间，庄莎和那些包工头吃饭喝酒时，在他们面前装成懵懂无知的样子，故意露出好多破绽，逗引得那些男人心里痒痒，以为有机可乘，争着给庄莎提供无偿帮助。不知庄莎付出了多少，反正，她抓住那些有钱男人，给她家里装修厨房，更换卫生洁具，还接受了不少化妆品和金银首饰。就我老婆掌握的情况，庄莎把不少化妆品转手便宜卖给街边的小精品店。这些如果不是一个包工头给黄副院长打电话讨好时说出来，黄副院长全蒙在鼓里。我以前也没注意到，庄莎还有这一手，她能把所有的男人为自己所用。以前庄莎给我这么说过，那时我还以为是她对某些现象的品评，没想到品评的就是她自己。

待我知道庄莎的所作所为，明白了黄副院长话里的意思，他的脸已经阴了好几天，连我都不理，好像是我干下这些丢他脸面的事，惹他生气似的。这时，我，或者黄副院长，都期待着庄莎有所解释。

庄莎一开口，就把我给打懵了，她把标点符号扔到嘴里嚼碎，像打机关枪似的扫射道，我容易啊我不就给家里搞个小装修嘛是他们死乞白赖非要给我弄得我有什么办法那些人跟市长部长们一样非常俗气不是请你吃饭就是送些无聊的礼物每次我用身体不舒服推脱饭局他们立马就派秘书给我送来药这些人能得罪吗你们说我怎么办！

看我们回答不上来，庄莎突然咻咻地笑起来，在她的笑声中，我的心里越来越没了底。慢慢地，黄副院长也跟着她笑起来。庄莎从黄副院长的烟盒里抽出一支烟噙在双唇间，黄副院长连忙起身，用打火机给她点上。

这以后，庄莎依然是庄莎，她还不知动用了什么秘密武器，黄副院长也要看她的脸色说话了。只要她不高兴，黄副院长就不敢阴着脸，还会强作笑容地说，我就知道，我们庄莎是个有原则的人，有才华的漂亮女人的魅力是谁也挡不住啊！庄莎听到这话往往会冷笑。我看到她脸上的粉扑簌簌往下掉，眼角笑出一道一道白色的沟壑。她却全然不觉。此后我们三人再一起讨论蓝图时，她想毫无顾忌，动不动会呛黄副院长一顿，就她意见最多，还很大胆，有次甚至挑衅地说，如果电视台的这个多功能厅内部也叫她设计的话，她一定要在升降舞台上留出个空间，装个粉色的双人床，给那些发情的男女备用，增加看点。看看，庄莎的情绪一点都没受影响嘛。

要说受影响的，是庄莎的老公。她老公不知从那里听到传闻，说庄莎和黄副院长有一腿。近来的种种迹象表明，庄莎老公很生气，后果很严重。

我说的后果很严重，主要指影响黄副院长的提升，一旦庄莎的老公闹起来，对黄副院长最不利。

我也听到了庄莎与黄副院长的一些传闻。单位里有人看我的眼神却不对劲，这与我有啥关系？可有人甚至问我，知不知道你为什么被黄副院长相中上这个项目？我问为什么？他说，因为你是庄莎的师兄啊。

这跟我参与项目设计有什么关系？

那人咯吱咯吱笑道，你果然懂狗屁艺术，眼里只看到艺术，看不到别的。天上掉馅饼的好事，怎么会落到你头上？你就不想想，你在其中扮演什么角色？

我的角色当然是设计员喽。

你是真傻还是装傻呀？老秦，我就不信，你连自己扮演的角色都不清楚？那我也不能给你说太多，再说一句，你个傻×，你就是别人放的那个烟雾弹。烟雾弹你懂吗？你是别人放出来障大家眼的。

我体会不出那个人话里的意思，却接到庄莎的电话。我来到她的房间，发现眼前的这个人不像是庄莎，她站在宽大明亮的窗户前，阳光透过窗玻璃落在她难得不化妆的脸上，她往日飞扬的神采不见了踪影，素净的脸上笼罩着一层心神不宁的阴黑。

这个女人不是我的师妹庄莎，还能是谁！不见她说话，我小心翼翼地问，这么急找我有什么事？

庄莎把脸转向窗外，仿佛有个东西需要她认真观察似的。她想装得若无其事，可我能感觉到她的声音在发抖。她轻描淡写地说，没事儿，过去怎么样，现在还怎么样。只是，我想请师兄帮个忙。

说吧。

庄莎用缥缈的眼神看着我，表达着她的无辜：其实，我们都是为了帮他（没说这个他是谁），现在这个时候，对他很关键。他要是错过这次机会，今后就不再有提升的可能了。师兄，你相信别人的那些传言吗？

我没说话。

不管你怎么样想，我也不给你多说，以后，你会明白的。现在，我们得帮他渡过这个难关。师兄，现在只能我们帮他了。

我茫然地看着庄莎，我不过是一个小小的设计员，平时连自己都帮不了，哪有能耐帮黄副院长？倒是庄莎，她不是和那些市长部长们的关系很好嘛，她要真有心，那些权势之人的一句话可是胜过我这个小人物的千言万语。

怎么帮？

你承认与我发生过那种关系……只有这样，才能转移我老公的目标，把他解脱开。我老公是个神经病，老怀疑这怀疑哪的。师兄，我也实在想不出别的办法，帮了他，也等于帮了我们自己，只有他当院长，在位子上，才有我们出头的机会……

庄莎的话使我恍惚看到，她老公粗大的拳头，已向我脸上砸来。我擦着嘴角上的血，小声问她，这是谁的主意？

庄莎嘟起嘴，使出她惯用的伎俩，像拍打那些服务生似的，拍打着我说，都这种时候了，你还有心思问这问题，人家都烦死了，你烦不烦啊！